Helmut Pätz
Irene Pätz

Kurzgeschichten
Band 2

AF220335

Helmut Pätz
Irene Pätz

Kurzgeschichten
Band 2

Bibliographische Informationen der Deutschen Nationalbibliothek: Die Deutsche Nationalbibliothek verzeichnet diese Publikation in der Deutschen Nationalbibliothek, detaillierte bibliographische Daten sind im Internet über dnb.dnb.de abrufbar.

Copyright 2022 Marion Pätz
Herstellung und Verlag:
BoD - Books on Demand, Norderstedt

ISBN 9783756226498

Das Glück der anderen

Sie blickte hinab auf die stille Straße, und ihre unruhigen Hände zerknüllten das Taschentuch. Dann trat sie aufseufzend vom Fenster in das Zimmer zurück. Der kleine Tisch war für zwei Personen liebevoll gedeckt. Sie rückte schnell noch hier eine Tasse zurecht, glättete da ein Fältchen im weißen Damasttischtuch und schob die Kristallvase ein wenig mehr in die Mitte, wobei sie daran dachte, dass sie ihr wöchentliches Budget um diese fünf blassrosa Nelken beträchtlich überzogen hatte.

Und wieder las sie das Telegramm: "... bin auf der Durchreise. Komme auf ein Stündchen vorbei... Martina..."

Sie hatte sich ordentlich ranhalten müssen, wie es so ist, wenn man überraschend Besuch erwartet. Und während sie den Teppich absaugte, die Möbel überpolierte, die nötigen Einkäufe tätigte und dann den Tisch deckte, dachte sie fortwährend an Martina. Sie konnte es immer noch nicht fassen. Martina kam! Die berühmte, die gefeierte, die große Martina! Martina, deren wundervolle Stimme die größten Opernhäuser der ganzen Welt erobert hatte!

War nicht eine Ewigkeit vergangen seit der gemeinsamen glücklichen Jugendzeit? Dieselbe Straße, in der man wohnte, dieselben Spiele, dieselben Streiche, dieselben Verbote und Strafen! Ewige Treue und Freundschaft hatte man sich geschworen, damals, und sich doch schon so bald nach der Schulzeit aus den Augen verloren. Gewiss, anfangs schrieb man sich noch, aber die Briefe wurden seltener, und schließlich hörte die Verbindung ganz auf. Sie selbst hatte geheiratet, war glücklich und zufrieden und mit ihrem Mann und ihren zwei gesunden Kindern, so wie sie es sich von Kind auf vorgestellt hatte. Martina aber – sie war entschwunden - war für sie unerreichbar geworden. In der Zeitung hatte sie von ihr gelesen, hatte ihre herrliche Stimme im Radio und auf

5

CDs gehört und dann immer wieder ihren Mann und ihren Kindern von den gemeinsam verbrachten Mädchenjahren erzählt...

Als unten ein Auto hupte, schrak sie zusammen und eilte ans Fenster. Wirklich, es war Martina, die da unten stand und strahlend zu ihr hinaufwinkte. Elegant und gepflegt, von Kopf bis zu den Füßen. Sie schalt sich insgeheim selbst eine Närrin, aber, weiß Gott, ihr Herz schlug ihr bis zum Hals.

Und dann hielten sie sich umfangen - und alles scheinbar Fremde, Trennende war in diesem Augenblick vergessen. Was für eine aparte, auffallende Erscheinung war Martina doch geworden, schöner eigentlich noch als früher. Sie hatte den Jahren wirklich keine Gelegenheit gegeben, sich an ihr bemerkbar zu machen. Und lachend und wohlig aufseufzend ließ sich Martina in den Sessel fallen, während sie selbst vergeblich nach einer passenden Vase für den riesigen Strauß prachtvoller, gelber Teerosen suchte.

„...gemütlich..." sagte Martina wohlig und anerkennend, während sie sich umschaute, "wie gemütlich hast du es hier..." Und jetzt, da sie sich unbeobachtet glaubte, wirkte ihr Gesicht plötzlich alt, verfallen und unendlich müde. Für einen winzigen Augenblick nur. Aber es hatte genügt, um die Freundin die Wahrheit erkennen zu lassen. Und irgendwie - ihre eigene Unsicherheit war wie weggewischt.

Dann saßen sie sich gegenüber und erzählten abwechselnd von ihrem Leben, - die eine vom Erfolg, aber auch von den Schattenseiten des Ruhmes, von stundenlangen Proben, von den vielen ermüdenden Pflichten, von der ewigen Hetze und randvoll beschriebenen Terminkalendern, die andere vom Glück in der Familie und der häuslichen Geborgenheit, aber auch vom Kummer über Krankheiten und Unarten der Kinder und den, naja, nicht enden-wollenden Sorgen um das leidige Geld.

Zwischendurch schwiegen sie auch mal, sahen sich nachdenklich an und lächelten zuweilen...

Schnell, viel zu schnell kam dann der Abschied. Das ungeduldige Hupen eines Autos, eine kurze, aber warmherzige Umarmung, ein letzter Blick. Und dann kehrten sie beide in ihr eigenes Leben zurück. Und jede würde die Erinnerung an die andere in sich tragen, ein Wunschbild fast, das ihnen Stärke und Kraft gab, mit dem eigenen Leben fertig zu werden.

Irene Pätz

Der schönste Beruf der Welt

Es war still.

Conrad blickte vom Fenster zurück in die Klasse. Die ersten schrägen Strahlen einer frühen Vormittagssonne fielen auf die blonden und braunen Mädchenköpfe, die über die Aufsatzhefte gebeugt waren. Hin und wieder vernahm er das Wenden eines Blattes. Und dann blieb sein Blick an Marlies haften. Eigentlich war sie sein einziges Sorgenkind in der Klasse. Nicht, dass sie besonders laut oder übermütig gewesen war. Im Gegenteil. Sie schien es sogar darauf anzulegen, durch nichts, aber auch durch gar nichts auffallen zu wollen, weder durch besonders gute Leistungen noch durch irgendwelche Streiche, die ihr sicherlich die fehlende Zuneigung der Klassenkameradinnen eingebracht hätten.

Über ein Jahr war sie nun schon hier bei ihnen. Aber es schien ihr nicht gelungen zu sein, zu irgendeinem der anderen Mädchen in engeren Kontakt zu kommen. Immer noch wirkte sie wie ein Fremdkörper. Und wenn sich die anderen lachend und schwatzend in den Pausen zusammendrängten, stand sie abseits, mit jenem stillen Gleichmut, der Einsame umgibt. Einmal aber hatte er einen Blick von ihr aufgefangen, einen Blick so voller Sehnsucht nach Gemeinsamkeit, dass er fast erschrak. Er hatte oft darüber nachgedacht und dann mit dem

7

Direktor, einem erfahrenen, verständnisvollen Pädagogen, darüber gesprochen. "... das ist allein Sache der Mädchen. . . " hatte der gemeint, ". . . man sollte die Dinge sich selbst überlassen. Ein Eingreifen von dritter Seite kann sich manchmal verhängnisvoll auswirken... so etwas regelt sich meistens von selbst..." Zusammen hatten sie dann noch in den Personalakten geblättert, aus denen hervorging, dass Marlies schon recht früh ihren Vater verloren hatte und die Mutter mit den Kindern hierher gezogen war...

Vom Fenster her zog die Sonne lange Schatten durch den Raum und eine Fliege summte durch die Stille.

Herr Conrad lächelte in die vielen jungen Gesichter hinein, die ihn erwartungsvoll ansahen. Er öffnete die Aktentasche und legte den Stapel Hefte vor sich aufs Pult. "... die Aufsätze sind recht gut ausgefallen. Ihr habt das Thema 'Was ich einmal werden möchte' voll erfasst und sinnvoll behandelt ... insgesamt gesehen sind es die bisher besten Aufsätze dieses Jahres geworden..."

Eine leise Unruhe machte sich bemerkbar, als er sich anschickte, die besten Arbeiten vorzulesen. Doch dann wurde es wieder still, und voller Anteilnahme folgte man den kühnen Plänen der blonden Grit, die als Astronautin den Himmelsraum zu erobern gedachte, amüsierte sich dann köstlich über die Pläne der stets übermütigen Dagmar, einmal als weltberühmter, weiblicher Clown die Menschen in allen Erdteilen zu nicht enden wollenden Lachstürmen hinreißen zu können, und lauschte ergriffen und hingerissen zugleich den Worten der Klassenbesten, der strebsamen Gertrud, die als Ärztin in den Urwald gehen wollte, um den notleidenden Eingeborenen zu helfen... Und dann kam das letzte Heft. Immer war es der beste Aufsatz gewesen, den Herr Conrad bis zum Schluss aufhob. Wessen Heft mochte es dieses Mal sein? Mucksmäuschenstill war es, und in dem Raum knisterte es vor Spannung.

"Diese Arbeit hat Marlies geschrieben. Ich möchte weiter nichts dazu sagen. Ihr sollt Euch selbst ein Urteil bilden ..."

Und dann las er vor. Kein Laut war zu hören. Kein Ruf des Entzückens, der Spannung, der Überraschung, nicht das leiseste Kichern oder Tuscheln wie sonst.

Es war die Geschichte eines Mädchens, das von seiner Mutter erzählte. Man erfuhr etwas über den Vater, der als Forstbeamter durch einen stürzenden Baum tödlich verletzt worden war, hörte von dem Haus tief im Wald, das sie verlassen mussten, weil es von dem Nachfolger bezogen werden sollte, und erfuhr vor allem von der Mutter, die das alles aufgeben und mit den Kindern woanders hinziehen musste. Da klang in einfachen, kindlichen Sätzen etwas durch von Entbehrungen, aber ebenso auch von tapferer Fröhlichkeit und liebevoller Sorge der Mutter in durchwachten Nächten am Bett des einen oder anderen kranken Kindes. Es war die Geschichte einer Mutter, die ihren Kindern das gab, was sie am meisten brauchten: Liebe und Güte, Verstehen und Duldsamkeit, gepaart mit viel Toleranz und nie versiegendem Humor...

Und dann kam der letzte Satz dieses Aufsatzes. Schlicht und einfach und gerade darum so überzeugend und glaubhaft: "Was ich einmal werden möchte? ... Ich möchte einmal so werden wie meine Mutter, ja, das möchte ich..."

Langsam klappte Herr Conrad das Heft zu. Er sah in lauter nachdenkliche Gesichter. Lange, nachdem er geendet hatte, herrschte Stille im Raum. Eine ganze Weile, bis sie jäh zerrissen wurde durch das schrille Läuten der Schulglocke, die das Ende der Stunde anzeigte. Er schob die Hefte in die Tasche zurück, wortlos und verließ langsam den Klassenraum. Aber noch im Hinausgehen sah er, wie eines der Mädchen nach dem anderen zu Marlies hinüberging und wie schließlich alle ihren Platz umringten.

9

Jetzt ist alles in Ordnung, dachte er. Er kannte seine Mädels, und er wusste, dass Marlies jetzt in der Schule viele Freundinnen haben würde...

Irene Pätz

Die andere...

Es geschah, als die Frau im Pelzmantel aus ihren Wagen stieg. Der kleine Junge rannte so heftig gegen sie, dass die Pakete, die sie in der Hand und unter dem Arm trug, auf die Erde fielen. Erschrocken sah er sie an und fing an zu weinen. Da war auch schon seine Mutter bei ihm und stellte ihn energisch wieder auf die Beine. "Du Nichtsnutz", schalt sie liebevoll, während sie ihm den Schmutz von den Hosen klopfte, "schnell, entschuldige dich bei der Dame und heb die Pakete auf..." Verlegen richtete sie sich auf. "Hoffentlich ist nichts kaputtgegangen..." Die Dame winkte ab. Es macht nichts, wirklich nicht. Die Hauptsache ist doch, dem Jungen ist nichts passiert..." Freundlich und fast ein wenig abwesend lächelte sie den beiden zu, ehe sie durch das schmiedeeiserne Tor ging, hinter dem ein Weg zu einer weißen Villa führte.

Es wurde schon dunkel, als die Frau ans Fenster trat und in den Garten hinaussah. Wo ihr Mann nur wieder blieb? In einer Viertelstunde würden die ersten Gäste da sein. Manchmal hatte sie das Gefühl, als ob auch er selbst nur Gast in seinem eigenen Haus war. Wichtige Konferenzen, Auslandsreisen, stundenlange Telefongespräche mit Geschäftspartnern - für sie blieb da nicht viel Zeit übrig. Und dann immer wieder diese ermüdenden Parties! Fremde Menschen, ihr völlig gleichgültig, leere Gesichter und inhaltslose Gespräche. Ach, wie satt sie das alles hatte! Und plötzlich, ganz übergangslos, fiel ihr die Szene von heute Morgen ein. Wie zärtlich, trotz allen Unmuts, hatte die Mutter ihren Jungen aufgehoben. Und im Geiste verfolgte sie den Weg dieser jungen Frau... Wie sie mit dem Jungen an der Hand nach Hause geeilt sein mochte, nach Haus, wo vielleicht noch ein kleines Mädchen im Kinderbettchen schlief mit roten Wangen und leicht geöffnetem Mund. Und wie sie dann alle gemütlich um den Tisch saßen, und sie mit ihnen spielte oder ihnen eine Geschichte erzählte. Und dann, pünktlich wie immer, würde es klingeln, und alle würden zur Tür stürzen, um den heim-kehrenden Vater zu begrüßen, der lachend zurückweichen mochte vor so viel Überschwang, um sie dann aber liebevoll alle zu umarmen...

Die Frau am Fenster seufzte tief auf. Nein, sie wusste es sicherlich nicht, die andere, wie gut das Schicksal es mit ihr gemeint hatte.

Die ersten Gäste kamen. Aus dem Dunkel ihrer Gedanken trat sie zurück ins Licht und schritt ihnen lächelnd entgegen...

Die junge Frau ließ sich auf den Stuhl fallen. Sie musste sich erst mal ausruhen. Die Kinder waren im Bett, und der Mann war auf einen Sprung zu einem Freund gegangen. Sie hatte erst nachkommen wollen, aber die Arbeit schlug ihr mal wieder über dem Kopf zusammen. Und jetzt hatte sie einfach keine Lust mehr. Der Junge hatte ein wenig über Schmerzen im Knie geklagt, und sie hatte ihm nach dem Baden ein großes Pflaster über den blauen Fleck geklebt, worauf er stolz ins Bett geklettert war. Nur Kathrinchen hatte angefangen bitterlich zu weinen, weil sie auch so ein schönes Pflaster aufgeklebt haben wollte. Und ihren Brei hatte sie auch mal wieder nicht aufgegessen. Sie war sowieso so ein magerer, kleiner Spatz. Dann fiel ihr plötzlich die Hose ein, die der Junge heute Morgen bei dem Zusammenstoß mit der fremden Frau zerrissen hatte. Du meine Güte, - es war seine beste! Und während sie den Stopfkorb hervorholte und wenig später sorgfältig die Nadel durch den Stoff führte, überkam sie die Müdigkeit wie eine unerträgliche Last. Eine ganze Woche würde sie durchschlafen, Tag und Nacht, ließe man sie gewähren. Die Frau von heute

Morgen, die mit ihrem tollen Auto und der weißen Villa, die kannte bestimmt keine solche schreckliche Müdigkeit, keinen Stopfkorb, der immer voll war mit zerrissenen Söckchen und Höschen, keine Haushaltskasse, die immer leer war, keine Sorgen um heranwachsende Kinder, für die man immer da sein musste, die einen immer brauchten und die alle Kraft für sich forderten. Sie seufzte tief auf. Nein, sie wusste es sicherlich nicht, die andere, wie gut das Schicksal es mit ihr meinte.

Später hörte sie den Schlüssel im Wohnungsschloss, und ihr Mann trat ins Zimmer. Dann stand er vor ihr. "Müde?" fragte er teilnehmend.

Da schüttelte sie den Kopf und lächelte ihn an.

Irene Pätz

Die schönste Liebesgeschichte

Man muss sie einmal beobachtet haben, ganz unbemerkt, so eine kleine Runde älterer Damen. Man muss ihnen gelauscht haben, mit welcher Lebendigkeit, ja, jugendlichem Eifer sie sich unterhalten, einander die bunten Bälle der Erinnerungen zuwerfen, geschickt auffangen und blitzschnell weitergeben. Ich habe es miterlebt, als ich neulich im Cafe an so einem "Treffen" teilnehmen konnte, bei dem es dieses Mal um die "schönste Liebeserklärung" ging. Wie röteten sich da die welken Wangen, wie leuchteten die müden Augen auf, als da so manches zarte Geheimnis aus dem Wust unzähliger Erinnerungen hervorgekramt wurde.

Zuletzt kam schließlich jene zierliche, betagte Dame an die Reihe, die still, mit einem versteckten, ganz versonnenen Lächeln dem bunten Reigen der Erzählungen gefolgt war. Nach anfänglichem Zögern gab sie schließlich mit jenem Hauch kindlich-naiver Ziererei, der dem weiblichen Geschlecht jeden Alters so gut steht, diese kleine Begebenheit preis.

Sehr früh schon war sie Witwe geworden, und der Sinn ihres einsam gewordenen Lebens war es, dem einzigen Sohn den Vater, so gut es ging, zu ersetzen und einen rechtschaffenen, tüchtigen Menschen aus ihm zu machen. Ja, und ehe sie sich versah, war aus ihrem kleinen Richard ein großer Richard geworden.

"... er hatte sein Abitur mit Auszeichnung bestanden", fügte sie mit verhaltenem Stolz hinzu. Vielleicht hätte sie es auch gar nicht erwähnt, wenn das nicht letzten Endes der Anlass zu ihrer kleinen Geschichte gewesen wäre.

Sie wollte ihn also für das gute Abschlusszeugnis mit einer kleinen Party belohnen und bereitete selbst alles auf das liebevollste vor. Es herrschte dann auch bald eine ausgelassene Fröhlichkeit, und auch sie selbst fühlte sich trotz der vorangegangenen Mühen glücklich und unbeschwert, als ihr Blick plötzlich auf ihren Sohn fiel.

"... eigentlich war es gar nichts Besonderes, was ich da sah. Er stand nur da, umringt von einigen dieser jungen, fröhlichen Mädchen. Mir aber fiel es auf einmal wie Schuppen von den Augen. Mein kleiner, großer Richard - er war kein Kind mehr! Er war erwachsen, war ein Mann geworden.

Ach, meine Lieben, ihr werdet mir nachfühlen können, was in diesem Augenblick in mir vorging. Eine Welt versank für mich, eine Welt, die nur uns beiden, ihm und mir gehört hatte. Mein Junge trat nun ins Leben ein und mich würde er zurücklassen mit meinen Erinnerungen an vergangene schöne Zeiten. Es war ja das Natürlichste auf der Welt, was da geschah. Ich wusste das, aber den Schmerz, der mich befiel - den spüre ich noch heute..."

Sie lächelte wehmütig. "Später dann, am Abend, trat Richard auf mich zu. Ich zog ihn verstohlen an mich und sagte lächelnd, wie im Scherz zu ihm :'Nun, mein Junge, welche von ihnen gefällt dir denn am besten?' Er wandte sich um, und sein nachdenklicher Blick wanderte über all die braunen und blonden Mädchenköpfe hinweg. Dann sah er mich wieder an, eine ganze Weile. Und dann sagte

13

er langsam, fast verlegen: 'Weißt du, Mutti, für mich ist die die Schönste, die so ist wie du...'

Ich erhob mich aus meiner Ecke und verließ still, um die alten Damen nicht zu stören, den Raum. Zum ersten Mal erfuhr ich, dass eine Liebesgeschichte auch so aussehen konnte, und wenn man mich gefragt hätte, ich wüsste, wem ich den ersten Preis für die schönste zugeteilt hätte.

Irene Pätz

Ich ging ihm nach

Ich hatte geschlafen.

Ein kühler Luftzug weckte mich, als der Bus hielt, um einen einzigen Fahrgast an dieser entlegenen Station einsteigen zu lassen. Ohne irgend jemanden zu beachten, trottete er zum Führersitz und legte sich daneben nieder. In der wohligen Wärme der Motornähe war er bald sanft entschlummert.

Es war weiter nichts Besonderes an dem neuen Fahrgast, außer dass er ein Hund war. Kahle Flecken in dem zottigen Fell zeigten mir, dass er nicht mehr der Jüngste war. Niemand außer mir schien von ihm Notiz zu nehmen, und auch der Busfahrer strich ihm nur kurz einmal über den Kopf. Dennoch erschien es mir seltsam, dass man offenbar nur seinetwegen hier angehalten hatte und dass er ohne Begleitung war.

So blickte auch ich denn wieder hinaus auf die vom Pflug aufgebrochenen Äcker, über denen die ersten Nebelschwaden aufstiegen. Aber ich konnte nicht wieder einschlafen.

Schon zwei Stationen weiter erwachte der Hund aus seinem kurzen Schlummer, und der Fahrer hielt an, um ihn aussteigen zu lassen.

Einer plötzlichen Eingebung folgend, erhob ich mich und verließ ebenfalls den Bus. Ich war neugierig geworden, und da ich zufällig Zeit hatte, folgte ich ihm.

Wir standen jetzt nebeneinander an der Autostraße. Auch jetzt noch schien er mich nicht zu bemerken. Als die Fahrbahn frei war, lief er schnell hinüber. Ich ging ihm nach. Für einen Augenblick stand ich unschlüssig vor dem großen, schmiedeeisernen Friedhofstor. Ich sah, wie er den Hauptweg entlanglief, an den dunklen Pappeln und Tannen vorbei, geradewegs auf die kleine Kapelle zu.

Er schien genau zu wissen, wohin er wollte.

Im Windschatten der Kapelle blieb ich stehen. Ich sah, wie er mit einem mächtigen Satz über eine Buchsbaumhecke sprang. Vor einem ungepflegten Grabplatz mit einem kleinen Stein blieb er stehen, beschnüffelte die welken Blumen, ließ sich nieder und legte den Kopf auf die Pfoten. So verharrte er regungslos. Ich trat vorsichtig näher.

"Ja... er ist unser treuester Besucher", sagte da jemand.

Neben mir stand in gebückter Haltung der Friedhofsgärtner. Er beschnitt gerade eine Hecke.

Ich begriff nicht. "Der treuste?"

Der andere richtete sich auf, nickte, und wies mit der Hand auf das Tier.

"Tag für Tag kommt er her. Immer um dieselbe Zeit. Seit sein Herr hier begraben liegt. Vor einem halben Jahr war das. Der Mann war blind, wissen Sie. Als wir ihn beerdigt hatten, blieb der Hund hier auf dem Grab liegen. Drei Tage und drei Nächte wich er nicht vom Platz. Da halfen keine Bitten und auch keine Befehle. Schließlich folgte er dann aber doch dem alten Martin, einem Eigenbrötler aus seinem Heimatdorf, der sich auf Hunde besser versteht als auf Menschen. Doch tagtäglich kehrte er zurück an das Grab seines Herrn, und jedes Mal musste der alte Martin ihn wieder holen."

Ich sah hinüber zu dem Hund, der einmal schläfrig auf blinzelte.

"Und was geschah dann?"

"Eines Tages wäre er dem Bus beinahe in die Räder gelaufen. Seitdem nimmt der Fahrer ihn immer mit, pünktlich zur Abfahrtszeit steht der Hund an der Haltestelle. Eine komische Geschichte, was? Dass es so etwas noch gibt in unsrer Zeit..."

Der Alte beugte sich wieder über seine Arbeit. "... aber der Hund," murmelte er, "der Hund, er ist der Treueste von allen..."

Nach einer halben Stunde ungefähr erhob das Tier sich plötzlich, schüttelte sich kurz, trottete an mir vorbei und ging denselben Weg zurück. Dieses Mal folgte ich ihm nicht. Wozu auch? Ich kannte ja jetzt seine Geschichte. Die Geschichte eines Geschöpfes, das den Begriff "Treue" wohl nur zu erahnen vermochte, das aber für diese Treue leben würde bis an sein eigenes Ende.

Helmut Pätz

Ein Umweg

Unruhig wälzte er sich auf die andere Seite und schob die Bettdecke weg. Die Müdigkeit quälte ihn, aber der Schlaf wollte nicht kommen.

Er lauschte in die Dunkelheit. Es war still, aber er ahnte, dass die Mutter nebenan in ihrem Zimmer auch nicht schlief.

Er wusste nicht, warum alles so gekommen war. Er konnte die Gedanken nicht zurückrufen. Es waren nicht seine Gedanken gewesen, nicht seine Gefühle. Es mussten die eines anderen gewesen sein Er selbst war weit weggewesen, für ein paar Stunden, für eine Ewigkeit. Und dann war er zurückgekehrt, hierher, in seine kleine Welt, aber die Last der Schuld, die er auf sich geladen hatte, drohte ihn zu erdrücken...

Es war alles so schnell gegangen.

Pichlers Schnellimbissbude. Außer ihm waren keine Leute da. Nur selten wartete hier jemand um diese Zeit auf einen der späten Busse in die Stadt.

Er hatte im Schatten gestanden, und als Pichler ihm für einen Augenblick den Rücken zugewandt hatte, griff er zu. Er wusste nicht, wie viel Geld in der Kassette war. Mehrere Scheine hatte er gesehen und auch etwas Kleingeld. Aber er hatte das Geld nicht einmal angerührt, denn Pichler hatte sich umgedreht, als ahnte er etwas.

Er war weggerannt. Zwanzig Schritte weiter standen schon die ersten hohen Bäume. Nein, Pichler konnte ihn nicht erkannt haben. Jeans und Parkas trugen viele Jungen seines Alters. Außerdem war alles viel zu schnell gegangen.

"Hilfe!" hatte Pichler gerufen, und dann noch einmal: "Hilfe ... Überfall..."

Immer wieder hörte er die Stimme, nahe erst, dann immer weiter weg, und schließlich war es auf einmal still. Er hörte nur noch das Rauschen des Windes in den schwarzen Bäumen und das Pochen seines eigenen Herzens. Keuchend lehnte er sich an einen Baumstamm.

Auf einmal war ihm klargeworden, was geschehen war. Er hatte etwas tun wollen, etwas Verbotenes, Ungeheuerliches. Er hatte sein Vorhaben nicht ausgeführt, nicht ausführen können aber die Schuld war geblieben. Er glaubte, dass jeder es ihm ansehen müsste, sogar jetzt in der Dunkelheit. Dabei war es ganz einsam hier um diese Zeit, und die öffentlichen Wege hatte er sowieso gemieden. Er kannte den Wald. Hier waren sie aufgewachsen, er und Walter.

Ja, er musste zu Walter!

Walter würde ihm helfen. Sie hatten sich immer verstanden. Ohne viel Worte. Ja, er würde ihm helfen. Immer schon hatten sie so etwas gemeinsam tun wollen. Auch an Pichlers Würstchenbude hatten sie dabei gedacht. Aber dann hatte ihnen doch das letzte Quäntchen Mut gefehlt.

Er lief weiter.

Die neue Autostraße hatte er hinter sich gelassen. Rechts war der Fluss. Davor der endlos schwarze Zaun und dahinter die riesige Kiesgrube. Er war über den Zaun geklettert und dann war da der Stein gewesen.

Stechender Schmerz durchzuckte sein Fußgelenk und für einen Augenblick sank er zu Boden. Stöhnend humpelte er weiter. Er sah fast nichts. Nur die rechte Hand hielt Fühlung mit dem rauen, splittrigen Holz der Bretterwand, und links, kaum einen Schritt weiter, wusste er die Grube, ein tiefer See jetzt, voller Wasser.

Das Haus, in dem Walter wohnte, lag weit zurück in einem tiefen Park. Die Fenster waren hell erleuchtet und verhießen Geborgenheit. Auf einmal spürte er die Sinnlosigkeit seines Vorhabens. Aber es war schon zu spät zur Umkehr. Ganz nahe war das scharfe Bellen des Hundes, und dann sprang das Tier auch schon an ihm hoch.

"Wolf..." flüsterte er. Sie kannten sich gut, das Tier und er. Der Hund lief freudig bellend durch den dunklen Park zurück ins Haus. Zusammen mit Walter kam er wieder.

"Mensch... du?" Walter hatte einen Mantel übergeworfen. "... ich hab' schon gepennt... meine Eltern haben Gäste heute Abend..."

Unbemerkt waren sie dann in Walters Zimmer hinaufgeschlichen, hatten beieinander gehockt, ohne recht zu wissen, was sie einander zu sagen hatten. Da war nun wirklich eingetreten, was sie schon immer mal vorgehabt hatten. Nur so, um ihren "Mut auszuprobieren". Eigentlich war ja gar nichts geschehen, und doch waren sie nicht mehr dieselben war eine nie gekannte Fremdheit zwischen ihnen. Nichts war da von der Bewunderung, die er vielleicht doch erwartet hatte, nichts von der insgeheim erhofften Anerkennung. Aber er brauchte keine Bewunderung, keine Anerkennung. Er brauchte Hilfe.

Sein Fuß schmerzte höllisch.

Er hatte daran gedacht, hier bleiben zu können bei Walter. In seinem Zimmer, oder vielleicht oben auf dem Dachboden. Er fragte aber nicht, und Walter murmelte nur etwas wie:... sich verstecken... drüben im Wald... den er doch so gut kannte... hier bei ihm ginge das auf gar

18

keinen Fall... seine Eltern.. die vielen Gäste... er müsse das verstehen... er selber würde natürlich schweigen wie ein Grab... Ehrensache!

Ja, er hatte verstanden.

Walter hatte ihn dann noch hinausbegleitet. Von niemanden bemerkt, verschwand er mit zusammengebissenen Zähnen humpelnd in der Dunkelheit.

Und dann dachte er an Helga. Ja, sie würde ihm helfen. Helga, das war etwas anderes als mit Walter. Sie wirkte so reif, so erwachsen. Er hatte das Gefühl, ihr alles anvertrauen zu können.

Er hielt sich im Schatten der Bäume. Die Schmerzen im Fuß waren fast unerträglich geworden. Er hatte jedes Zeitgefühl verloren. Dennoch wusste er, dass es spät war. Viel zu spät, um noch zu Helga zu gehen. Nein, er konnte nicht zu ihr gehen, es war alles zu erbärmlich, zu schmutzig.

Auf einmal dachte er an seine Mutter.

Eigentlich hatte er im Unterbewusstsein immer an sie gedacht, aber diese Gedanken immer wieder verdrängt. Ihn fror, als er ins Haus kam und seine Zähne schlugen aufeinander, als er an ihrem Zimmer vorbeischlich, hinter dessen Tür er sie wach wusste, hellwach und krank fast vor Angst um ihn...

Als der erste graue Lichtschimmer durchs Fenster fiel, stand er auf. Humpelnd ging er an die Tür, öffnete sie behutsam.

"Komm..." hörte er die Stimme der Mutter. Er ging zu ihr und setzte sich auf den Bettrand.

Sie richtete sich auf. „... du hättest gleich zu mir kommen sollen..."

Der Junge sah sie an, eine ganze Weile, dann nickte er.

"Ja.... ich hätte gleich zu dir kommen sollen..."

Helmut Pätz

Ein Wiedersehen…

Während ich Maria ansah, rührte ich nachdenklich in meiner Kaffeetasse. Ganz zufällig hatten wir uns hier wiedergetroffen, in dieser kleinen Konditorei, nach so vielen Jahren, in denen nach gemeinsam verbrachter Kindheit jegliche Verbindung zwischen uns abgebrochen war.

Nein, Maria hatte sich kaum verändert. Immer noch leuchtete ihr welliges Haar auf, wenn sich ein Lichtstrahl darin verfing, immer noch besaß sie die strahlend blauen Augen und jene knabenhafte, anmutige Figur, die schon damals jedermann entzückt hatte. Und plötzlich war ich mir in jäh aufkommender Bitterkeit meines eigenen gewiss nicht so vorteilhaften Spiegelbildes bewusst.

Maria aber war ein Menschenkind, das sich immer nur auf der Sonnenseite des Lebens befand.

Herzlich war der warme Druck ihrer Hände, mit denen sie die meinen umschloss und teilnehmend und interessiert zugleich klang ihre Stimme, als sie sich nach meinem jetzigen Leben erkundigte, nach dem Mann, den ich geheiratet hatte, nach den Kindern.

".. mir selbst geht es gut..." wehrte sie immer wieder in ihrer natürlichen Art alle diesbezüglichen Fragen ab. Und da gab es auch nichts zu fragen. Man sah es dem unauffällig wertvollen Schmuck an, den schlanken, gepflegten Händen, ihrer ganzen dezent modischen Erscheinung.

Maria... Sie sprach wenig, hörte nur zu, lachte hin und wieder hell auf und spann in kurzen Worten den Bogen vom Gestern zum Heute. Maria... Immer bewundert, umschwärmt, beliebt. In der Schule stets die Erste, im Spiel die Führende, im Sport die Beste. Sie verbreitete Heiterkeit und Wärme, und wo sie ging und stand, da gab es keine Uneinigkeit, keinen Streit, keine Disharmonie. Sie vereinte das alles in sich, was jeder von uns auch nur zu einem geringen Teil für sich erträumte, ersehnte.

Ich sah Maria an. Sie lächelte, und unwillkürlich seufzte ich auf, dachte an meine Probleme, an die vielen kleinen häuslichen Sorgen, an das Geld, das nie reichte, an das kleine Reihenhaus, das es mühsam abzubezahlen galt, an die Kinder, die meine ganze Kraft abverlangten. Und darum wollte ich schon ablehnend den Kopf schütteln, als Maria mich in ihrer herzlichen Art bat, mit ihr zu sich nach Haus zu fahren. Die frühere Freundschaft aber verdrängte dann doch alle aufgekommene Bitterkeit, und sogar ein wohlig aufatmend ließ ich mich in die weichen Polster ihres noblen Wagens sinken, den sie mit jener Gelassenheit, die man ganz einfach bei ihr voraussetzte, durch den Stadtverkehr lenkte. Bis wir weit draußen vor der Stadt vor dem schmiedeeisernen Tor einer in einem großen Park gelegenen Villa hielten und ein Mädchen mit weißem Spitzenschürzchen mir aus dem Mantel half.

Maria nahm meinen Arm. Gemeinsam schritten wir hinein in diese teppichweiche, erlesene Behaglichkeit, die erfüllt war von warmem Licht und dem Duft frisch geschnittener Blumen in verschwenderischer Fülle, Blumen, die Maria immer schon so liebte. Ja, so und nicht anders musste die Umgebung sein, in der sie lebte!

Und dann erblickte ich ihn, den Jungen, der auf uns zugesprungen kam. In seinen blassen, ausdruckslosen Augen leuchtete es glücklich auf, wie in denen eines kleinen Kindes, das die Mutter gesucht und endlich gefunden hatte.

"Mama..." kam es unbeholfen über seine Lippen. "Mama...". Mehr nicht.

Harald..." Maria zog den großen, fast erwachsenen Jungen zärtlich an sich.

"Mama..." stammelte er, und nur immer wieder:..Ma... Ma..."

Und plötzlich begriff ich. Dieser Junge, mochte er auch die Gestalt eines Erwachsenen angenommen haben, er würde immer nur den Verstand eines Kindes behalten.

Maria wandte sich mir zu.

21

„...das ist Harald..." Ihre Stimme war jetzt voll ganz besonderer Wärme, und mein Herz krampfte sich zusammen. "Er ist meine Aufgabe, meine einzige... er ist meine ganze Welt... und er wird es immer bleiben..."
Den ganzen Tag ließ mich der Gedanke an Maria und ihren Jungen nicht mehr los.
Irene Pätz

Ein ganz besonderer Tag

„...hübsch, nicht wahr?" Die Verkäuferin sah zufrieden auf den zierlich gebundenen Strauß in ihrer Hand, und als sie ihn mit geübtem Griff in das Seidenpapier einschlug, fragte sie. "Also noch einen... und genau den gleichen?"
Sie sah den Mann an, der mit einem versonnenen Lächeln vor ihr stand. Sein zustimmendes Kopfnicken kam aus gedankenverlorener Ferne, und während ihre flinken Hände Blume für Blume aus den verschiedenen Vasen zogen, blickte er durch das Schaufenster nach draußen. Aber er sah die Menschen nicht, die da vorbeihasteten. Seine Gedanken wanderten weit zurück zu jenem Tag, an dem er die zwei Briefe in der Hand gehalten hatte. Auf dem einen hatte er sofort die schwungvolle Handschrift der Mutter erkannt, und mit jähem Erschrecken war ihm das Versäumte eingefallen. Ihr Geburtstag! Er hatte ihn einfach vergessen.
Sicher, er hatte bis über die Ohren in Arbeit gesteckt damals, hatte kurz vor dem Examen gestanden und Tag und Nacht über den Büchern gehockt! Aber trotzdem es gab keine Entschuldigung. Er wusste genau, was er für die Mutter bedeutete, nachdem der Vater so früh gestorben war und sie nur noch ihn hatte. Und er wusste außerdem, wie schwer es ihr gefallen war, ihn für so lange Zeit in die ferne Stadt auf die Universität zu schicken... Verflixt, ihren Geburtstag, den hatte er noch nie vergessen, und so fürchtete er sich fast davor, ihren

Brief zu öffnen. Wie er sie kannte, würde er kein Wort des Vorwurfs enthalten, aber selbst der kleinste, leiseste Hauch von Traurigkeit darin würde ihn schmerzen.

Um so überraschter war er dann, als er ihre Zeilen las: "... und Du glaubst gar nicht, mein lieber Junge, wie sehr ich mich über die herrlichen Blumen gefreut habe... dass Du trotz der vielen Arbeit noch an mich gedacht hast...!"

Lange hatte er überlegt. Und immer noch nicht recht begreifend, hatte er schließlich den zweiten Brief geöffnet. Es hatte eine ganze Weile gedauert, bis er sich an den Namen des Absenders erinnerte ... Ja, richtig, Hildegard Weiß, das musste die Untermieterin der Mutter sein, die sein ehemaliges Zimmer bewohnte und mit ihrem Mietgeld deren schmale Rente ein wenig aufzubessern half. Was mochte die ihm zu schreiben haben? Und dann las er mit Verwunderung, in die sich eine gehörige Portion Beschämung schlich, die folgende Worte:"... und sie hatte mir doch schon so viel von Ihnen erzählt, daher wusste ich, wie sehr sie an Ihnen hängt. Als dann keine Post von Ihnen kam an ihrem Geburtstag, und ich merkte, wie traurig sie war, bin ich noch am Abend schnell ins nächste Blumengeschäft gelaufen und habe in Ihrem Namen... ich hoffe, Sie verzeihen mir den kleinen Schwindel..."

Die Verkäuferin lächelte ihn an, als sie ihm die beiden Sträuße überreichte.

"Das ist wohl ein ganz besonderer Tag heute ... sagte sie ein wenig beziehungslos. Dennoch brach so etwas wie eine ganz persönliche Wärme durch ihr geschäftsmäßiges Lächeln.

Ein wenig ungeschickt nahm er die Blumen entgegen. "Ja, es ist wirklich ein ganz besonderer Tag..."

Und das war er wirklich, nicht nur für ihn, sondern auch für Hildegard, seine Frau...

Irene Pätz

Ein großes Talent

Als sie im Halbdunkel des langen Ganges stand, verlor sie plötzlich allen Mut. Auf einmal wurde ihr bewusst, dass sie ihm gegenüberstehen würde. Sie hatte sich ganz genau zurechtgelegt, was sie ihm sagen wollte, jedes einzelne Wort...

Nein, er würde sie bestimmt nicht wiedererkennen. Wahrscheinlich hatte er sie überhaupt nie wahrgenommen zwischen all den vielen Gesichtern, die ihm aus dem dämmrigen Zuschauerraum zujubelten, wenn er, erschöpft, aber dennoch strahlend, immer wieder vor dem Vorhang gerufen wurde, - wenn er sich verbeugte, lächelte, Kusshände warf. Nicht einmal an das Autogramm würde er sich erinnern können, das er ihr gegeben hatte, ihr und den vielen, vielen anderen auch...

"Herein..."

In der kleinen Garderobe roch es nach Schminke, Mottenpulver und nach alten, verstaubten Theaterrequisiten. Er hockte vor dem Spiegel und schminkte sich ab. "Verzeihung..." sagte sie leise.

Langsam drehte er sich um.

Nein, er hatte sich nicht sehr verändert, fand sie. Gewiss, das einst so herrlich dunkle Haar war von silbrigen Fäden durchzogen, es gab hier und da ein paar Fältchen in dem cremeglänzenden Gesicht, aber unverändert war das Feuer seiner schwarzen Augen und die katzenhafte Lässigkeit seines schlanken Körpers.

"Mario Grassmann... der berühmte Mario Grassmann... der unvergessliche Hamlet... der unvergleichliche Karl Mohr..."

Gleich darauf hielt sie erschrocken die Hand vor dem Mund. Mein Gott, wie ein alberner Teenager benahm sie sich!

Doch er lächelte. Und wie er lächelte! Genau so wie damals auf der Bühne, wenn der Beifall ihn umbrandete.

Unnachahmlich! Als ob nicht fast zwei Jahrzehnte vergangen waren seitdem...

In seiner liebenswürdigen Art bat er sie, Platz zu nehmen, ohne nach dem Grund ihres Kommens zu fragen. Und natürlich sprachen sie von früheren Zeiten, von seinen großen Erfolgen. Doch dann legte sie plötzlich die Hand auf den Arm des Mannes, und aus ihrer Stimme klang Entschlossenheit.

"Herr Professor, ich muß da etwas mit Ihnen besprechen. Es ist wegen meines Sohnes... Martin Mangold..."

"Martin Mangold..." Seine buschigen Augenbrauen zogen sich nachdenklich zusammen.

"Martin Mangold, ja. Sie geben ihm doch Schauspielunterricht, nicht wahr?"

"Aber ja, der Martin, natürlich... ich habe ihn seit etwa vier Wochen nicht mehr gesehen. Ist was mit ihm?"

Sie hob hilflos die Hände. "Nein, nein, nur... wissen Sie, es fällt uns nicht ganz leicht, die Mittel für die Stunden aufzubringen, seit sein Vater tot ist..."

Schon lächelte er wieder sein berühmtes Lächeln. "Ich habe nie gedrängt wegen des Geldes..."

"Ich weiß, Herr Professor, und dafür sind wir Ihnen ja auch dankbar, der Martin und ich. Aber da ist noch etwas anderes, weshalb ich Sie aufsuche. Der Junge, wissen Sie, er fühlt sich nun einmal zum Schauspieler berufen. Eine Marotte, mehr ist es nicht, aber es ist ihm nun nicht aus dem Kopf zu schlagen. Er glaubt felsenfest an sein Talent - Berufung, wie er es nennt." Sie seufzte tief auf, "Ja, er glaubt ganz fest daran."

Eine ganze Weile sah er sie nachdenklich an. "Und Sie? Sie glauben wohl nicht daran?"

Sie schüttelte energisch den Kopf. "Nein. Ganz und gar nicht. Aber ich kann es ihm nun mal nicht ausreden. Bitte, Herr Professor, sagen Sie es ihm doch bitte. Sagen Sie ihm, dass ein gesicherter, bürgerlicher Beruf das einzig Richtige für ihn ist und dass sein schauspielerisches Talent nicht ausreicht..."

Sein Blick schweifte von ihr ab, schien etwas im Raum zu suchen, kehrte dann zu ihr zurück. "Gut", sagte er dann kurzentschlossen, "gut, kommen Sie wieder, morgen um dieselbe Zeit. Und bringen Sie ihn mit. Ihren Martin. Ich will sehen, was ich machen kann..."

Sie umschloss seine Hand mit ihren Händen, und er spürte die Last, die von ihr zu weichen schien.

"Ich wusste, dass Sie mir helfen würden. Es ist das Beste für ihn, ganz bestimmt, glauben Sie mir. Dieser Beruf, nicht wahr, er sollte nur den ganz Großen vorbehalten sein. Ich möchte doch nicht, dass er scheitert..." Und dann leise, fast schüchtern: "Hoffentlich sind Sie mir nun nicht böse, dass ich nicht nur als Verehrerin zu Ihnen gekommen bin..."

Es war eine winzige Spur von Resignation in seinem Gesicht, als er erwiderte: "Böse? Nein. Vielleicht ein wenig traurig, aber eigentlich nur ein ganz klein wenig..."

Als es am nächsten Tag an der Garderobe klopfte, ließ der Schauspieler die Zeitung mit den letzten Theaterkritiken sinken. Verwundert sah er auf die Frau und den jungen Mann hinter ihr, der bescheiden an der Tür stehenblieb.

Er erhob sich und trat den beiden entgegen. "Nanu, Du, Martin? Und um diese Zeit?"

Die Frau sah ihn verwundert an. Oh, diese Zerstreutheit der Künstler! "Aber, Herr Professor, Sie haben mich doch hergebeten, den Martin und mich..."

Der Mann hob die Schulter und ließ sie wieder sinken. "Ich verstehe nicht ganz. Ich soll Sie hergebeten haben? Wann denn? Und warum? Ich kenne Sie doch überhaupt nicht."

"Aber ich war doch gestern bei Ihnen, hier in dieser Garderobe. Wir haben über Martin gesprochen, über meinen Sohn Martin..." Ihre Stimme zitterte vor Erregung. "Er ist vorbereitet, Herr Professor, ich habe es ihm schon gesagt..."

"Ich begreife das alles nicht, liebe Frau," der Schauspieler sprach ganz behutsam. "Sie müssen sich irren, ja, ganz bestimmt irren Sie sich. Ich bin erst heute morgen von einer vierwöchigen Tournee zurückgekehrt." Sie schwieg völlig verwirrt. Da legte der junge Mann, der bis dahin stumm, ja geradezu unbeteiligt in der Ecke gesessen hatte, den Arm um seine Mutter. Und dann lächelte er sie an. Mein Gott, dieses Lächeln... aber das war doch... nein, so etwas gab es doch gar nicht...! Sie fasste sich an den Kopf. Und wie aus weiter Ferne hörte sie die Stimme ihres Jungen...

"Doch, Mutter, es stimmt alles, was Du da eben gesagt hast. Du irrst Dich nicht. Natürlich warst Du gestern hier, und tatsächlich hast Du mit Herrn Professor Grassmann über mich gesprochen. Es stimmt weiter, dass er uns beide hierher bestellt hat. Es stimmt alles - das heißt - beinahe alles. Denn der Mann, der vor Dir stand, war in Wirklichkeit nicht der richtige Professor Grassmann, sondern... ich! Ja, ich war es. Ein paar imitierte Silberfäden im Haar, ein paar künstlich eingelegte Falten, nicht zu viel, gerade so wie der Herr Professor es mich gelehrt hat, und..." ein Lächeln jetzt, aber sein eigenes, unbekümmertes, altvertrautes Lächeln, "und... ein klein wenig Talent, Mutter..."

Schweigen herrschte im Raum, eine ganze Zeit lang. Dann räusperte sich der Ältere und trat zu der immer noch fassungslosen Frau.

"Ihr Martin, Frau Mangold, ist einer der begabtesten Schüler, die ich jemals hatte. Lassen Sie mich ihm weiterhin Schauspielunterricht geben, das Honorar kann er mir später von seiner Gage wieder zurückzahlen." Er war jetzt ganz ernst geworden, und in seiner Stimme lag ein ganz besonderer Klang, als er fortfuhr "... denn er wird später einmal einer der ganz Großen sein...

Irene Pätz

Eine ganz und gar alltägliche Frau

Da saß sie nun, eine alte Frau zwischen den vielen Zeitungen. Wie immer, Tag für Tag, Jahr um Jahr. Und doch war es heute anders. Auf den Tag genau waren es heute vierzig Jahre. Sie selbst hätte wohl gar nicht daran gedacht. Wie im Flug war die Zeit an ihr vorbeigezogen. Aber anscheinend wussten andere davon. Ein paar verrückte Kerle hatten ihr sogar einen grünen Kranz mit einer goldenen 'Vierzig' an die Tür gehängt. Eine ganze Weile hatte sie davor gestanden, bevor sie heute in der Früh' den Kiosk aufgeschlossen hatte, und dann hatte sie nur lächelnd den Kopf geschüttelt.

Vierzig Jahre! Na und? Sie hatte ihre Arbeit getan wie alle anderen auch. Was war denn schon dabei?

Das hatte sie auch dem jungen Mann von der Zeitung gesagt, der da heute morgen bei ihr aufgetaucht war und eine ganze Zeit bei ihr in der engen Bude gehockt hatte. Eine Story solle er schreiben, hatte er gesagt, über sie und die vierzig Jahre, die hinter ihr lagen, hier in ihrem Zeitungskiosk.

Eine Geschichte über sie?! Fast konnte er ihr leid tun. Was gab es über sie schon zu berichten? Das bisschen, was ihr Leben ausmachte, das konnte man in wenigen Sätzen zusammenfassen. Wen interessierte es denn schon, dass der Mann früh gestorben war, dass sie auf einmal ganz allein dagestanden hatten, sie und der Junge. ... irgendwie musste es doch weitergehen...

Dann aber erzählte sie doch, und eigentlich waren es ihre Erinnerungen, die an ihr vorbeizogen, Erlebnisse von den vielen Menschen, die zu ihr kamen und hier ihre Zeitung oder Zeitschrift kauften. Der junge Mann saß da und nickte nur, und sie dachte, dass ihn das alles gar nicht wirklich interessierte, weil er immer nur mit dem Bleistift herumspielte. Aber als sie dann stockte, sah er plötzlich auf: „Was ist? Erzählen Sie doch weiter!"

Sie zuckte die Achseln. "Aber das alles ist doch nichts Besonderes."

Was sollte sie denn auch noch erzählen? Vielleicht von dem kleinen, blassen Ding, das da drüben in der Fabrik arbeitete und jeden Freitag vorbeikam, um das neueste Romanheftchen zu kaufen, und das sie jedes Mal mit ein paar freundlichen Worten aufmunterte, weil es sich so einsam fühlte in dieser großen fremden Stadt, oder von Robert, dem langen, schlaksigen Kerl, der immer die Einkaufswagen am Supermarkt zusammenschob, und der regelmäßig seinen Lottoschein bei ihr abgab? Und dass sie bei den beiden ein wenig Schicksal gespielt hatte und dass die zwei jetzt sehr glücklich waren miteinander...

"Aber interessiert Sie das denn überhaupt?" fragte sie erneut, während sie frischen Kaffee aufgoss und ihm ein Stückchen von dem Selbstgebackenen zuschob.

"Doch", sagte er nur, "erzählen Sie nur weiter..." Und sie sah, dass er doch nicht nur mit dem Bleistift gespielt, sondern schon ein ganzes Blatt vollgeschrieben hatte.

Und während sie weitersprach, wurde ihr erst wirklich bewusst, was sich alles hier um ihren Kiosk abgespielt hatte, und dass das alles weit mehr gewesen war, als ein schneller Gruß, ein kurzes Wort von hüben nach drüben, weit mehr, als dass Zeitung und Geldstück ihren Besitzer wechselten.

„Ja... und dann war da noch die Sache mit Max. Ach, das ist schon lange her. Eine Dummheit hatte er gemacht, wissen sie, und seine Stellung verloren dadurch. Eines Abends stand er auf einmal vor mir. Er sagte kein Wort. Oh, man sieht es einem Menschen an, wenn er am Ende ist. Ich ahnte, dass er es auf das bisschen Geld in meiner Kasse abgesehen hatte. Als ein Polizist näherkam, wollte Max weglaufen. Ich schob ihm schnell ein Päckchen Zigaretten zu, als hätte er sie gerade bei mir gekauft. Der Polizist ging weiter... Ich habe Max nie wieder gesehen."
Und dann etwas zögernd: „Ich hoffe, ich habe es richtig gemacht, damals..."

29

Der junge Mann nickte. Dann zeigte er auf das grüne Wollknäuel, von dem sie inzwischen schon ein ganzes Ende verstrickt hatte... "Und was soll das werden?"

"Das... ? Ach, das ist für meinen Buben..." Sie lachte auf und war im gleichen Augenblick aufgesprungen, flink wie ein junges Mädchen, hatte sich an ihm vorbeigezwängt und war auch schon hinaus zur Tür. "Hiergeblieben!" befahl sie und hielt dem kleinen Schmutzkerlchen das grüne Strickstück vor den schmächtigen Leib. "Passt", stellte sie befriedigt fest. Dann langte sie unter einen Hocker, holte etwas Eingewickeltes aus einen Blechkasten und drückte es dem Jungen in die Hand, der schnell wieder verschwand.

Sie seufzte auf. "Er hat niemanden, der so richtig für ihn sorgt..." Und schon lachte sie wieder, als das kleine schmutzige Jungengesicht auftauchte, und eine atemlose Stimme durch das kleine Viereck kam, „...vielen Dank auch, Oma Mathilde."

"Das hier ist nun mein Leben", sagte sie, "Tag für Tag geht das so..." Etwas hilflos sah sie ihn auf einmal an, und gleichzeitig ging ein Aufleuchten über ihr Gesicht. "Gestern bekam ich einen Brief von meinem Sohn..." Sie machte eine umfassende Handbewegung. "Er hat es geschafft drüben in Kanada... Es geht ihm gut, sehr gut sogar, ihm und seiner Familie. Und nun wollen sie mich holen. Ich soll zu ihnen kommen, für immer, und mich ausruhen..."

Der junge Mann von der Zeitung hob den Kopf. "Nach drüben? Mann, das ist ja eine richtige Story, sogar mit einem Happy End. Ja, das ist es, der Lohn für eine langes, entbehrungsreiches Leben.."

Ihre Augen funkelten hinter der Brille. "Happy End? Unsinn... ich kann hier doch nicht weg. Und Sie, junger Mann, haben mich überhaupt erst richtig darauf gebracht... die alle hier brauchen m i c h und nicht nur meine Zeitungen..."

Plötzlich tauchte ein Gesicht im Verkaufsviereck auf. "Guten Tag... Mensch, vierzig Jahre... na, dann weiterhin alles Gute für die nächsten vierzig..." Und war gleich darauf auch schon wieder verschwunden. Wortlos sah die Frau ihm nach. Dann lachte sie herzlich. "Der mürrische Kerl hat noch nie ein persönliches Wort zu mir gesagt, all die Jahre nicht. Heute ist wirklich ein Festtag." Und gleich darauf wurde sie wieder nachdenklich. "Ja, wirklich, die brauchen mich hier..."
Der junge Mann klappte sein Notizbuch zu und stand auf.
„Ja", sagte er, "ja, ich glaube es auch..."
Irene Pätz

Fünf Stockwerke Angst

An diesem Vormittag wurde Signora di Leo in eine andere Welt gestürzt. Es war ein klarer, sonniger Morgen, der ein besonders schöner Tag zu werden versprach.
Sie saß im schattigen Zimmer an der alten Nähmaschine, wie sie es immer tat, Tag für Tag, und achtete auf die Nadelstiche, die sich mechanisch, in immer gleichbleibenden Abständen in den Stoff hineinfraßen, der ihr durch die Hände glitt. Und in das Rattern der Maschine hinein hörte sie die Stimme ihrer Tochter, Elviras Stimme.
"Ja..." sagte sie nur. Sie hatte nicht gehört, was Elvira gerufen hatte, und so antwortete sie nur ganz automatisch, wie sie es oftmals tat. Aber dieses Mal blieb die Stimme, und da hörte sie auf zu nähen.
Es war da eine winzige Kleinigkeit, die sie aufhorchen ließ. Und plötzlich, da wusste sie es: Elvira war nicht im Zimmer! Einen Augenblick lang saß wie da wie erstarrt, dann stieß sie den Stuhl zurück und sprang auf.
"Mama..." Die Stimme schien von weit herzukommen und war doch ganz nahe.
"Elvira!" Signora di Leo stürzte ans Fenster und sah hinab auf die Dächer, die grau ausgemergelten, in der

Sonne gleißenden. Sie sah hinab auf die Straße, - und das war der Augenblick, in dem Signora di Leo in eine andere Welt stürzte.

"Mama..." rief Elvira wieder. Und dann sah sie ihre kleine, dreijährige Tochter knapp einen Meter unter sich stehen, auf dem schmalen Mauersims, auf dem der Fuß eines ausgewachsenen Menschen kaum Platz hatte. Und von dort ging es steil hinab, fünf Stock-werke tief. Elvira stand mit dem Gesicht gegen die untere Dachschrägung. Die kleinen Hände tasteten an dem rauen Mauerwerk entlang.

"Elvira..."

Signora di Leo sagte es ganz leise. Nein, sie sagte es nicht - sie dachte es nur, denn der Anblick des Kindes unter ihr presste ihr die Kehle zu. Sie starrte hinab auf Elviras schwarzen Haarschopf, der doch so greifbar nahe schien. Sie lehnte sich weit aus dem Fenster, so weit es ging, und sie streckte die Arme lang aus, aber es war immer noch eine gute Handbreite, die ihr fehlte, um das Kind zu erreichen.

Sie starrte hinab auf die Straße. Und sie sah unter sich die Leute gehen an diesem hellen, freundlichen Morgen. Ein Mann blieb stehen, und dann eine Frau. Beide blickten nach oben, zeigten mit den Hände nach oben, riefen etwas. Aber sie konnte es nicht verstehen. Sie hörte nur das Rauschen ihres Blutes in den Ohren, und dann verschwamm alles vor ihren Augen. Und dann sah sie gleich darauf wieder die Gesichter der Menschen, ganz nahe jetzt, wie durch eine Lupe. Sie erkannte das Entsetzen in den Augen der anderen, und es war ihr eigenes Entsetzen. Und wieder rückte alles weit, weit weg und versank in einem flimmernden Nebel.

"Mama..." wimmerte Elvira gegen die Wand.

"Steh ganz still, mein Kind", hörte sie sich sagen, "ganz still. Beweg dich nicht. Ich bin ja bei dir..."

"Ja, Mama..." sagte Elvira mit einer artigen Stimme, die ganz fremd klang vor Angst. "Ich will zu dir, Mama..."

"Gleich, mein Kind... bleib ganz ruhig, hörst du... du darfst dich nicht bewegen... Ich erzähle dir jetzt das Märchen von dem Prinzen und dem armen Mädchen..." Und dann erzählte sie ihrer Tochter das Märchen, wie jeden Abend vor dem Einschlafen. Und während sie redete und redete, pausenlos und atemlos, halb irr vor innerlichem Grauen, starrte sie hinab auf die Straße, auf die Menge, die sich inzwischen da versammelt hatte, die herauf glotzte und gestikulierte oder die Hände vors Gesicht schlug. Und sie schickte ein Stoßgebet nach dem anderen zum Himmel: Heilige Mutter Maria hilf mir! Warum hilft denn keiner von denen da unten? Kommt denn keiner auf den Gedanken, hinaufzulaufen in den vierten Stock und noch eine halbe Treppe weiter bis zu dem kleinen Fenster im Treppenhaus und hinauszusteigen auf den Sims und die zehn, fünfzehn Schritte weiter entlangzugehen bis zu ihrer Elvira.... Aber wer, wer würde das wagen?

Und sie dachte an dieses kleine, verfluchte Fenster, aus dem Elvira geklettert sein musste, und daran, dass sie dem Hausmeister schon unzählige Male gesagt hatte, er solle es vergittern lassen. Wo es doch sowieso kaum Licht durchließ und zu keinem anderen Zwecke diente, als dass hin und wieder der halberwachsene, flegelhafte Antonio aus dem zweiten Stock sich hinauslehnte und seine verbotene Zigarette rauchte. Oh, dieses elende Fenster und diese elende Näharbeit auf der alten Maschine, die sie überhören ließ, dass Elvira sich aus dem Zimmer geschlichen hatte. Und alles nur wegen der paar Lire, die sie sich dazuverdienen musste...

Und ich darf hier nicht weg vom Fenster, dachte sie verzweifelt. Ich kann nicht hinunterlaufen, ein Stockwerk tiefer. Ich kann nicht zu ihr. Ich kann sie doch nicht eine Sekunde lang aus den Augen lassen... Elvira, mein Kleines...

Signora di Leo starrte auf die Spatzen, die ganz unbeteiligt an dem spärlichen Gras in der Dachrinne zupften, und dann stieß die Sirene eines Polizeiwagens wie ein scharfes Messer in den blauen Himmel. Sie presste die Hand unters Herz.

"... und dann trat der Prinz in das Zimmer des armen Mädchens", sagte sie. Und während sie sprach, sah sie die Leute unter sich auseinandergehen, und das große Feuer-wehrauto fuhr vors Haus.

"Warum erzählst du nicht weiter, Mama?"

Sie strich sich mit der Hand über die Stirn, über die Augen, als könne sie sich so einen bösen Traum wegwischen... "Gleich, mein Kind... also, dann nahm der Prinz die Hand des armen Mädchens..."

Die Feuerwehrleiter wurde ausgefahren, und einer der Männer stand ganz vorn auf der obersten Sprosse. Er kam näher und näher und starrte unentwegt auf das Kind. Unten liefen ein paar der Männer vor das Haus. Sie falteten ein Sprungtuch auseinander. Auf einmal stand die Leiter still, das gedämpfte Brummen des Motors verebbte. Der Mann auf der federnden Leiter blickte nach unten. Dann zuckte er die Schultern. Seine Gesichtszüge verrieten tiefe Ratlosigkeit. Die Leiter war zu kurz. Sie war um ein, zwei Meter zu kurz...

Signora di Leo schlug die Hände vors Gesicht. "Nein..." wimmerte sie, "nein..."

"Mama... ich bin so müde..." klagte Elvira, und zum erstenmal sah sich das Mädchen um, blickte nach unten, "Elvira..." flehte die Frau, "Elvira..."

Und wieder verschwamm alles vor ihren Augen, und ein barmherziger Nebel verdeckte alles... die Straße mit den vielen Menschen, das Feuerwehrauto, das Kind, greifbar nahe unter ihr, aber dennoch unerreichbar...

So sah sie auch nicht, wie fünf Meter rechts von ihr das kleine Fenster, das, halb geöffnet, im leichten Morgenwind sich bewegte, auf einmal ganz aufgestoßen wurde und Antonios schwarzer Wuschelkopf sich zeigte, neugierig um sich umblickend und schlagartig begriff.

Die eben angerauchte Zigarette flog im hohen Bogen durch die Luft...

Seine schlanke, grazile Gestalt zwängte sich auf den schmalen Sims und glitt katzenhaft geschmeidig näher, Schritt für Schritt.

Da erst erblickte ihn die Frau, und dann sah sie noch, wie das Kind zu taumeln anfing.

"Mama!" rief Elvira kläglich, und angstvoll starrten ihre Augen nach oben. Da war Antonio auch schon bei ihr.

"Heilige Madonna!" stieß die Frau hervor, dann versank sie in einem nicht enden-wollenden Abgrund...

Verschiedene Stimmen waren es, die nach einiger Zeit an ihr Ohr drangen, die Stimme einer Nachbarin, die immer wieder auf sie einsprach, und dann die Stimme von Elvira, und die war jetzt ganz nahe an ihrem Ohr: "... Mama, Mama, der Prinz war da... er hat mich gerettet, ganz bestimmt, er hat mich gerettet, Mama..."

Und dann war da noch eine Stimme: "Prinz? Mann, so ein Quatsch..." Es war die Stimme von Antonio, und er lachte hell auf. Und dann schlug die Tür hinter ihm zu, und im Treppenhaus hörte man ihn noch immer lachen...

Helmut Pätz

Gedanken in der Nacht

Zwei Uhr! Unendlich langsam bewegten sich die Zeiger der Nachttischuhr, kleine, leuchtende Marienkäferchen, die von Strich zu Strich krochen...

Sie seufzte, drehte sich vorsichtig herum, bis sie lang ausgestreckt auf dem Rücken lag. Nach und nach tauchten die Gegenstände auf aus dem Dunkel der Nacht, wurden zu vertrauten Umrissen. Als ihr wandernder Blick auf die schmale Kommode fiel, dachte sie auf einmal daran, dass in diesen Tagen die letzte Rate für das Schlafzimmer fällig war. Sie rechnete nach, plötzlich hellwach geworden, verschob die verschiedenen Haushaltsposten wie die Figuren eines Schachspiels...

Der Junge brauchte unbedingt ein Paar feste Schuhe für die Klassenfahrt. Eine neue Schultasche musste er auch haben, die alte hatte er auch von der Großen übernommen - schon damals hatte er damit nicht losgehen wollen! Ach ja, das Mädel, die Große! Ihretwegen sollte sie übermorgen in die Schule kommen. Ihre Leistungen ließen zu wünschen übrig, hatte man ihr am Telefon gesagt, als sie sie kürzlich wegen Halsbeschwerden krankmelden musste. Und das ausgerechnet jetzt im letzten Schuljahr, so kurz vor dem Abitur! Sollte alles umsonst gewesen sein, die vielen Jahre der Sorgen und Ängste um Zeugnisse und Zensuren? Die Frau griff nach ihrem Herzen. Irgend etwas schmerzte da. Nur jetzt nicht krank werden! Die Familie brauchte sie nötiger als je. Aber ganz deutlich spürte sie ein heftiges Ziehen bis in den Rücken hinein. Kalter Schweiß perlte ihr auf der Stirn. Leise, um niemanden zu wecken, stand sie auf, nahm eine Tablette, trank ein Glas Wasser und legte sich wieder ins Bett.

Sie versuchte, wieder einzuschlafen, zwang sich, an nichts mehr zu denken. Vergeblich! Schafe musst du zählen, sie Stück für Stück über einen Zaun springen lassen, hatte ihre Mutter früher mal zu ihr gesagt. Überhaupt Mutter! Warum hatte sie so lange nichts von sich hören lassen? Das war gar nicht ihre Art, sie schrieb doch sonst so regelmäßig! Immerhin ging sie schon hoch auf die Siebzig zu, und beim letzten Besuch, sah sie gar nicht so wohl aus wie sonst.

Sie wälzte sich von der einen auf die andere Seite, sah zu ihrem Mann hinüber. Wie fest er schlief! Der Schlaf tat ihm gut, er brauchte ihn auch nötig, jetzt, wo er die ganze Arbeit für den erkrankten Kollegen mit erledigen musste. Es war einfach zuviel für ihn, und manchmal hatte sie Angst, schließlich war er ja auch nicht mehr der Jüngste...

Gedanken, dunkel und schwer wie die Nacht, die sie umgab, hüllten sie ein, bohrten sich in sie hinein, gaben keine Antwort auf unzählige Fragen und führten sie doch schließlich hinüber in einen langersehnten Schlaf...

Erst als der Wecker zum zweiten Mal klingelte, wurde sie wach. Frühe Sonnenstrahlen drangen durch die Vorhänge, sie hörte Vogelstimmen und morgendliche Alltagsgeräusche, dann die erwachenden Stimmen ihrer Kinder und von irgendwoher das Summen des elektrischen Rasierapparates.

Die Frau reckte sich. Sie fühlte sich frisch und ausgeruht. Ihr Mann steckte sein rasiertes, leicht gerötetes Gesicht durch die Tür, rief: "Guten Morgen, mein Schatz," fügte fröhlich, "gottlob, heute kommt mein Kollege wieder..." hinzu und pfiff irgendeine Schnulze vor sich hin.

Bald darauf zog appetitlicher Kaffeeduft durch die Wohnung, lebhafte Hin und Hergespräche erfüllten die Räume. Frühstücksbrote wurden belegt und eingepackt, hastige Küsse auf abschiedsbereite Gesichter gedrückt, Hände erhoben sich winkend. Das Mädel kam noch mal zurück: "... ach, ja, Mutti, ich hab' vergessen Dir zu erzählen, dass ich gestern eine Zwei in der Mathearbeit hatte. Ich soll Dir bestellen, Du brauchst nicht mehr hinzukommen... wenn ich so weitermache, hat der Euler gesagt, schaffe ich es..." Als letzter nahm der Mann seine Brote entgegen "... ich hab' Dir übrigens einen Schein oben in den Küchenschrank gelegt, für die letzte Rate... extra von den vielen Überstunden..."

Dann war sie allein. Sie ging sie in die Küche zurück und räumte das Frühstücksgeschirr ab. Ihre Bewegungen waren leicht, von jeglicher Schwere befreit. Ja, alles war wieder in Ordnung. Nachher würde auch noch der Briefträger kommen und einen Brief von der Mutter bringen. Ganz bestimmt, das fühlte sie. Sie atmete tief auf. Ja, es war alles wieder gut...

Wie hell die Sonne schien...

Irene Pätz

Nebenbei erzählt

Ich sitze auf einer Bank im Park. Erste wärmende Sonnenstrahlen fallen auf mein Gesicht. Ganz nahe, nur durch eine lockere Hecke abgegrenzt, ein winziger Kinderspielplatz. Ein Haufen Sand in einem grauverwitterten Holzviereck. Darin zwei Kinder: ein Mädchen, ein Junge. Sie vielleicht sechs und er fünf Jahre alt. Sie buddeln im Sand, schweigend, eifrig, selbstvergessen.

Plötzlich stößt der Junge einen schmutzigen Zeigefinger in die Luft. ... und was schenkst du der Mutti?" Es klingt geradezu herausfordernd.

Das Mädchen hat gerade ihren Arm in ganzer Länge in einen kleinen Sandtunnel gebohrt. Es hält inne und scheint angestrengt nachzudenken. "... einen Blumenstrauß..." , und dann kurz und bündig "... einen schönen..." Dann zieht sie den Arm heraus und gießt sorgfältig aus einer zerbeulten Gießkanne schmutziges Wasser aus einer nahen Regenpfütze über den kleinen Sandberg. „Hast du denn Geld?" bohrt der Junge weiter.

Das Mädchen wischt sich die morastigen Hände in ihrem Röckchen ab und schüttelt betreten und unwillig zugleich den Kopf.

"Alles vernascht, was?" Der Kleine hat offenbar vollstes Verständnis. Dann legt er sich bäuchlings in den angewärmten Sand. Das Mädchen klopft eifrig herabfallende Sandkrumen an dem Berg fest. Es hat Falten angestrengten Nachdenkens auf der Stirn. "... es muss nicht immer was kosten, hat die Tante aus dem Kindergarten gesagt. Es -- kann was sein, was man selbst gebastelt hat. Oder man kann was schenken, was man selbst sehr gern hat und von dem man sich nur sehr schwer trennt - hat die Tante gesagt..."

Das Gesicht des Jungen verklärt sich. Er klopft die schmutzigen Hände ab, langt tief in die Hosentaschen und holt triumphierend eine zerknüllte Papiertüte hervor.

"Hier... drei Knallfrösche sind noch drin... die schenk' ich ihr..."

„Knallfrösche?"

Mit strenger Miene stopft ihm das Mädchen das Papierknäuel wieder in die Hosentasche zurück. Knallfrösche... so'n Quatsch!" Aus ihrer Stimme klingt die ganze Überlegenheit der um ein Jahr früher Geborenen. "Nein, man muss etwas tun, was ihr Freude macht. Ich male ihr ein schönes, buntes Bild..."

Der Mund des Jungen, schon zum Weinen verzogen, zeigt auf einmal ein zufriedenes Lächeln. "Ich wasch mir den Hals... selbst... und von ganz allein... und vielleicht auch noch die Ohren..." Befriedigt und von der Größe des beabsichtigten Opfers voll und ganz überzeugt, greift er nach einer Blechform und setzt einen Sandkuchen nach dem anderen neben sich auf den Boden.

Plötzlich ertönt ein durchdringendes, zweistimmiges Freudengeheul. "Mutti... Mutti ist da!"

Mühsam gebaute Burgen und Tunnel stürzen ein, Formen aus Plastik und Blech kegeln durcheinander und eilige Kinderfüßchen stapfen über alles hinweg ihrem sicheren Ziel entgegen.

Ich sitze auf meiner Bank.

In mir ist das winzige Glück eines kleinen Zwischenspiels, miterlebt irgendwo in dieser riesigen, hastigen, lärmerfüllten Welt.

Die Sonne wärmt, und in der Ferne verklingen Stimmen und kindliches Lachen...

Irene Pätz

Seit jenem Tag...

Jedes Mal, wenn sie in das Zimmer kommt, sieht sie mich so an. Ganz flüchtig nur, wie eine Handbewegung, die wischend über einen Gegenstand hinwegstreicht. Und wenn mein Blick den ihren trifft, schaut sie schnell wieder weg. Ich mag das nicht. Ich brauche ihr Mitleid nicht. Jetzt nicht mehr. Von niemandem brauche ich Mitleid.

Meine Augen ruhen auf der hellbraunen Wolldecke, unter der sich meine gelähmten Beine nur schwach abzeichnen. Ich bleibe ganz ruhig. Das war nicht immer so. Es gab Zeiten, wo ich in sinnloser Wut ganz plötzlich auf die gefühllosen Glieder, die einmal die schlanken, flinken Beine eines gesunden Mädchens waren, herumtrommelte. Und dann wieder hatte ich dagelegen in stummer, tränenloser Verzweiflung, völlig apathisch, stundenlang, wie erstarrt. Nächte gab es, in denen ich lebendig begraben zu sein glaubte.

Sie ahnte es, spürte es mit jener alles durchdringender Hellsichtigkeit der liebenden Mutter. Ja, sie leidet. Auch ihr Leben schien zerstört, damals, als man ihre schöne, gesunde Tochter blutend und zerschunden ins Haus brachte. Abseits der schmalen Landstraße hatte man mich gefunden, der Straße, auf der ich tagtäglich mit dem Fahrrad von unserem kleinen Ort aus in die benachbarte Universitätsstadt fuhr. Das Auto, das unmittelbar hinter mir in einer Kurve aufgetaucht sein musste, hatte mich erfasst und durch die Luft geschleudert. So hatte man später anhand einer Schleifspur rekonstruieren können. Der Fahrer aber war geflüchtet. Man hat ihn nie ermittelt. Ihm, vor allem ihm, hatten immer wieder meine Verwünschungen, meine Tränen, meine stillen Anklagen gegolten. Aber ist er nicht im Grunde genommen noch viel schlimmer dran als ich? Ihm bleiben lange, schlaflose Nächte voller quälender Gedanken an die Ungewissheit eines fremden Schicksals, das er einmal für Sekunden nur in der Hand gehalten hatte.

Das alles liegt jetzt weit hinter mir, ist in eine fast unbestimmbare Ferne gerückt.

Manchmal habe ich das Gefühl, mich mit allem abgefunden zu haben. Ich weiß, es klingt schrecklich abgedroschen, dieses Wort. Aber es ist wirklich so. Ich habe mich abgefunden mit meinem Schicksal. Und dabei ist es nicht einmal Entsagung oder gar erloschener Lebenswille. Nur so und nicht anders hat es sein sollen. Vieles habe ich gefunden, begreifen gelernt, was mir vorher fremd war. Ich sitze hier hinter dem großen Fenster und sehe doch die ganze Welt vor mir. Ich sehe den Himmel in seiner tiefen Bläue und den drohend zerfetzten Wolken darin. Ich sehe die Bäume, deren Laub kommt und geht, ich sehe die vielen Vögel, wie sie ihre Nester bauen und wieder verlassen. Ich sehe die Menschen um mich herum, wie sie morgens zu ihren Arbeitsstellen hasten und wie sie abends ein wenig langsamer meist wieder heimkehren.

Ich darf das alles miterleben. Ich kann sehen und hören. Ich habe meine Freunde, meine vielen Bücher, ein behütetes Dasein und ich habe meine Mutter.

Nein, sie soll mich nie wieder so ansehen, so stumm, so gequält. Gleich nachher, wenn der Tag zu Ende geht, wenn die ersten Schatten der hereinbrechenden Dämmerung sich überall ausbreiten, werde ich ihre Hand ergreifen und sagen: "Mutter, ich glaube, ich bin glücklich... trotz allem, bin ich glücklich."

Irene Pätz

Sie hatte Angst

Immer wenn der Wind vom Meer her gegen die Bergwände hochkroch, hatte Santana Angst. Auch jetzt hatte sie Angst und die ganze Nacht hindurch, bevor sie in der frühen Morgendämmerung losgezogen waren, talabwärts, immer gegen den Wind.

Sie war müde. Sie hatte wachgelegen, hatte den Geräuschen der Nacht gelauscht und auf die Atemzüge des Jungen, wenn er hochschrak und gleich darauf wieder in einen unruhigen Schlaf fiel. Angst... sie hatte immer wieder nur Angst.

Jetzt hockte sie auf dem grauen, runden Feldstein und lehnte sich gegen die knorrige Korkeiche. Sie fühlte sich uralt und sie war todmüde. Der Weg war beschwerlich gewesen, und oftmals hatte sie innehalten müssen. Sie fühlte ihre Beine nicht mehr und manchmal nicht mehr den Kopf. Und dann schlummerte sie doch ein. Aber es war kein erholsamer Schlaf...

"Juan Lopez Bartholomae!"

Ein fremder Name. Wie eine harte Faust griff sie nach ihr und riss sie unbarmherzig in die Wirklichkeit zurück. Sie sah sich um. An einem grauen, rauhen Holztisch saß er, der Schreckliche, mitten auf dem Kasernenhof, vor sich die lange Liste mit den vielen Namen. Wieder und wieder rief er sie auf, einen nach dem anderen. Ihr Herz fühlte jedesmal den dumpfen Schmerz und schlug doch weiter - voll banger Erwartung. Nein, es war immer noch nicht der Name ihres Jungen. Noch nicht... wie lange noch? Es wäre gut, wenn man das Alphabet kennen würde. Aber wer von ihnen kannte sich da schon aus. Sie alle kamen aus den winzigen Dörfern in der Umgebung oder aus den schroffen Bergen, wie sie und ihr Junge. Wer von ihnen verstand sich schon aufs Lesen und Schreiben?

Wieder war einer aufgerufen worden, einer von denen, deren Augen wie gebannt an den schmalen Lippen des Majors hingen, bis endlich ihr Name fiel und der Hauptmann, der im langen, verblichenen Uniformmantel danebenstand, die große Lostrommel drehte. Knarrend bewegte sie sich in dem rostigen Gestell. Dann trat der Alte heran, ein Veteran der Sahara-Truppe, wie man ihnen erzählt hatte, öffnete die Trommel, zog das Los und reichte es dem Major.

"Juan Lopez Bartholomae... Marinedepot Almeria!"

Der genannte Bursche jubelte auf, riss die Arme in die Höhe und wurde von mehreren Gleichaltrigen auf die Schultern genommen. Lachend wurde er um den weiten Kasernenhof getragen, bis ihn die Kommandostimme eines Offiziers in das langgestreckte, staubige Gebäude im Hintergrund des Platzes verwies.

Die Fenster der Kaserne standen weit auf, und der Wind, der vom Meer her über das weite Rund strich, bewegte sie leise in den Haken hin und her. Die Sonne brach sich in den Scheiben, und Santana schloß geblendet die Augen.

Viele waren gekommen heute Morgen. Junge Männer, Knaben fast noch, und alte, die sie begleiteten. Brüder, Väter, Großväter sogar. Und alle hatten sie gewartet, wie die Lostrommel entschied: Marine, Heer, an die Küste oder sogar nach Afrika. Manchmal kam auch einer zu den Fliegern. Aber das waren nur ganz wenige. Wenn der Major einen von denen ausrief, war es eine Zeitlang respektvoll still im weiten Rund.

Ihr Junge hatte auch einmal davon gesprochen, von den Fliegern... Neulich, da war da mal einer gewesen über dem Dorf, ganz hoch, nur ein weißer, allmählich verschwimmender Strich im tiefblauen Himmel über den Bergen, und dann plötzlich ganz niedrig, so dass sich alles ängstlich duckte. Da hatte er eine ganze Weile gestanden und dem silbernen Phantom nachgestarrt. Sie hatte Angst.

Der Junge stand neben einer Gruppe anderer jungen Leute. Sie unterhielten sich angeregt, lachten. Dann und wann nur warf er einen verstohlenen Blick zu ihr herüber, winkte ihr unauffällig zu. Sie lächelte dann mühsam und winkte ebenso unauffällig zurück.

Er schien sich zu genieren. Sie war die einzige ältere Frau hier, die einzige Mutter. Noch zwei, drei junge Frauen hatte sie hier gesehen. Sie waren mit ihrem Mann, ihrem Bräutigam gekommen. Das Los hatte schon längst über sie entschieden.

Den ganzen Vormittag über waren Namen aufgerufen worden, Stunde um Stunde. Die Alten hatten Angst, dass man ihnen die Jungen wegnahm. Die Jungen, die das karge, steinige Feld bestellten, den schweren Hammer in der Werkstatt schwangen. Und die Jungen - sie hatten Angst, dass das Los sie nicht dahin schickte, wovon sie insgeheim geträumt hatten, nach Afrika, zu den Rifkabylen, an die Küste zur Marine oder zu den Fliegern gar, - Angst, dass sie in irgendeinem Nachschubnest versauern würden. Stunde um Stunde erklang die stählerne Stimme des Majors, Stunde um Stunde zog der Veteran ein Los nach dem anderen aus der Trommel.

Satana fand, dass die Stimme des Majors leiser geworden war. Nicht mehr so frisch, so fordernd wie in den ersten Stunden. Oder irrte sie sich? Die Soldaten, die anfangs noch aus den Fenstern der Kaserne gelehnt hatten, rauchend und lachend - sie waren verschwunden. Die Schatten der Korkeiche waren länger geworden, und auch der Wind, der vorübergehend etwas von der milden Wärme des hohen Mittags in sich getragen hatte, zerrte wieder erbarmungslos an allem, was sich bewegte. Sie fröstelte und zog das Kopftuch fester um das graue Haar.

Schon einmal hatte sie hier gehockt. Fast ein ganzes Leben lag dazwischen. Hier auf diesem Stein hatte sie gesessen. Damals stand Hermandez, ihr Mann, zwischen den vielen Männern und wartete darauf, dass sein Name aufgerufen wurde. Auch damals wehte der Wind vom Meer her wie heute - und auch damals schon hatte sie Angst gehabt. Sie waren ganz jung verheiratet gewesen, und sie fühlte schon das Kind unter ihrem Herzen.

Als dann Hermandez' Name aufgerufen wurde, hatten sie sich ganz fest aneinander-geklammert. Niemals hatte sie seinen Blick vergessen können, als er sich losgerissen hatte und in das große, gelbe Gebäude gelaufen war. Niemals. Sie hatte ihn nicht wiedergesehen. Vier Wochen später erhielt sie die Nachricht, dass das Militärauto, in dem er und mehrere andere junger Soldaten gesessen hatten, auf der Straße nach El Cadiz gegen einen Baum gerast war. Keiner von ihnen hatte überlebt.

Sie war allein geblieben, all die Jahre, mit dem Jungen. Das Stückchen Land, steinig und schräg am Hang, hatte sie allein bearbeitet und das Haus, das nach und nach verfiel, immer wieder notdürftig hergerichtet. Der Junge wuchs heran, und mit ihm wuchs ihre Angst, die Angst vor der Lostrommel. Die Lostrommel, das fühlte sie, würde ihr den Jungen nehmen, den einzigen.

Vor Jahren einmal war eine Kommission ins Dorf gekommen, um das Gelände zu besichtigen. Offiziere waren dabei und auch welche in Zivil. Sie wollten das Land haben, hieß es, auch das am Hang, als Übungsgelände für die Armee. Die Betroffenen sollten entschädigt werden. Tage und Nächte hatte sie gebangt, dass man ihr den Hang nehmen würde, den steinigen, kargen, mit dem Haus darauf und den wenigen Weinstöcken. Aber es blieb still und man hatte nie wieder etwas davon gehört...

"Ich verkauf das Land", hatte sie später dann zum alten Gomez gesagt, "ich verkauf es ihnen ganz billig. Vielleicht lassen sie mir dann den Jungen..."

Der alte Mann hatte bitter aufgelacht. "Verkaufen? Nicht eine Peseta geben sie dir dafür. Sie wollen es gar nicht mehr, dein armseliges Stück Land. Deinen Jungen, den wollen sie. Da kommt keiner dran vorbei. Keiner..."

"Fernande Sanchez!"

Wie ein Messer schnitt es ihr ins Herz. Heilige Madonna - sein Name! "Fernande Sanchez!"

Der Junge stand regungslos und starrte auf die Lostrommel. Er sah sie nicht an. Er sah nur die Trommel, wie sie sich drehte und drehte.

Santana versuchte sich zu erheben; aber ihre Beine versagten ihr den Dienst. Sie sank auf den Stein zurück.

Wie in einem stummen Gebet bewegten sich ihre Lippen. Und dann sah sie nur noch die Trommel, die sich drehte, als wollte sie nie mehr aufhören...

Helmut Pätz

Sie hörte Schritte

Nicht einmal den Kopf wendete sie, als die Schwester an ihr Bett trat. „ ... du hast ja dein Essen wieder nicht

45

angerührt..." Mitfühlender Vorwurf klang in ihrer Stimme mit. Und dann: "Schau doch, wie schön die Sonne hereinscheint... und die Vögel draußen, hörst du, wie sie zwitschern? Da muss man doch ganz einfach gesund werden..."

Sie aber antwortete nicht. Sie rührte sich überhaupt nicht. Mit geschlossenen Augen hörte sie, wie die Schwester das Essen wieder abräumte und hinaustrug.

Erst als das Mädchen spürte, dass es wieder allein war, drehte es sich auf den Rücken und verschränkte die Arme unter dem Kopf. Sie hatte die Augen immer noch geschlossen, als schmerze sie das Tageslicht.

Wie lange war sie nun schon hier? Wie viele Tage und Nächte? Sie wusste es nicht. Als sie erwacht war, damals, nach dem Unfall, hatte sie nur ganz verschwommen eine große Gestalt im weißen Kittel wahrgenommen.

„...hat nochmal Glück gehabt, die Kleine..." drangen die Worte wie aus nebelhafter Ferne an ihr Ohr, "... eine Gehirnerschütterung, ein paar ordentliche Schrammen... nichts Ernstliches weiter..."

Und dann war da auf einmal ihre Tante Gerda. Sie saß neben ihrem Bett. Nur undeutlich erkannte sie ihr Gesicht. "... Kindchen, Kindchen, was machst du bloß für Sachen?" Ihre Stimme klang ganz verstört. Nie soll ich es nur der Mutti beibringen?" Doch dann hatte sie die Qual in den Augen des Mädchens erkannt und strich ihr beruhigend über die Wangen. "Ich glaube, es ist besser, wenn Mutti gar nichts erfährt. Der Arzt meint, dass du spätestens in einer Woche schon wieder nach Hause kommen kannst. Mutti würde sich schreckliche Sorgen machen..."

Das Mädchen schüttelte langsam den Kopf. Nein, Mutti durfte nichts erfahren von dem Unfall. Sie hatte schon genug Sorgen mit der kranken Oma, zu der sie gefahren war, um sie zu pflegen. Nein, nein, sie durfte nichts erfahren. Zugleich aber mit dieser Einsicht fühlte sie eine so ungeheure Leere in sich, dass es schmerzte, mehr

46

schmerzte als die Wunden und Prellungen. In ein paar Wochen, wenn Mutti wieder zurück war und sie wieder zusammen in ihrer kleinen, gemütlichen Wohnung saßen, ja, dann würde alles vergessen sein...

„Bist ein tapferes Mädchen", hatte der Arzt sie neulich gelobt, als er einen frischen Verband anlegte.

Ein tapferes Mädchen! Keine Ahnung hatte er, dieser Arzt. Der wusste, wie man Wunden heilt, aber er wusste nichts, gar nichts von durchwachten Nächten, in denen man verzweifelt nach der Mutter rief, wo man in die zusammengeballten Kissen hineinweinte, untröstlich, leiser werdend schließlich, bis einen dann doch der Schlaf übermannte. Nein, nichts wusste er von den vielen einsamen Stunden, in denen die Sehnsucht so brennend war, dass sie sogar die Tränen austrocknete.

Nur einmal hatte er ihr blasses Gesicht etwas länger betrachtet. ... aber essen musst du..." hatte er halb scherzend, halb ernst gemeint, und auch mal wieder lachen. Das ist die beste Medizin..."

Die Tante kam jeden Tag. Sie brachte Süßigkeiten, Obst und manchmal auch ein Spiel oder ein lustiges Buch mit. Aber sie hatte nichts angerührt, und hinterher war die Leere in ihrem Innern nur noch größer...

Das Mädchen blickte auf die Uhr neben ihrem Bett. Es war schon nach drei. Besuchszeit! Plötzlich hörte sie schnelle, leichte Schritte. Sie richtete sich auf, und ihr Herz fing an zu schlagen, so schnell, dass ihr fast schwindlig wurde. Unter Tausenden von Schritten würde sie diese immer erkennen!

"Mutti. . .“

Und da war sie auch schon bei ihr, da waren zwei Hände, die sich unendlich sanft auf ihren Kopf legten, ein Gesicht, das sich über sie neigte, und eine vertraute Stimme, die flüster- te: Mein Mädchen, ich ahnte es, ich fühlte es, dass irgendetwas geschehen war. Da bin ich, so schnell es ging, abgereist. Der Oma geht es schon wieder viel besser - sie kommt jetzt gut allein zurecht...

Als die Schwester das Zimmer betrat, saß das Mädchen aufrecht im Bett. "Hallo, Schwester", rief sie mit heller Stimme, "ich hab' alles aufgegessen, sehen Sie nur, und ich hab' immer noch Hunger. Mutti sagt, ich soll tüchtig essen, damit sie mich bald nach Haus holen kann..."
Die Schwester stellte die Blumen in die Vase. Dann räumte sie alle Tabletten vom Nachtisch ab. Als sie hinausging, lächelte sie.
Irene Pätz

Unter der Rotbuche

Er gehörte einfach dazu. Er gehörte zum Markttag wie die vielen kleinen Verkaufsstände, kleine Holzbuden zumeist, die sich dicht an dicht, mit bunten, flatternden Markisen, auf dem großen Platz unseres kleinen Städtchens drängten. Er gehörte dazu wie die vielen farbenfrohen, leuchtenden Blumen des Sommers, die lockenden, prallen Früchte des Herbstes, die duftenden, goldgelben Apfelsinen und blankgeputzten roten Äpfel, jene Vorboten des Winters.
Er gehörte dazu. Woche um Woche, Jahr um Jahr. Ich hörte ihn schon von weitem, wenn ich mich, an der Hand meiner Mutter, dem Marktplatz näherte.
Er hockte immer an derselben Stelle, bei Wind und Wetter, unter der großschattigen Rotbuche an der Ecke. Mit gleichbleibend, automatisch anmutenden Bewegungen drehte er die Kurbel. Und nur sein Kopf ragte über den Rand der Drehorgel hinaus, - denn Beine hatte er nicht mehr. Sie seien ihm abgefahren worden bei einem Unfall, so hieß es. Mehr wusste man nicht von ihm, aber es genügte, um einen Schatten auf mein bisher unbeschwertes, von keinem Leid getrübtes Kinderdasein zu werfen. Jedes Mal wieder von neuem, wenn ich ihn erblickte. Und fast im gleichen Augenblick, wie als Antwort auf meine unausgesprochene Frage, öffnete sich die Hand meiner Mutter, und ein Geldstück glitt mit

leichtem, gütigem Nachdruck in die meine. Und wenn es dann mit dünnem Scheppern auf den Blechteller fiel, begleitet von einem leichten Kopfnicken und der Andeutung eines Lächelns des Leierkasten- mannes, erst dann wich der Schatten ein wenig von mir. Die Jahre vergingen. Not und Elend waren über unsere kleine Stadt hinweggefegt. Die großschattige Buche am Rande des Platzes aber und auch der Leierkastenmann darunter waren geblieben. Zwar durchzogen weiße Strähnen den einst so dunklen Haarschopf und tiefe Furchen hatten sich in die von Wind und Wetter gegerbten Züge eingegraben. Aber immer noch hockte er wie eh und je hinter der Drehorgel, und die altvertrauten Klänge, sie gaben mir jedesmal ein Stück unbeschwerter Kindheit und das Glück meiner Erinnerungen zurück.

Und dann erfuhr ich eines Tages, dass er ein Trinker war, dass er das Geld, das aus mitleidvollen Herzen auf seinen Teller fiel, gleich ins nächste Wirtshaus brachte und es vertrank - bis auf den letzten Pfennig. Verstört eilte ich nach Hause - selbst inzwischen schon eine junge Frau -stürzte zu meiner Mutter in die Küche, um es ihr zu erzählen, und noch während ich sprach, erkannte ich, dass sie es längst wusste, dass sie es schon immer gewusst hatte.

"... und trotzdem?" fragte ich leise.

Sie nickte. "Ja, mein Kind... und trotzdem..."

Lange habe ich nachgedacht, damals, bis ich begriff, dass man Mitleid, ebenso wie Liebe, nur mit dem Herzen und dem Gefühl erfassen kann. Es ist einfach da und fragt nicht nach dem 'Warum' und 'Weshalb'.

Und wieder ist Markttag. Die Verkaufsstände, moderne, in der Sonne weißglänzende Läden auf Rädern, sie stehen dicht aneinandergereiht, dazwischen, hier und da, wie erdrückt fast, ab und zu noch ein Verkaufsstand aus vergangener Zeit, mit bunten, flatternden Markisen. Und wieder geht da eine Frau mit einem kleinen Mädchen an der Hand über den Platz. Und diese Frau, das bin ich, und

das kleine Mädchen, es ist meine Tochter. Wir gehen vorbei an der großen, schattigen Buche und an "unserem Leierkastenmann". Ein Geldstück wandert von einer Hand in die andere und fällt mit fröhlichem Scheppern in den zerbeulten Blechteller. Und in dem Widerschein eines glücklichen Kinderlächelns ahne ich die Frage, die auch ich einst meiner Mutter stellte: "... und trotzdem...?" Und meine Antwort, sie wird die gleiche sein...
Irene Pätz

Wie zwei Fremde...

Stumm saßen sie nebeneinander im Bus.
Sie hätte das nicht tun dürfen, dachte der Junge, nein, sie hätte das wirklich nicht tun dürfen! Noch nie hatte es so etwas gegeben zwischen ihnen. Das andere war schon alles gerade schlimm genug, aber sie hätte ihn nicht schlagen dürfen. Das würde er ihr nie verzeihen.
Und nie würde er das vor hilfloser Enttäuschung entstellte Gesicht der Mutter vergessen, als sie sich in der kleinen Küche gegenüberstanden und sie ihm ins Gesicht schrie: „Wo ist das Geld? Sage mir jetzt sofort, wo das Geld ist! Ich weiß, dass du es genommen hast..." Und nie würde er den brennenden Schmerz vergessen, die Scham, die Empörung, als er den Schlag ihrer Hand im Gesicht fühlte.
Sie hatte ihn nie zuvor geschlagen. Er hatte nichts erwidert kein Wort. Wie eine Wand von Übelkeit waren Wut und Entsetzen zugleich in ihm hochgestiegen und hatten ihm den Mund verschlossen. Er hatte sie nur angesehen, eine ganze Zeitlang, dann hatte er sich umgedreht und war in sein Zimmer gegangen. Er hatte dann noch ihre Schritte gehört, schnell, nervös, wie gehetzt, dann immer langsamer, schleppender. Nach einer Weile fiel die Wohnungstür ins Schloss. Dann war es still.
Er war ans Regal gegangen und hatte sich wahllos ein Buch herausgegriffen. Er blätterte darin, ohne ein

50

einziges Wort zu begreifen. Er konnte es immer noch nicht fassen. Wie konnte sie nur glauben, dass er das Geld... Er erstickte fast an dem Wort. Und aus der Flut von Anklagen, die sie ihm entgegengeschleudert hatte, schälte sich kristallklar ein Satz heraus, der ihm erst jetzt so richtig zum Bewusstsein kam:"... ja, das ist es ... die Briefmarkenserie ... schon immer hast du sie haben wollen... dafür wolltest du das Geld..."

Er starrte auf die Buchstaben, aber das Geschriebene verschwamm vor seinen brennenden Augen. Er schlug es zu und sah auf die Uhr. Sie wollten heute noch aufs Land zu den Großeltern. In einer knappen Stunde fuhr der Bus...

Wie wildfremde Menschen, die einander noch nie gesehen haben, sitzen wir hier, dachte die Frau. Heimlich sah sie den Jungen von der Seite an, und für einen Augenblick verspürte sie den übermächtigen Wunsch, den Arm um seine Schulter zu legen. Aber sie blieb regungslos sitzen. Sie starrte an ihm vorbei aus dem Fenster, auf die grünbraunen Felder mit den dunklen, aufgebrochenen Erdschollen dazwischen, auf die friedlich grasenden Kühe und auf den schwarzen Waldstreifen über den sanft gerundeten Hügeln im Hintergrund. Sie sah das alles und sah doch nichts.

Wie konnte das alles nur geschehen, dachte sie. Unzählige Male hatte sie sich diese Frage schon gestellt. Sie hätte wissen müssen, dass er es nicht getan hatte. Sie hätte es einfach wissen müssen. Wie sollte sie ihm jetzt alles erklären, wie ihm begreiflich machen, dass sie so entsetzlich müde und abgespannt gewesen war, weil gerade heute Vormittag die Arbeit im Büro über ihrem Kopf zusammengeschlagen war wie eine Lawine? Und würde er es verstehen können, dass das Gespräch mit der Kollegin sie so schrecklich aufgewühlt hatte, der Kollegin, deren Sohn auf die sogenannte schiefe Bahn geraten war? Und wie sollte sie ihm klarmachen, dass sie, gleich nachdem er aus dem Zimmer gegangen war, den verloren geglaubten Geldbetrag im Umschlag unter der Kristallvase entdeckt hatte? Mein Gott, w i e nur?

Wieder sah sie verstohlen in sein versteinertes Gesicht, und ihre Verzweiflung wuchs. Er wird mir das nie verzeihen, dachte sie, nie!

Damals, als ihr Mann tödlich verunglückt war, hatte sie nicht mehr weiterleben wollen. Nur der Junge war es gewesen, um dessentwillen sie alles zu überwinden gelernt hatte. Und sie hatte auch niemals daran gedacht, ihn in ein Heim zu geben, weil sie ihm unbedingt die Nestwärme geben wollte, die so ein vaterloses Kind doch unbedingt brauchte. Eine Nachbarin hatte ihn betreut, tagsüber, wenn sie im Büro arbeitete. Es war nicht einfach gewesen, nein, das war es ganz gewiss nicht, aber sie hatten sich immer verstanden.

Er wird mir das nie verzeihen, dachte sie wieder, und ich werde es ihm nie erklären können. Wie eine riesige Woge kamen Verzweiflung und Mutlosigkeit auf sie zu...

Und dann kam der plötzliche Ruck. Ein Auto nahm ihnen die Vorfahrt und der Busfahrer hatte scharf bremsen müssen. Alle hatten aufgeschrien, waren fast von ihren Sitzen gerutscht. Man sprach durcheinander, doch beruhigte sich bald wieder, die aufgeregten Stimmen verstummten.

Der Junge aber saß wie erstarrt auf seinen Platz. Seine Hand, im Augenblick des Bremsens wie zur Abwehr erhoben, hatte das Gesicht der Mutter gestreift. Ganz kurz nur hatte sie darübergewischt, aber er fühlte, dass der Handrücken nass geworden war. Sie hatte geweint, die ganze Zeit über, während sie aus dem Fenster geschaut hatte.

Langsam wandte er sich zu ihr und ergriff ungelenk ihre Hand. Er streichelte sie sanft, und dann sah er, dass sie etwas in den verkrampften Fingern hielt. Einen d u r c h s i c h t i g e n P a p i e r u m s c h l a g m i t e i n e r Briefmarkenserie...

52

Es war schon dunkel, als sie ihr Ziel erreichten. Sie gingen ganz dicht nebeneinander, und die Erde roch nach warmem Regen…
Irene Pätz

… und trotzdem war es ein guter Tag

Sie seufzte tief auf. Sie war müde, und auf einmal spürte sie das Alter.

Ja, es war ein langer, harter Tag gewesen, dachte sie, als sie die übriggebliebenen Blumen in eine große Vase ordnete, aber auch ein guter Tag. Der kleine Blumenladen hier in der kleinen abgelegenen Straße brachte zwar nicht viel ein, - aber sie konnte davon leben. Mehr wollte sie auch gar nicht, und außerdem machte ihr die Arbeit sogar noch Spaß. Der Gedanke, dass sie einmal nicht mehr hier stehen würde, um ihre Blumen zu verkaufen und um hin und wieder mit Menschen über dieses und jenes sprechen zu können, dieser Gedanke tat ihr weh.

Als der alte Doktor Wolf sie neulich wegen ihres gelegentlichen Herzrasens untersuchte, da hatte sie bei sich gedacht: jetzt ist es so weit… jetzt geht es wohl nicht mehr weiter… „ und er mochte es ihr vielleicht vom Gesicht abgelesen haben, denn er hatte ihr aufmunternd auf die Schulter geklopft. „Na, nun seien Sie mal nicht bange … solche alten Motoren wie die unsern, die streiken hin und wieder mal, aber stillstehen, das tun sie deswegen noch lange nicht…" Und hatte ihr ein Rezept ausgeschrieben.

Sie schob die Vase beiseite und wollte die Tür zuziehen, als sie sah, wie sich ein Fuß zwischen die Spalte schob. Und noch bevor ihr Blick langsam emporglitt, wusste sie mit fast unerklärbarer Gewissheit, dass es Jan Reimers war. Jan, von schräg gegenüber. Jan, das schwarze Schaf in der ganzen Umgebung. Sie hatte ihn eine ganze

Zeitlang nicht mehr gesehen, aber oft hatte sie in Gedanken sein freches Grinsen vor sich gesehen und den Klang seiner rauen Stimme im Ohr gehabt. Im Gefängnis soll er sitzen, so sagten die Leute, seine Mutter jedoch, die soll ihm verziehen haben und täglich auf seine Rückkehr warten...

Und jetzt war sie also mit ihm hier allein im Laden. Draußen war es schon dunkel geworden, und auf dem Ladentisch stand die geöffnete Geldkassette! Sie stand wie erstarrt, und sie fühlte, wie ihr Herz wieder zu rasen begann... Ihre Gedanken überschlugen sich.

"... haben Sie denn gar keine Angst immer so allein in diesem kleinen Laden, wo doch heutzutage so viel passiert?" hatte sie erst kürzlich jemand gefragt. Sie hatte nur verständnislos den Kopf geschüttelt. Lächerlich, warum sollte sie wohl Angst haben in diesen vertrauten vier Wänden mit all den Blumen da drin? Warum wohl und vor wem denn?

Sie trat einen Schritt zurück und stellte sich wie unabsichtlich mit dem Rücken vor die Kasse. Jan musterte sie eine Zeitlang, spöttisch, wie ihr schien, und sie fand, seine Stimme klang noch rauer als früher, als er sagte:"... sammeln Sie die Blumen zusammen, alle... aber schnell ... ich hab' nicht viel Zeit..." Breitbeinig stand er da, sah ihr zu, wie sie mit fliegenden Händen die Blumen zusammenband und in das Seidenpapier wickelte. Dann riss er ihr den Strauß fast aus den Händen und verschwand so plötzlich, wie er gekommen war...

Mit zitternden Knien saß sie auf dem Stuhl neben dem Ladentisch, als die Tür wieder aufgerissen wurde und Jan mit zwei, drei Schritten neben der immer noch geöffneten Kasse stand. Mit einem gekonnten Schwung warf er ein Geldstück in die Lade, tippte grinsend an seinen Haarschopf und war auch schon wieder draußen.

Nach einer ganzen Weile raffte sie sich auf, ging mit schwerfälligen Schritten an die Tür, um sie abzuschließen. Als sie durch die Scheiben nach draußen

blickte, sah sie, wie schräg gegenüber in der Wohnung der Frau Reimers in allen Räumen die Lichter angingen...
Irene Pätz

Aldo mit den zarten Händen

Schon als sie ihn zum ersten Mal sah, wusste Martina, dass Aldo, einzig und allein Aldo der Richtige war. Keineswegs war er der erste. Schon Fernando, Luigi und Benno hatten einander den Rang abgelaufen, sie in jenem berühmten Hafen der Ehe zu geleiten, aber für keinen von ihnen hatte sie sich entschließen können. Irgendetwas vermisste sie bei allen dreien, ohne dass sie hätte sagen können, was es war.

Als sie aber Aldo sah, wusste sie es sofort. Sie spürte jenes Fluidum vornehmer Zurückhaltung, mit dem er auftrat, sich kleidete und ihr beim ersten Rendezvous den Strauß Blumen überreichte. Was anderes konnte es sein als die Bestätigung eines wahrhaft edlen Innenlebens durch eine noble Erscheinung? Und dann seine Hände...

Die Hände Fernandos waren breit und schwer wie der Hammer, den er tagsüber auf den Amboss wuchtete. Die Hände Luigis waren braungebrannt von der Sonne und schwielig von den schweren Netzen voller Fische, die er dem Meer entrissen und unter munterem Gesang in sein schwankendes Boot gezogen hatte. Und Bennos Hände gar, - wenn er sie in den Armen hielt, hatte sie immer das Gefühl gehabt, selbst noch das Lenkrad seines Lastwagens zu sein, das er vorher stundenlang mit festem Griff umklammert gehalten hatte.

Die Hände Aldos aber... fein waren sie, zart, mit gepflegten Fingernägeln und fast so blass wie seine Wangen, so dass sie nicht umhin konnte, immer wieder zärtlich darüber hinzustreichen. Aldo lächelte dann, und seine Augen blickten träumerisch.

"Ich bin sicher, er ist ein Dichter..." flüstere Martina ihren neugierigen Freundinnen geheimnisvoll zu, "... ganz bestimmt aber ein Studierter."

Dennoch, sie getraute sich nicht, Aldo zu fragen, wieso er so zarte Hände hatte, auch dann nicht, als sie schon miteinander verheiratet waren. Sie wunderte sich nur, dass er eines Tages hinunterging zum Hafen, um beim Verladen von Kisten zu helfen. Und da es dabei blieb, war es nicht weiter verwunderlich, dass sich die vornehm-bleichen Wangen nach und nach bräunlich färbten, die Muskeln rund und fest, und die Hände hart und zupackend wurden.

"... im Freien zu arbeiten, ist eben doch gesünder, als immer im muffigen Zimmer zu hocken", beschwichtigte Martina die Bedenken ihrer Freundinnen.

Dann sprach sie nie wieder darüber, und sie war glücklich mit ihrem Aldo. Auch dann noch, als er ihr später in einer schwachen Stunde einmal gestand, dass die Zartheit seiner Hände und überhaupt seines ganzen Äußeren weniger seinem inneren Wesen, als vielmehr einem mehrjährigen Aufenthalt hinter den schattigen Mauern eines kleinen Provinzgefängnisses zu verdanken war..

Helmut Pätz

Amors Pfeil trifft jeden

Hilde schüttelte entschlossen ihr blondes Köpfchen.

"Liebe. " Ihre Stimme klang kühl und dozierend. "Pah, was ist Liebe? Kann eine von euch mir dieses Wort erklären? Ich will es euch sagen: Ein Taumeln ist es, ein unnötiges Abweichen vom klar vorgezeichneten Weg. Weiter nichts. Es wird höchste Zeit, daß wir uns darüber erheben. Man muß die Ursachen erkennen, um gefeit dagegen zu sein. Liebe? Lächerlich! Heiraten? Niemals! Ich jedenfalls denke nicht daran, meine durch Generationen mühsam erkämpfte Freiheit und mein Recht auf Selbstbestimmung in einem Kochtopf zu Tode zu rühren! Mitbestimmend auf die Umwelt einzuwirken, das ist die selbstverständliche Aufgabe der Frau von heute! Und ich bin entschlossen, nach diesem Prinzip zu handeln..."

Also sprach Hilde, und ihre Freundinnen, Eva, Marion und Sonja starrten sie bewundernd an und waren tief beeindruckt.

Bernd sah seinem Freund zu, wie er einen Knopf an das Jackett nähte. "Typischer Junggeselle! Hockst hier in einem unaufgeräumten Zimmer, nähst zumeist braune Knöpfe mit grünem Garn an einen grauen Anzug, ärgerst dich halbtot über die Löcher in deinen Socken, kochst dir inzwischen etwas Undefinierbares zusammen und denkst, das alles gehöre zu einem künftigen Literaten... Mensch Peter, sieh' mich an! Seit drei Jahren glücklich verheiratet. Immer adrett gekleidet und jeden Tag ein appetitliches Menü auf dem Tisch. Meine Frau sorgt für alles. Nur so, mein Lieber, kann man ungehindert und frei von den Kalamitäten des Alltags schaffen."

Peter ließ sich nicht im mindesten stören. "Für dich, Bernd, für dich als geborenen Spießer, ist das zweifellos das Richtige. Aber ich als freischaffender Schriftsteller? Der Hering im Magen dreht sich mir um, wenn ich mir vorstelle, dass hier so ein weibliches Wesen am Wickeltisch steht, einen nackten Babypopo pudert und mit der Stoppuhr in der Hand kontrolliert, wann ich komme und wann ich gehe. Und dann überhaupt bei diesen kläglichen Honoraren! Glatter Familienmord wäre das! Nee, Bernd, geh' mir los mit den Frauen und laß mich in Ruhe mit der Heiraterei! Nur der Mann kann sich wahrhaft glücklich schätzen, der frei und unbeschwert die Welt und ihre schönen Güter genießt..."

Bernd nickte, nicht ganz frei von Neid. "Und wofür nähst du diesen Knopf ausnahmsweise mal mit dem richtigen Garn an?"

"Ich fahre in die Berge", sagte Peter bedeutungsvoll. "Mein Verleger verbringt da seinen Urlaub. Er interessiert sich für mein Manuskript „Die fortschreitende Vermännlichung der Frau..."

Drei Wochen später traf Bernd einen braungebrannten, glückstrahlenden Peter auf der Straße. Er stürzte auf ihn zu, drückte ihm kräftig die Hand.

"Meinen Glückwunsch, alter Junge. Ich sehe, es hat geklappt. Dein Verleger hat angebissen. Wann will er dein Buch veröffentlichen?"

Peter starrte ihn an. "Verleger angebissen? Buch veröffentlichen?" Bernd schüttelte den Kopf. "Ja, hast du den Verstand verloren? Du wolltest doch dein Manuskript 'Die fortschreitende Vermännlichung der Frau' an den Mann bringen!"

Jetzt schien Peter sich zu erinnern. "Ach, Bernd", seufzte er, die Augen selig zum Himmel gerichtet, "daran habe ich gar nicht gedacht..."

"Nicht daran gedacht? Ja, zum Kuckuck, was hast du denn da gemacht?" "Gemacht?" Peter schloß die Augen. "Verlobt habe ich mich. Das ist doch schließlich das Natürlichste auf der Welt. Sie ist blond und hat blaue Augen. Hilde heißt sie, und in drei Wochen heiraten wir..."

Helmut Pätz

Mein Kind...

Heute am Muttertag wird der Mütter gedacht, der Mütter auf der ganzen Welt.

Deine Blumen, mein Kind, stehen auf dem Tisch vor mir und der Klang Deiner Stimme hängt noch im Raum.

Jetzt bin ich wieder allein. Du hast ihn dagelassen, Deinen Dank, den Dank aller Kinder für ihre Mütter.

Aber auch wir danken Euch, wir Mütter Euch Kindern. Und darum schreibe ich Dir diesen Brief. Jetzt, gleich.

Ja, ich danke Dir. Ich danke Dir für all die schönen Stunden, die wir zusammen verleben durften, die mir Dein erstes Lächeln, Dein erstes gelalltes "Mama" schenkten. Ich danke Dir für das unerschütterliche Vertrauen, mit dem Du Deine kleine Hand in die meine legtest, Deine ersten unsicheren Schritte zu mir lenktest. Ich danke Dir für die ungeschickte, alles umfassende Zärtlichkeit, die Du mir mit jeder abgerissenen Blume, mit jeder verschmierten Zeichnung schenktest. Ich danke Dir für die Aufrichtigkeit, mit der Du mir alle Deine kleinen und großen Nöte, Deine Ängste, Deine Zweifel, Deine Hoffnungen anvertrautest, für die Tränen, mit denen Du Deinen ersten Liebeskummer an meiner Schulter ausweintest, und ich danke Dir für die stürmische Selbstverständlichkeit, mit der Du mein Leben in Anspruch nahmst, Tag für Tag, und mir so die beglückende Gewissheit gabst, für jemanden da zu sein, der mich braucht.

Aber auch ich brauchte Dich, und ich brauche Dich noch heute. Ich brauche Deinen Mut, Deine strahlende Unbekümmertheit und Deinen wunderbaren Glauben an die Zukunft.

Siehst Du, mein Kind, und darum danke ich heute Dir. Für mich ist der Tag der Mutter auch der Tag des Kindes. Denn was wären wir Mütter ohne Euch, ohne Eure Liebe, Euer Lachen, Euer Weinen.

Ich bin glücklich, dass es Dich gibt.

Irene Pätz

So ändern sich die Zeiten

Anfangs schrieb ich über das, was ich sah, was ich fast täglich erlebte: Sozialämter, Arbeitsämter, Fürsorgeämter...Ämter, Ämter, Ämter... Ich schrieb über Menschen, alte, gebrechliche... vom Schicksal benachteiligte, vom Glück betrogene, von den vielen, die auf der Schattenseite des Wohlstands lebten...

Aber lassen wir das. Es ist angenehmer, sich nicht zu erinnern, nicht wahr?

Ich ging zu Berger, meinem Freund aus frühen Kindheitstagen, jetzt Redakteur unserer größten Zeitung in der Stadt. Ein mächtiger Mann und mir wohlgesonnen. Er las, was ich geschrieben hatte, und schüttelte den Kopf. "Schreiben kannst Du ja... aber was Du schreibst... Menschenskinder, das wollen die Menschen doch nicht lesen! Sieh' Dich mal um. Überall Aufschwung, Lebensfreude, Optimismus. Das ist das Leben, verstehst Du?"

Ich sagte: "Nein..."

Zu Hause setzte ich mich hin, dachte lange nach. Schließlich musste ich ja leben. Auf dem Fußboden hockte meine kleine Tochter und blätterte in einem zerfledderten Bilderbuch. Ich entzog es ihren widerstrebenden Händen. Es handelte von Königen und Prinzen und wunderschönen Prinzesschen. Illusionen aus dem Märchenwunderland. War es das etwa ,was Berger meinte?

Als mein Töchterlein anfing zu weinen, gab ich ihr einen Band Nietzsche, ohne Bilder. Aber ihn zu zerreißen machte mehr Spaß. Sie kreischte vor Vergnügen.

Ich aber setzte mich hin und schrieb. Von Schlössern und Königen. Nicht von alten, bärtigen, sondern von jungen, modernen. Von hübschen Prinzessinnen, von Villen an der Riviera mit Swimmingpools und blühenden Dachgärten, auf denen steinreiche Ölscheichs mit Hubschraubern landeten und mit den Prinzessinnen techtelmechtelten... "Märchen, die das Leben schrieb..."

Als ich damit bei Berger erschien, ging ein Strahlen über sein Gesicht. "Das ist es!", rief er begeistert, "Das ist es, was die Leute lesen wollen. Da kommt Freude auf, verstehst Du, das macht Spaß, das wird gewünscht..."

Ich verstand nicht, aber ich sagte "Jaja", denn Bergers Gesichtsausdruck versprach bare Münze. Ich schrieb also und Berger druckte. Die Leute lasen es, freuten sich und hatten Spaß daran...

Jahre vergingen. Eines Tages setzte sich meine Tochter - inzwischen eine halbwegs Erwachsene mit langen Beinen, langen Hosen und noch längeren Haaren - zu mir auf die Sessellehne.

"Paps", sagte sie, "Du, Paps, ich war neulich an Deinem Schreibtisch..." Ich wurde um eine Idee kühler. Ich habe es nämlich nicht gern, wenn man an meinem Schreibtisch herumwühlt. Wegen der Ordnung. Wenn die Unordnung gestört wird, ist für mich die Ordnung dahin. "... ich hab' das Bündel mit den alten Manuskripten, die Du früher mal geschrieben hast, gefunden..."

Das war mir ausgesprochen peinlich, denn meine Tochter war zu einem sehr nüchternen, kritischen Menschen herangereift. Ich winkte verlegen ab. "Lies' nicht darin. Das ist Vergangenheit. Kindereien. Anfängerarbeiten. Ich hätte sie schon längst verbrennen sollen."

Sie sah mich empört an. "Das darfst Du nicht. Ich habe alles gelesen. Alles. Paps, was Du damals geschrieben hast, das ist die Wahrheit, das ist das wahre Leben - keine zuckersüßen Klischeebeschreibungen... ach, Paps, ich bin richtig stolz auf Dich..."

Ich war verdutzt. Ich dachte flüchtig an Berger und sah dann in die leuchtenden Augen meiner Tochter. Ich konnte nichts sagen, ihr nicht einmal danken für dieses größte Lob in meinem Leben. Ich nahm nur ihren Kopf in meine Hände und gab ihr einen langen, zärtlichen Kuss.

Helmut Pätz

Und Mutter lachte

... wie das regnet, dachte der Mann. Er schaltete den Scheibenwischer an, und das gleichmäßige Klicken versetzte ihn in jene unwirkliche Stimmung, in die er immer verfiel, wenn er diese Straße, von Horizont zu Horizont führend, entlangfuhr, und der Regen, wie jetzt, auf das weite Land herabfiel. Dennoch kurbelte er das kleine Seitenfenster herunter und atmete tief den schweren warmen Duft der nassen Erde in sich hinein.

Dass es das immer noch gibt, dachte er jedes Mal, wenn er nach langer Fahrt die Stadt hinter sich zurückgelassen und die stille Weite ihn eingefangen hatte. Nirgendwo gab es diesen tiefen Frieden so wie hier auf dem Weg in das kleine Dorf, in dem er aufgewachsen war, und er wunderte sich, dass er ohne das alles leben und dennoch einigermaßen zufrieden sein konnte.

Ob es Mutter wirklich gutging? In ihrem letzten Brief hatte sie etwas von einem leichten Sturz von der Kellertreppe geschrieben, von einem verstauchten Knöchel. So ganz nebenbei hatte sie es erwähnt. Trotzdem war diese Unruhe in ihm. Eine immer wiederkehrende Unruhe, wenn auch oftmals verdrängt vom täglichen beruflichen Kleinkram, der die Tage randvoll ausfüllte.

Wie im Selbstgespräch schüttelte er den Kopf. Sie hatte ja noch nie viel Aufhebens von sich gemacht. Und nie hatte sie fortgewollt, weder zu ihm in die Stadt, noch zum älteren Bruder oben im Norden, obgleich sie wusste, dass sie überall willkommen war, - auch bei ihren Schwiegertöchtern. „... ach, Kinder lasst mich nur, ihr wisst doch, ich bin nun mal eigensinnig und halsstarrig, genau wie unsere Schafe hier... das hat euer Vater immer gesagt ... und bei Gott, er hatte recht." setzte sie jedes Mal hinzu und hatte gelacht. Und wie Mutter lachen konnte! Nicht auszudenken, dass es das einmal nicht mehr geben sollte - dieses Lachen...

Wieder spürte er das bohrende Gefühl in sich. Ob es wirklich nur ein leichter Sturz gewesen war? Und wie es wohl passiert sein mochte? Sie hatte nichts darüber geschrieben. Nur noch, dass der alte Huber ihr, so gut er konnte trotz seiner Jahre, zur Hand gegangen war und dass sie überhaupt gut zurechtkäme, dass der alte Schäfer Martin das halbe Dorf eingeladen hatte zu seinem achtzigsten Geburtstag und dass man dieses Jahr mit mehr Bienenschwärmen rechnete als sonst ... und wie sehr sie sich darüber freute, dass alle Enkelkinder wieder ihre Schulferien bei ihr verbringen wollten...

Der Regen hatte sich verstärkt. Er ließ den Scheibenwischer schneller laufen.

Vielleicht war sie aber gar nicht ausgerutscht oder ihr war schwindlig geworden. Womöglich war der Grund eine versteckte Krankheit, die sie in sich trug! Die Angst packte ihn jetzt wie eine brutale Faust. Er fühlte den Schweiß auf der Stirn, und seine Hände verkrampften sich um das Lenkrad. Es ergriff ihn dieses Mal nicht, jenes erwartungsvolle Glücksgefühl, das ihn immer wieder überkam, wenn er die verkrüppelten Kiefern zu beiden Seiten der kleinen, windgeduckten Dorfkirche erblickte.

Vor drei Wochen hatte er ihren letzten Brief erhalten. Drei Wochen! Was konnte da inzwischen alles geschehen sein?

Mit quietschenden Reifen nahm er die letzte Biegung.

"Mensch... Mutter... „

Mehr konnte er nicht sagen. Da stand sie in der Tür. In der einen Hand schwang sie die Karte, mit der er sein Kommen angemeldet hatte, mit der anderen wies sie stolz auf ihr dick eingegipstes Bein. "... na, mein Junge, was sagst du nun... haben die das nicht fein hingekriegt, die in dem Kreiskrankenhaus...?

Und dann lachte sie lauthals. Trotz Gips und Regen. Der Mann drehte sich um und ging zum Wagen, um die Autotür abzuschließen. Ganz langsam machte er das, wie um Zeit zu gewinnen...

Und hinter sich hörte er das Lachen seiner Mutter. Ihm war, als hätte er noch nie etwas Schöneres gehört.

Irene Pätz

Die Entscheidung

Die Leute arbeiteten verbissen. Das Zelt stand schon. Noch an diesem Abend sollte die erste Vorstellung sein.

Der Zirkus war nicht groß, nicht berühmt. Die Dressuren, die Clowns, die Jongleure und Akrobaten, - das alles konnte man anderswo sicherlich perfekter sehen. Und trotzdem zog es mich hin. War es das heisere Brüllen eines Löwen, das Wiehern und Stampfen der Pferde? Waren es die Elefanten, die an den Ketten zerrten? War es der Geruch nach einem Stück ferner Wildnis, die sich aufbäumt, immer und immer wieder, und doch müde wird, langsam stirbt, an Ketten, in engen Käfigen?

Ja, deswegen komme ich wohl, - und wegen Gil Warren.

Wann sah ich ihn eigentlich zum ersten Mal? Ich versuchte mich zu erinnern...

Ein paar junge Burschen hockten damals auf dem Holzgatter. Sie rauchten und warfen Erdnüsse in den dämmrigen Hintergrund.

Später dann sah ich ihn erst, groß, vornübergebeugt, irgendwie verloren. Er fegte Stroh und Papierreste zusammen. Auf seiner Schulter hockte der Affe, ein kleines Kerlchen. Mit unfehlbarer Sicherheit schoss er dahin, wo eben einer der Burschen eine Erdnuss hingeworfen hatte, und war mit einem Satz wieder auf der Schulter des Mannes. Und dann sah ich etwas Verblüffendes: Der Affe zerbiss die Nuss, die kleinen, flinken Finger schälten blitzartig die Kerne heraus, und dann reichte er einen davon dem Mann, während er den anderen sich selber zwischen die Zähne schob. Mit jeder Nuss machte er es so.

Später warfen die Halbwüchsigen kleine Steine und leere Zigarettenschachteln hinüber. Zwei-, dreimal sprang der Affe hinterher. Dann bemerkte er den Betrug und warf alles zurück.

"Lasst das", sagte ich und schob die Burschen, die nur widerwillig Platz machten, beiseite. Sie lachten. "Gil!" riefen sie, "Ho, der berühmte Gil..." Dann verschwanden sie.

Ich trat auf den Mann zu, verspürte Schnapsgeruch. Ich sah das graue, müde Gesicht, die kräftigen, verarbeiteten Hände.

Sie kommen jeden Abend..." Er machte eine resignierte Handbewegung. "Es ist nichts Besonderes. Wir beide kennen das, nicht wahr, Bingo?"

Der Affe hockte wieder auf seiner Schulter und sah mich aus dunklen Augen neugierig und beobachtend zugleich an.

"Ich hab' so etwas noch nie gesehen", sagte ich, "ich meine, das mit den Nüssen und dem Affen..."

"Bingo?" Der Mann lachte leise auf. Dann nahm er eine von meinen angebotenen Zigaretten. "Er hat sich für mich entschieden, und ich mich für ihn. Man muss sich entscheiden können." Er hob den Besen und ließ ihn wieder sinken.

Meine Frage, ob wir ein Glas zusammen trinken wollten, drüben in der Zirkuskantine, verneinte er. "Jetzt nicht. Sie werden mich rauswerfen, wenn ich's nicht lasse. Aber sie wissen auch, dass ich mit Tieren umzugehen weiß wie kein anderer." Er machte einen tiefen Zug. "Wilde Tiere einfangen, das war meine Spezialität. Elefanten und Tiger - hab' sie dann verkauft an Zirkusse und Tiergärten in der ganzen Welt. Alle wussten, daß ich nur beste Ware lieferte. Und Geld hab' ich verdient wie Heu..." Und jetzt lachte er trocken auf. "Dabei konnte ich gar nichts damit anfangen. Wissen Sie, anderes bedeutete mir viel mehr. Der helle, gleißende Mittag in der Steppe oder nachts die funkelnden Sterne über einem, so nah, dass man meint, mit den Händen danach greifen zu können... und dann, wenn es raschelte im Busch, und das geschlagene Wild aufbrüllt... "

Die Holzumzäunung knackte, als er sich zurücklehnte und den Affen kraulte, der sich an ihn schmiegte.

"Eines Tages aber fühlte ich, dass ich nach Hause musste. Die Malaria hatte mich gepackt. Ich konnte nicht mehr. Und jetzt brauchte ich das Geld, das ich sinnlos

verschleudert hatte. Verschenkt, verliehen, verprasst. Einen Auftrag hatte ich noch - einen lohnenden. Für einen großen amerikanischen Zirkus - den größten: Eine Riesenschlange, ein ganz seltenes Exemplar wollte man dieses Mal haben. Der Preis dafür würde mir eine ganze Zeitlang ein bequemes Dasein sichern... Ich fing sie also. Und nun musste ich sie nur noch an die Küste schaffen... Wissen Sie eigentlich, was das heißt: undurchdringlicher Dschungel, ganz allein unter einer Zeltplane, auf die es unaufhörlich herabprasselt? Allein mit Bingo, der mich notdürftig mit den Früchten des Urwaldes versorgte. Allein mit der Malaria, mit dem Fieber, den grauenvollen Schüttelfrösten... Und da kam der Augenblick, in dem ich mich entscheiden musste. Vor mir, auf der regennassen Lichtung, hockte Bingo. Drei Meter vor ihm, bereit, jeden Moment zuzupacken, die Schlange. Weiß Gott, wie sie es geschafft hatte, aus ihrem Behälter zu entweichen. Unbeweglich hockte Bingo, die schwarzen Augen in die seelenlosen der Schlange gebannt. Die geringste Bewegung, und er war verloren. Er hatte keine Chance. Wissen Sie, Schlangen können lange aushalten ohne Nahrung. Diese aber hatte Hunger. Und ich lag da, krank, erledigt und konnte nichts tun und hing doch an Bingo wie an einem eigenen Kind. Von der Python aber wiederum hing es ab, ob ich dieses geliebte, verfluchte Land als einigermaßen wohlhabender Mann verlassen konnte!
Ich musste mich entscheiden. Und zwar sofort - zwei, drei Sekunden, mehr Zeit blieb mir nicht. Die Pistole hatte ich schussbereit neben mir liegen..."
Wieder kraulte er das Fell des Affen. "Sie sehen, für wen ich mich entschieden hatte..."
Ja, so war es. Seitdem besuchte ich Gil Warren jedes Mal, wenn der Zirkus in der Nähe war. Wir rauchten, plauderten zusammen. Das ganze Jahr über freute ich mich darauf...

Jetzt ging ich zu einem der Arbeiter hinüber, fragte nach Gil Warren. Der Mann blickte mürrisch auf. "Warren? Kenn ich nicht. Bin erst seit kurzem hier. "

Ich ging zum Boss. Von ihm erfuhr ich, dass Gil plötzlich krank geworden und in einem Hospital verstorben sei. Der Affe wäre seitdem verschwunden. Keiner hat ihn je wieder gesehen.

Langsam schlenderte ich zwischen den Zirkuswagen hindurch. Ich hörte das Stampfen der Elefanten, das Knurren eines alten Tigers. Irgendwo flammte Licht auf. Ein Hund bellte, schnüffelte an meinen Beinen, wandte sich wieder ab...

Helmut Pätz

Die Prüfung

Punkt ein Uhr fuhr ein chromblitzender Zwölfzylinder vor. Ein älteres Ehepaar - umgeben von einem unverkennbaren Hauch erdölgeborener Millionen - betrat die Empfangshalle.

"Das ist Mister Cowland", sagte der Empfangschef des Hotels zu dem Oberkellner.

Der hob die Augenbraue. "Der amerikanische Millionär?"

"Multimillionär. Eben der. Seine Gattin und er speisen heute bei uns zu Mittag. Ganz überraschend. Eine besondere Aufgabe für Sie, Eduard, für Sie als unseren erfahrensten Oberkellner. Es darf nichts schiefgehen! Sie wissen, was es für den Ruf eines Hauses wie dem unseren bedeutet, ob Mrs. und Mr. Cowland uns höchst zufrieden oder auch nicht, wieder verlassen. Ich baue da ganz auf Sie, Eduard..."

Alles klappte wie am Schnürchen. Das Essen war hervorragend, der Wein vorzüglich. Mrs. und Mr. Cowland strahlten pures Wohlwollen aus, und als man diskret von gelegentlicher bargeldloser Begleichung der Rechnung sprach, winkte der Amerikaner energisch ab, reichte Eduard einen Tausender und ließ sich das

Wechselgeld, achte große Scheine und sechs Kleinmünzen, wieder aushändigen. Die Scheine faltete er liebevoll zusammen und legte sie in die Brieftasche zurück, das wenige Kleingeld aber schob er Eduard hinüber. "Hier, Für Sie, mein Lieber, für die vorzügliche Bedienung..."
Eduard verneigte sich dankend mit einem gleichbleibend freundlichen Lächeln, half Mrs. Cowland zuvorkommend in den kostbaren Pelz, sowie fast gleichzeitig Mr. Cowland in seinen Kaschmirmantel. Noch am Wagenschlag wünschte er ihnen mit vollendet heiterer Gelassenheit eine gute Weiterreise...
Eine Woche später erhielt der verwunderte Eduard einen Brief von Mr. Cowland. "... mir geht der Ruf voraus, ein besonders schlechter Trinkgeldgeber zu sein. Stimmt! Ich verschenke nichts. Für mich war jeder Cent eine mühevolle Stufe auf dem langen Weg zum Erfolg. Sie aber, Mister Eduard, haben mit selten erlebter Haltung die Probe bestanden. Okay. Anbei ein Scheck über die restlichen achthundert Scheine, die Sie mir zurückgaben. . ."
Helmut Pätz

Ein Abend zu dritt

Martin griff in die Tasche und zuckte zusammen. Er stand wie gelähmt. Verzweifelt suchten seine Hände das Jackett ab, die Hosentaschen.
Das Geld war weg!
Plötzlich hatte er das Gefühl, in einen tiefen Abgrund zu versinken. Er hörte nicht mehr die schrillen Töne in der Disco. Nicht die Stimmen, nicht das Gelächter der Tanzenden. Das Geld, war sein einziger Gedanke, das Geld. Es war weg! Man hatte es ihm gestohlen - davon war er überzeugt. Irgendeiner mußte gesehen haben, wie Harry es ihm zugeschoben hatte. Verdammt, diese Jungen aus dem Straußberger Bezirk! Sie verstanden sich

meisterhaft darauf, anderen Leuten die Taschen zu leeren. Das waren keine Amateure, das waren Profis! Wer mochte es gewesen sein? Alle um ihn herum hielten ihre Mädchen im Arm, tanzten und lachten. Mancher schien ihn anzusehen, verstohlen, spöttisch, ja herausfordernd. Oder kam es ihm nur so vor? Und da ganz hinten tanzte Harry mit Pamela. Er flüsterte ihr gerade etwas ins Ohr, und sie lachte laut auf. Harry - Pamela! Wie sollte er es ihnen nur sagen? Am liebsten würde er jetzt hinaus in die Dunkelheit laufen. Weit, weit weg von hier.

Er hätte überhaupt gar nicht erst herkommen sollen. Aber Harry hatte ihn überredet. Ein elender Stubenhocker sei er, wenn er nicht mitkäme, hatte Harry gesagt. Es gäbe doch Aufregenderes, Schöneres, als immer über den Büchern zu hocken oder abends allein am Fluß spazieren zu gehen.

Und Pamela, sie hatte ihn nur angeschaut, eine ganze Weile.

"Komm´ mit, Martin", hatte sie dann gesagt.

Und so waren sie losgezogen, zu dritt. Pamela hatte sich übermütig tänzelnd bei Harry eingehakt, und den ganzen Weg über hatte er ihnen amüsante Begebenheiten und spannende Erlebnisse aus seinem "Berufsleben" erzählt. Überhaupt, Harry war schon ein Teufelskerl! Für ihn gab es keine Schwierigkeiten, keine "Hemmschwellen". Schon früher nicht, als sie alle drei noch Kinder waren, Harry, Pamela und er, der Benjamin. Zurzeit handelte Harry mit Gebrauchtwagen...

Sie hatten an einem der vielen runden Tische gesessen, und Harry hatte eine Flasche Wein spendiert. Sie hatten viel gelacht, den anderen beim Tanzen zugesehen, und er war schließlich doch froh gewesen, dass er mitgegangen war. Nur wenn Harry den Arm um Pamelas Schultern legte und sie fest an sich drückte, war ihm, als griffe eine Faust nach seinem Herzen. Pamela sagte nichts, aber sie lächelte zu ihm herüber, und er lächelte krampfhaft zurück. Später dann tanzten Harry und Pamela miteinander.

"Weißt du Martin", sagte Harry auf einmal zu ihm, " hier ist ein Hunderter. Steck ihn in die Tasche und verwahr sie solange für mich."

Er hatte auf den Schein gestarrt, den Harry ihm über den Tisch zuschob. Ein Hunderter.

Harry winkte großspurig ab. "Pah, eine Lappalie... hab' dem Doktor Breitmann heut' Morgen einen Schlitten verkauft. Ist 'ne dicke Provision dabei für mich abgefallen. Aber beim Tanzen möcht ich nichts davon bei mir haben. Diese Straußberger Jungs, die klauen dir 'ne Rippe, ohne daß du's merkst..."

"Harry, ich möchte lieber nicht..."

Harry lachte rau. "Mensch, Martin, wenn es bei dir nicht sicher ist... Du bist doch das treueste und zuverlässigste Schaf, das ich kenne." Er hatte ihm noch einen leichten Schlag auf die Schulter gegeben und war wieder mit Pamela auf die Tanzfläche geschlendert. Die beiden hatten miteinander getanzt, einmal, zweimal, dreimal. Zwischendurch hatten sie sich einmal zu ihm an den Tisch gesetzt. Pamelas Gesicht glühte, und er verspürte wieder den bohrenden Schmerz. Schmerz. Harry hatte ihm ins Ohr geflüstert, dass Pamela das beste Mädchen sei, daß es weit und breit gäbe. Dann hatte er wieder mit aufreizender Selbstverständlichkeit ihren Arm ergriffen.

Er hatte den beiden nachgeschaut, gedankenverloren an seinem Weinglas genippt, und auf einmal war seine Hand in die Tasche geglitten, hatte fieberhaft nach dem Geld gesucht...

Wie im Traum sah er Harry und Pamela auf sich zukommen, sah sie immer größer werden und schließlich drohend ganz nahe vor sich stehen. Er hörte das Gestammel seiner eigenen Stimme, aber er wußte nicht, was er sagte, und wie aus weiter Ferne hörte er Harry sagen: "... und dich hab' ich für einen Freund gehalten. Auf dich hab' ich mich felsenfest verlassen... Mensch, hau bloß ab!" Und dann noch einmal ganz nahe und eiskalt:"Los, verschwinde schon endlich. Mitsamt dem Geld, wo immer du es auch versteckt haben magst... ich kann darauf verzichten, du..."

Er spürte das Schluchzen in seiner Kehle aufsteigen, und noch einmal sah er Pamelas Gesicht mit den dunklen, ratlosen Augen darin - Mein Gott, wie blass sie plötzlich war - und dann lief er hinaus...

Pamela stand und blickte auf die Tür, die hinter ihm zupendelte.

"Er hat es nicht genommen..." flüsterte sie.

Harry hielt ihren Arm fest. "Lass ihn! Er ist es nicht wert, daß du auch nur einen Gedanken an ihn verschwendest... Komm, gehen wir wieder tanzen..."

Sie erwachte wie aus einer Erstarrung. "Nein, Harry. Er hat das Geld nicht. Bestimmt nicht. Ich weiß es. Er hat es verloren, oder sonst was. Er war so verzweifelt. Ich muß zu ihm, er braucht mich jetzt. Sei mir nicht böse, Harry... und vielen Dank für den Abend..."

Harry blieb wütend zurück. Er ging zwischen den Tischen hindurch an die Bar. Da stellte sich jemand neben ihn. Es war einer der Straußberger Jungen. In der Hand hielt er einen Hunderter.

"Hier, Harry... du siehst, mit uns kann man Geschäfte machen. War ganz leicht, ihm das aus der Tasche zu ziehen, der hatte ja nur Augen für dich und Pamela... Sagtest du nicht zehn Prozent...?"

Harry nickte, nahm den Schein und drückte dem anderen wortlos einen Schein in die Hand.

Gedankenverloren sah er dem Straußberger nach, wie er gewandt zwischen den Tanzenden verschwand. Dann dachte er lange nach über das schlechteste Geschäft seines Lebens. Der Plan, den er so sorgfältig ausgeheckt hatte - er war gescheitert. Er hatte Pamela für sich gewinnen wollen, für sich ganz allein. Und Martin, er sollte in ihren Augen als ein ganz kleiner, gewöhnlicher Dieb dastehen.

Jetzt hatte er sie beide verloren, Pamela und den Freund.
"Vielen Dank, Harry, für den Abend..." murmelte er höhnisch.

Helmut Pätz

Ein guter Staatsbürger

Es ist nicht leicht, ein guter Staatsbürger zu sein.
Wieder einmal saß ich, dumpf vor mich hin brütend, auf meiner Bank im Park. Ich bin Schriftsteller, und als solcher ging es mir zeitweilig nicht gerade besonders gut... finanziell, meine ich. Das einzige, was man ab und zu sein eigen nennen kann, ist eine kleine Bank im Park und genügend Zeit, um nachzudenken. Ich will nicht klagen, hin und wieder gibt es auch mal Zeiten, in denen man sogar seine Schulden begleichen kann,... aber meistens... Und in diesem Zustand befand ich mich jetzt. Die Sonne schien, die Vögel sangen und ich träumte...
Ja, ich träumte meinen alten, ewig jungen Traum: Eine superelegante Limousine kommt vorgefahren, ein wohlbeleibter Herr, Amerikaner selbstverständlich, steigt aus, kommt auf mich zu, betrachtet mich eine ganze Weile gerührt und sagt mit umflorter Stimme: "So wie Sie, junger Mann, habe ich mir immer meinen Sohn vorgestellt, der mir leider nie vergönnt war. Ich habe keinen Menschen, der mir wirklich nahesteht. Wem aber soll ich eines Tages mein Riesenvermögen hinterlassen? Kommen Sie mit nach drüben. Ich möchte Sie an Sohnesstatt adoptieren..." So weit mein zugegebenermaßen kindischer, aber verständlicher Traum.
Als ich die Augen aufschlug, stand die Wirklichkeit wieder bedrohlich vor mir. Ich dachte an die reparierten Schuhe, die ich nicht vom Schuhmacher abholen konnte, weil... wie gesagt... Ob Freund Ernst vielleicht... Aber nein, dem schuldete ich sowieso noch einen Fünfziger. Seufzend machte ich mich auf den Heimweg, der von ach so trüben Gedanken gesäumt war.

Plötzlich hielt ich inne, sah einmal hin, zweimal, dann bückte ich mich - aber das gab's doch nur in meinen Träumen - hielt einen funkelnagelneuen Hunderteuroschein in der Hand. Regungslos verharrte ich und kämpfte den Kampf meines Lebens. Abgeben oder nicht, - das war hier die Frage. Ich blickte mich um. Keine Menschenseele in der Nähe.

Bitte, geneigter Leser, über Ehrlichkeit sollte man nur reden, wenn man selbst genug Geld hat. Ich besaß keines. Mit einer innerlichen Handbewegung schob ich alle Bedenken beiseite und ging zum Schuster. Mit meinem neuen Hunderter. Er aber konnte nicht wechseln. Also auf zu Freund Ernst! Aber wie der Zufall es so wollte, hatte der Gute gerade eines seiner neuesten Bilder verkauft und erließ mir in einer Anwandlung von Menschlichkeit meine Schulden. Da wußte ich, daß mich das Schicksal mit sanfter Hand auf den richtigen Weg wies, und am Ende dieses Weges stand ein nüchternes, amtliches Gebäude. Mit dem erhebenden Gefühl, ein guter Staatsbürger zu sein, betrat ich das Fundbüro. Ich strahlte, der Beamte strahlte, und ich fand, dass die ganze Welt voller guter Staatsbürger sei. Er hielt den Schein gegen das Licht, sah mich prüfend an und verließ den Raum.

Nach einer Weile kehrte er zurück - in Begleitung eines zweiten Beamten. Er strahlte nicht mehr, im Gegenteil, seine Miene war düster, und seine Stimme klang jetzt sehr streng, als er sagte: "Mein Herr, der Hunderter ist leider falsch..."

Wie gesagt, es ist eben nicht leicht, ein guter Staatsbürger zu sein.

Helmut Pätz

Es stand in der Zeitung

Er lag im Bett und starrte in das Licht der Nachtischlampe, neben sich auf dem kleinen Tisch seine Lieblingslektüre - ein Stapel mit Horrorgeschichten.

Er las nicht darin wie sonst. Er lag nur da und lauschte in die Dunkelheit. Der Vater hatte beim Abendessen gesagt, dass die Mutter und er ins Kino gehen würden. Er hatte nur genickt. Jetzt aber war ihm auf einmal klar geworden, daß der Tag vorbei war und daß die Nacht kommen würde, die Nacht mit ihren geheimnisvollen Schatten, ihrer Ungewißheit und den vielen rätselhaften, unerklärbaren Geräuschen.

Heute Morgen hatte es in der Zeitung gestanden. Im Rundfunk hatten sie es auch durchgegeben, immer wieder, und in der Schule hatten sie von nichts anderem gesprochen. Den ganzen Tag über hatte er immer an den Mann denken müssen, der in der vergangenen Nacht aus dem nahegelegenen Zuchthaus entwichen war. Vor drei Jahren war er an einem aufsehenerregenden, äußerst brutal ausgeführten Überfall auf einen Geldtransport beteiligt gewesen und hatte dabei einen Mann des Begleitpersonals niedergeschlagen und tödlich verletzt. Der Fall hatte damals nicht nur die Menschen seiner kleinen Heimatstadt aufgewühlt und erschüttert...

Er wälzte sich auf die Seite. Die Stille in der Wohnung wurde noch bedrückender durch das gleichmäßig laute Ticken der Wanduhr. Ganz in der Ferne bellte ein Hund. Es klang schauerlich.

Plötzlich fuhr er hoch. Da... Schritte! Das waren doch Schritte! Direkt unter seinem Fenster machten sie Halt.

Er wagte kaum zu atmen. Ruhig bleiben, nur ruhig! Was taten die Helden in seinen Büchern und im Fernsehen in solchen Situationen? Er überlegte fieberhaft. Das Licht, mein Gott, das Licht, es könnte ihn verraten. Die zitternde Hand fand schließlich den Knopf der Nachtischlampe und dann umgab ihn tiefe Dunkelheit. Für einen kurzen Augenblick wurde er ruhig, dann aber kamen die Zweifel um so stärker. Was war nun? Hatten sich die Schritte inzwischen wieder entfernt oder nicht? Die Ungewissheit war unerträglich. Er versuchte, sich ein Bild von dem Entflohenen zu machen, mal stellte er sich ihn riesig, breitschultrig und bösartig vor, dann wieder klein, hinterhältig, verschlagen. Vielleicht stand er jetzt geduckt unter dem Fenster und lauerte...

Panische Angst trieb ihn aus dem Bett, und auf nackten Füßen lief er durch den Flur. Gott sei Dank! Die Wohnungstür war jedenfalls verschlossen. Jetzt fiel ihm ein, daß er selbst es getan hatte, nachdem die Eltern gegangen waren. Aber da war ja noch die Sicherheitskette. Mit angehaltenem Atem legte er sie vor.

Als er wieder im Bett lag, seufzte er erleichtert auf. Der Wind bewegte die Zweige vor dem Fenster, und im Schein der gegenüberliegenden Straßenlaterne wischten ihre Schatten wie die Finger eines Riesen über die Wand und zauberte bizarre Figuren auf die Tapete. Autolichter huschten auf und verschwanden wieder.

Die Müdigkeit wollte ihn überwältigen, aber die Angst hielt ihn wach, ließ ihn immer stärker spüren, wie das Unheil auf ihn zukam, nach ihm zu greifen schien. Und es gab kein Entrinnen.

Wieder hörte er Schritte, jetzt waren sie im Treppenhaus - ganz deutlich. Die letzten drei Treppenstufen knarrten wie immer - jetzt verhielten sie vor der Tür. Oh Gott, jetzt einfach die Decke über den Kopf ziehen, nichts mehr hören, nichts mehr sehen!. Er lag wie gelähmt und sein Herz hämmerte. Er sandte ein Stoßgebet nach dem anderen zum Himmel...

Was tat der andere jetzt? Beugte er sich etwa zum Schlüsselloch herab und lauschte ebenfalls? Hantierte da nicht jemand mit einem Schlüssel, mit einem nachgemachten vielleicht?

Da... die Tür! Öffnete sie sich nicht langsam, Millimeter um Millimeter? Er konnte es von seinem Zimmer aus genau sehen. Und ebenfalls das fahle Licht des Treppenhauses, das auf eine Hand fiel, die nach der Sicherheitskette tastete und sie mit geübtem Griff zurückschob...

Er schrie auf, und alles ging unter in diesem einzigen befreienden Aufschrei.

Dann wurde es hell...

"... aber, Junge", hörte er neben sich eine bekannte Stimme, "ich bin's doch nur, Frau Berger. Dein Vater hat mir den Schlüssel gegeben, und den Kniff mit der Sicherheitskette hat er mir auch verraten... sonst hätte ich ja gar nicht reinkommen können, um mal nach Dir zu sehen...

Helmut Pätz

Johnsons Hund

Jeder, der Doug sah, fand, dass er ein schöner Hund sei. Er war groß, mächtig, und seine Vorderpfoten hatten fast die Größe einer männlichen Faust. Wenn er sich aufrichtete und sie Johnson auf die Schultern legte, geschah es nicht selten, dass dieser einen Schritt zurückweichen musste. Johnson lachte dann und freute sich über die Kraft und Stärke seines Hundes. Er kraulte den schmalen, haarigen Kopf und nahm behutsam, fast zärtlich die Pfoten von seiner Schulter, als täte es ihm leid, diese Liebkosung zu unterbrechen.

"Ein Wolf," sagte Henry damals zu ihm, als er den Hund, klein und hilflos noch, in sein Haus genommen hatte. Henry war ein alter Mann aus dem Dorf, der sich auf Hunde verstand.

"Ein Wolf?" Johnson sah verständnislos auf das krabbelnde, wollige Bündel, das sich zu seinen Füßen wand. Er vernahm ein leises Quieken, und eine rauhe, warme Zunge glitt über seinen Handrücken.

"Natürlich kein richtiger," erwiderte Henry. "Aber wir hier nennen diese Rasse so... Sie werden eine harte Hand haben müssen, Johnson, wenn Sie Herr im Hause bleiben wollen." -

Die Jahre vergingen, und Johnson fand, dass er auch ohne harte Hand Herr im Hause geblieben war. Doug war groß geworden, größer als alle Hunde in der Umgebung. Eine

Hütte im Hof gab es für ihn nicht. Er teilte das Haus mit Johnson. Lediglich Mrs. Miller kam ab und zu, um nach dem Rechten zu sehen. Im Übrigen kamen die beiden gut allein zurecht, obwohl Johnson häufig abwesend war. Er baute Häuser für andere Leute und verdiente damit viel Geld. Wenn er dann, manchmal erst nach Tagen, zurückkehrte, gebärdete sich Doug vor Freude wie ein Irrer. "Vorsicht, Doug, die Vase... verflixt... schon zu spät. Haben wir Mrs. Miller nicht schon oft genug gesagt, dass sie die Vase woanders hinstellen soll? Natürlich haben wir das. Weil sie uns hier stört, nicht wahr, Doug...?" Die Unordnung, die sie dabei anrichteten, nahmen sie einfach nicht zur Kenntnis, und beide, Mensch wie Tier, dachten nicht daran, dass es einmal nicht mehr so sein könnte.

Und doch wurde es eines Tages anders.

Das war in jenem Frühjahr, als Johnson Jane kennenlernte. Die Sonne trocknete zum erstenmal den winterlichen Strand von Brighton. Johnson saß an einem der öden, runden Holztische und sann über das Projekt eines Musikpavillons an der Kurpromenade nach. Jane saß am Nebentisch. Sie hatte dunkelbraunes Haar, und Johnson fand zum ersten Mal, dass eine Frau schön sei. Er starrte sie so lange gedankenverloren an, bis sie es merkte.

So fing es an, und schon nach kurzer Zeit stand für ihn fest, dass sie seine Frau werden würde.

"Ich bin glücklich..." sagte Johnson und legte seine Hand auf Janes Arm, die neben ihm im Wagen saß. Sie lächelte ihm zu und nickte. Johnsons bog von der Autostraße ab auf einen schmalen Weg, der zu seinem Haus führte. Er ließ den Wagen ausrollen und stieg aus.

Ein großer, dunkler Schatten schoss auf ihn zu und warf sich mit heiserem Bellen auf ihn. Ein Paar mächtige Pranken lagen auf den Schultern des Mannes, der lachend zurücktaumelte, und in dieses Lachen mischte sich das freudige Gebell des Hundes.

"Wo bleibst du, Jane?" rief Johnson, während er sich, immer noch lachend, gegen den Hund stemmte. Verwundert sah er auf die Frau, die immer noch im Wagen saß, und ihn und den Hund aus großen, erschrockenen Augen anstarrte. Als sie keine Anstalten machte, den Wagen zu verlassen, nahm er die Pranken des Tieres von der Schulter und ging zu ihr.

"Angst?" Er lachte immer noch, "Unsinn, vor Doug brauchst du keine Angst zu haben, er ist mein bester Freund. Und er wird auch deiner... Ja, jetzt fällt mir ein, dass ich dir noch gar nicht von ihm erzählt habe."

Er half ihr beim Aussteigen. "Bei Hunden darf man keine Angst zeigen, Jane, und ganz besonders Doug mag das nicht... nun, Doug, jetzt zeig mal, wie man einen lieben Gast begrüßt! Komm her!"

Aber der Hund rührte sich nicht von der Stelle. Jetzt erst schien er die Frau zu bemerken. Alle lebendige Fröhlichkeit war von ihm abgefallen. Er stemmte die Pfoten in den Boden und sah Jane unentwegt an.

"Doug!" Johnsons Stimme war ein einziger Vorwurf. "Jane... dann komm' du...' Und er zog die Widerstrebende sanft mit sich, bis sie nur noch einen Schritt entfernt vor dem Hund standen. Dabei führte er Janes Hand über das weiche Fell. Doch Doug stand bewegungslos und ließ nur ein leises Knurren hören.

"So kenne ich ihn gar nicht." sagte Johnson nachdenklich. "Ihr beiden seid mir die rechten Dickschädel. Na, ihr werdet euch schon noch aneinander gewöhnen..."

Jane aber war blass geworden, und ihre kleinen Zähne nagten erregt an der Unterlippe. -

"Nun, gefällt es dir?" fragte Johnson, nachdem er ihr das Haus gezeigt hatte. Sie stand neben ihm im Garten und der Wind, der vom nahen Wald herüberwehte, spielte in ihrem Haar.

"Ich liebe dich, Johnson," ihre Stimme klang sehr leise. "Ich würde überall mit dir glücklich sein, aber..."

Er fasste ihre Hand. "... aber?"

"Der Hund... ich habe Angst."

Johnson schüttelte belustigt den Kopf.

"Aber, Jane... Ihr habt euch heute zum ersten Mal gesehen. Ich denke, ihr werdet noch die besten Freunde."

Sie wandte sich ab. "Ich habe Angst vor Hunden, Johnson, eine Angst, die du sicherlich nicht verstehen kannst. Schon seit meiner frühesten Kindheit habe ich diese Angst. Alle Versuche, sie mir zu nehmen, scheiterten. Doug muss das sofort gespürt haben." Sie sah ihn an. "Ich weiß, wie sehr du an ihm hängst, Johnson." Sie hielt inne. Dann sagte sie schnell: "Gib' ihn weg, Johnson, ich bitte dich..."

Er sah sie vor sich stehen, und die Empfindung, wie sehr er sie liebte, überwältigte ihn fast. Aber zugleich dachte er an Doug, an die gemeinsam verbrachten, glücklichen Jahre, und der Gedanke, sich von ihm zu trennen, schien ihm unerträglich. - - -

Anfang des nächsten Jahres heirateten sie, und Johnson gab Doug zum alten Henry ins Dorf.

Er sagte Jane, dass er den Hund hin und wieder ins Haus holen werde, bis sie sich aneinander gewöhnt hätten, und sie war einverstanden.

Kein Zweifel, Doug hatte es gut beim alten Henry. Dennoch mußte Johnsons Verhalten völlig unverständlich für ihn sein. Am nächsten Tag schon brach er aus und stand plötzlich keuchend vor Johnson. Die Wiedersehensfreude der beiden war überwältigend, aber noch am

selben Tag brachte Johnson ihn zurück zu Henry und Doug musste erkennen, dass diese Veränderung kein Irrtum, sondern von Johnson gewollt war.

Ein paar Wochen später war Doug wieder da. Dies Mal hatte Johnson ihn geholt. Aber was er erhofft hatte, traf nicht ein. Zwar duldete der Hund Janes zaghaftes Streicheln, aber sein Knurren wirkte nach wie vor feindselig und schien endgültig, und eigenartigerweise schien er sogar wenig Neigung zu haben, die alten Spiele mit Johnson wieder aufzunehmen.

"Er ist eingeschnappt", sagte Johnson ärgerlich und brachte ihn wieder ins Dorf zurück.

In Johnsons Leben hatte sich manches geändert. Er hatte jetzt eine Frau und ging seltener auf Reisen. Dafür kamen seine Auftraggeber häufiger zu ihm ins Haus. Jane war eine liebenswürdige und aufmerksame Gastgeberin, und zweifellos war ihr so mancher erfolgreiche Geschäftsabschluss zu verdanken. Er war stolz auf sie. Jane wußte, wie sehr Johnson sie liebte. Aber sie fühlte auch, wie er unter der Abwesenheit seines Hundes litt.

Eines Tages fuhr Johnson in die Stadt. Es ging um den Bau eines großen Bankhauses in der City, dessen Ausführung man ihm übertragen hatte. Frühe Nebelschwaden strichen über die Felder, als er an Henrys Haus vorbeifuhr, und auf ein Mal glaubte er, Dougs heiseres Bellen hinter sich zu hören.

Während der Verhandlungen mit seinen Auftraggebern wurde er plötzlich von einer merkwürdigen Unruhe befallen. Obwohl viel davon abhing, gelang es ihm nicht, sich zu konzentrieren. Schlagartig überkam ihn die Gewissheit, dass es Jane war, an die er immer denken mußte. Jane... und Doug! Was war mit ihnen? Ach was, welch ein Unsinn, jetzt und hier in irgendeinem Zusammenhang an die beiden zu denken...

Doch fiel seine zunehmende Unkonzentriertheit, ja Verstörtheit schließlich sogar seinen Verhandlungspartnern auf, und unter dem Vorwand, wichtige Unterlagen vergessen zu haben, bat er, die Konferenz auf den nächsten Tag verschieben zu dürfen. Man war erstaunt, aber man schätzte Johnson und entsprach daher seinem Wunsche.

In mehrstündiger Fahrt raste er dem Heimatort zu.

Es war schon dunkel, als er, wie immer, mit der Stoßstange des Wagens die pendelnde Gartentür aufstieß. Er wurde in seinen bangen Vorahnungen noch bestärkt, als ihm aus dem Schatten des Hauses der Gendarm, ein paar Männer aus dem Dorf und der alte Henry entgegentraten.

"Es ist entsetzlich", sagte Henry, "aber als Sie mit dem Wagen vorbeifuhren, war Doug nicht mehr zu halten... ich dachte, er wäre Ihnen nachgelaufen... ich konnte ihn nicht mehr einholen, Sir, ich bin ein alter Mann..."

Johnson sagte nichts. Er starrte an den Männern vorbei. Dann trat er an die Haustür, die nur angelehnt war, und stieß sie auf...

Gegen drei Uhr nachmittags hatte es angefangen zu regnen. Jane hatte Mrs. Miller bis an die Straße begleitet und war wieder ins Haus zurückgekehrt. Sie wusste, dass Johnson nicht vor dem späten Abend zurück sein würde. Er hatte sie bisher nachts selten allein lassen müssen, dennoch noch fühlte sie sich in dem großen Haus - so vertraut es ihr auch inzwischen geworden war – noch immer irgendwie einsam, und diese Empfindung wurde noch verstärkt durch die trübe Dämmerung des regnerischen Nachmittags. Ruhelos ging sie durch die Räume, trat hier und da ans Fenster und blickte hinaus.

Auf ein Mal sah sie zwischen den dunklen Bäumen einen flachen, länglichen Schatten, der sich auf das Haus zubewegte. Erst nach längerem angestrengten Hinsehen erkannte sie, wer es war. Sie erschrak zutiefst.

"Doug", stieß sie hervor, "Doug..."

Der Hund umschlich die Bäume, als wolle er vermeiden, vom Haus aus gesehen zu werden. Dabei kam er immer näher. Und sie war allein im Haus.

"Doug." Es war nur ein Flüstern.

Sie hatte die Eingangstür hinter sich ins Schloss gezogen. Das wusste sie genau.

Die Angst schnürte ihr die Kehle zu. Sie hatte nicht abgeschlossen! Und hatte Johnson nicht einmal erzählt, dass Doug die Tür spielend öffnen könne, wenn er hinein oder hinaus wollte?

Ein rötlich schimmernder Lichtstreifen wischte von Zeit zu Zeit durch das Zimmer, über die Tapete und erlosch wieder. Von weit her drang das Motorengeräusch eines Autos zu ihr.

"Johnson..." Mit letzter Kraft schleppte sie sich ans Fenster, lauschte mit angehaltenem Atem. Jedoch das Geräusch wurde wieder schwächer, verebbte schließlich. Sie sank gegen die Fensterbank. Die Enttäuschung war unerträglich.

Sie starrte in die Dunkelheit des Raumes. Die Wände des Zimmers verengten sich, kamen auf sie zu, schlössen sie ein... "Nein..." Sie schrie auf. "Nein... ich will nicht... ich will raus... ich will hier raus..."

Sie war nicht mehr in der Lage, einen klaren Gedanken zu fassen. Sie wankte gegen die Tür. Als sie den Schlüssel im Schloß umdrehte, zitterten ihre Hände wie im Fieber.

Dann stieß sie die Tür auf...

Der Arzt schloss die Tür hinter sich und kam auf Johnson zu.

"Da haben wir ja noch einmal Glück gehabt, Sir. Ein, zwei Tage Bettruhe, dann ist ihre Frau wieder auf den Beinen. Ja, wenn der Hund nicht gewesen wäre..." Er nahm die Brille ab und putzte sie umständlich. "Da bilden wir Menschen uns so viel ein auf unser Wissen, unser Können, unsern Intellekt... und was weiß ich alles. Wieviel feiner empfindet doch so ein Tier! Auf diese Entfernung hin die Gefahr zu wittern, in der Ihre Frau schwebte... Nicht zu fassen! Das Tier muss wohl sehr an Ihrer Frau hängen. Als Henry und der Gendarm kamen, hatte er sie schon bis vors Haus geschleppt. Sie war bewusstlos." Er schüttelte den Kopf. "Ja, so ein Gasrohrbruch kann entsetzliche Folgen haben. Immer wieder hört man davon..."

Er kraulte das Fell des Hundes. "Ein großartiger Kerl, Sir..."

Doug hatte sich vor die Tür gelegt, als wolle er niemanden zu Jane ins Zimmer lassen. Er stieß mit der Schnauze gegen Johnsons Bein. "Auch du nicht", schien er sagen zu wollen.

Johnson beugte sich zu ihm hinunter und presste mit einer ungestümen Bewegung den Kopf des Tieres an sich. „Ja, ein großartiger Kerl..."

Helmut Pätz

Kein Preis für Bello

Die Ausstellung fand im großen Zelt statt. Berger hatte eine Eintrittskarte gelöst, und sie standen nun schon eine ganze Weile müßig herum. Eigentlich nur so. Sie hatten nichts anderes zu tun, Bello und er.

"Internationale Rassehunde- und Zuchtschau."

Ein riesiges Schild hing über dem Eingang. Berger hielt Bello an der Leine, ganz kurz, obwohl er genau wusste, dass es ihm absolut nicht passte. Er war es nicht gewohnt, aber hier ging es nun einmal nicht anders. Aus dem Halleninnern drang vielfältiges Hundegebell zu ihnen heraus, und Bello wurde unruhig. Nur noch wenige Nachzügler defilierten an ihnen vorbei. Eine Afghanendame wurde sogar hineingetragen, damit sie sich nicht schmutzig machte.

Nachdenklich sah Berger ihnen nach. Er hatte den Eindruck, als benahmen sich all diese Vierbeiner nicht so sorglos und ungebunden, wie sie es eigentlich sein sollten, als ahnten sie, dass sie da drinnen stillsitzen und die Schnauze hochhalten mussten, bis sie ihr Kommando bekamen, um dann in gezügeltem Schritt durch die Diagonale zu stolzieren, obwohl es doch am Boden so viel Interessanteres zu beschnüffeln gab. Und dass es daheim auf Frauchens Couch so viel gemütlicher war...

Wütend kläffte Bello einem Dackel mit seidig glänzenden Fell nach, der gelassen an der Leine seines Herrn vorbeischritt. Er würdigte Bello keines Blickes, und der kehrte empört zu seinem Herrn zurück. Berger beugte sich zu ihm herunter und verabreichte ihm einen liebevollen Klaps.

Nein, schön war er nicht gerade, der Bello, aber er hatte etwas von einem Jagdterrier, so draufgängerisch und mutig war er, so treu und anhänglich. Ja, manchmal war er schon ein wenig zu wild, und er hatte hin und wieder mal Ärger seinetwegen gehabt. Aber von ihm trennen würde er sich nie...

Als die Schau begann, schlenderten sie auf den Halleneingang zu. Der Pförtner hob die Hand und wies auf ein Schild, das an der Wand hing: 'Hunde haben keinen Zutritt!' Berger sah ihn verständnislos an. "... nur die, die gemeldet sind und am Wettbewerb teilnehmen, dürfen 'rein..." Er sah erst den Pförtner an, dann seinen Hund. Bello aber legte sich in den Sand, beleckte erst seine Pfoten und legte dann blinzelnd seinen Kopf darauf, als ginge ihn das Ganze überhaupt nichts an.

Bergers Hand glitt über das Fell des Tieres. Und auf einmal stand er ganz deutlich wieder vor ihm, jener Tag damals, als der kleine Bub vom Nachbarn unten am Fluss spielte. Er selbst hatte im Zimmer gesessen und die Zeitung gelesen, als Bello plötzlich aufsprang und sich laut bellend gegen die Tür warf. Und dann war er hinausgejagt, quer über den Hof und in Richtung Fluss verschwunden. Da begriff er schlagartig, lief, so schnell er konnte, hinterher und erreichte keuchend das Ufer. Und da stand Bello, hechelnd, struppig-nass das Fell, und neben ihm der kleine Harry. Er war beim Spielen den Hang hinunter ins Wasser gerutscht. Seine zerrissene Joppe wies Spuren von scharfen Zähnen auf, mit denen der Hund zugepackt und ihn ans rettende Ufer gezerrt hatte. Harry hatte hinterher noch einige Tage mit einem kräftigen Schnupfen im Bett liegen müssen. Bello aber, dem hatte das alles nichts ausgemacht. Zähigkeit und Mut, das lag ihm im Blut.

Der Pförtner grinste ihn an. "... na, mit dem hier, da können Sie sowieso keinen Preis gewinnen..."

Berger nickte.

"Da haben Sie wohl Recht", sagte er langsam und machte eine Kopfbewegung ins Halleninnere, aus der gerade lautes Händeklatschen zu ihnen herausdrang, "einen Preis für Schönheit und untadeliges Benehmen, den würde er wohl nicht bekommen, mein Bello." Wieder kraulte er das graue Fell und dann ganz behutsam die eine Flanke mit den kaum verheilten Wunden, die er sich erst kürzlich bei einer Rauferei mit zwei Zirkushunden zugezogen hatte, "... aber das letzte Stückchen Brot, das würde man teilen mit so einem Kerl wie dem hier."

Dann drehte er sich um. "Komm, Bello, wir gehen... die Wiesen warten auf uns, unten am Fluss, und der Wald dahinter..."

Und schon waren sie davon, der Mann und der Hund, einen nachdenklichen Pförtner hinter sich zurücklassend.

Helmut Pätz

Später Anruf

Wie ein Hauch aus fremdartiger Weite umfing ihn der pulsierende Atem der riesigen Bahnhofshalle. Er zwängte sich durch die Menge der Reisenden und zog die Tür hinter sich zu. Sofort drohte die stickige Stille der engen Telefonzelle die mühsam erkämpfte Klarheit der quälenden Gedanken zu verwirren.

Er warf die Aktenmappe auf das zerfledderte Telefonbuch, griff in die Jackentasche, klopfte verzweifelt suchend, die Manteltaschen ab und holte schließlich einen zerknüllten Zettel hervor, den die zitternden Hände mühsam glattstrichen.

Mein Gott... wie soll ich es ihr nur sagen?

Er lehnte sich gegen die Glaswand und preßte die Hand einige Atemzüge lang gegen das hämmernde Herz, als könnte er es so beruhigen. Kalter Schweiß perlte auf der Stirn. Dann griff er zum Hörer. Der Zeigefinger tastete in die Löcher der Wählerscheibe. Aufdringlich, kalt, nicht enden wollend, vernahm er das monotone, langgezogene Freizeichen. Hoffentlich ist sie zu Haus, schoß es ihm durch den Kopf. Er stieß er mit dem Fuß auf und preßte die Lippen zusammen.

"Hallo. . ." Wie aus einer anderen Welt kam die Stimme, leise, unpersönlich.

„Anita, endlich", stieß er hervor, "ich komme später heute... viel später...Nein, unterbrich mich jetzt nicht... bitte. Ich habe dir etwas Wichtiges zu sagen. Der Bücherrevisor kommt morgen in die Firma... an sich nichts Außergewöhnliches. Dieses Mal aber... Anita, die Bilanz stimmt nicht... ich hatte erst in zwei, drei Monaten mit der Revision gerechnet... Es fehlen sechstausend. Sechstausend. Anita! Sag' jetzt nichts. Sag' überhaupt nichts." Seine Worte kamen immer hastiger, überschlugen sich. "Ich habe das Geld genommen. Es gab keinen anderen Ausweg für mich. Ich mußte es tun... für dich, Anita. Die Medikamente.. Woher hätte ich das Geld nehmen sollen? Ich habe es einfach nicht fertiggebracht, Andersen um einen Kredit zu bitten. Ich - sein immer so korrekter Oberbuchhalter... Ich habe es einfach nicht fertig gebracht. . ."

Er schwieg erschöpft, lauschte. Ferne Gesprächsfragmente aus der überlasteten Leitung drangen an sein Ohr, ohne ihn zu erreichen.

"Anita!" rief er. Aller er war allein, mit sich, mit seiner Stimme, ohne Echo in diesem erdrückend engen Raum, allein mit dem Schuldgeständnis, das ohne Antwort blieb. "Ich habe es doch für dich getan, Anita... schon längst hatte ich es dir sagen wollen. Aber ich hatte es einfach nicht können - so krank wie du warst. Ich hatte solche Angst um dich, Anita...Angst, dich zu verlieren." Er atmete durch. "So, und jetzt werde ich Andersen anrufen. Ich liebe dich." Wieder suchten seine Finger nach dem Zettel mit Andersens Rufnummer, mein Gott, die Ziffern, die sonst fest eingebrannt waren in seinem Gehirn. „Es ist

das einzige, das ich jetzt noch tun kann. - Hörst du, Anita? So sag doch endlich was!"
Die Wände des kleinen Raumes erdrückten ihn fast.
"... zu mir kommen", vernahm er da eine Stimme, eine männliche Stimme. Sie traf ihn wie ein Faustschlag. "Hier spricht Andersen. Sie haben offenbar die Nummern verwechselt. Entschuldigen Sie, daß ich alles mit angehört habe. Aber es ist gut so. Kommen Sie sofort zu mir. Und rufen Sie Ihre Frau nicht an. rufen Sie Ihre Frau nicht an... sie braucht von all dem nichts zu erfahren..."
Helmut Pätz

Unser Onkel Tobias

Selten kam er zu Besuch, zu selten, fanden wir. Wenn er aber einmal kam, dann war es ein wahres Freudenfest für uns Kinder. Kaum hatte er den Mantel abgelegt, hingen wir auch schon wie die Kletten an ihm. "... komme geradewegs aus Indien", wehrte er uns lachend ab, "habe Ed ein wenig geholfen, ein paar schwarze Panther einzufangen. Ihr kennt ihn doch, meinen guten, alten Freund Ed?"
Und ob wir ihn kannten, Ed Morris, den berühmtesten Tierfänger jener Tage. Berichteten doch die Zeitungen fast täglich von seinen Abenteuern in Wüste und Dschungel. "Ich hab' ne Postkarte von da geschrieben an Euch. Müsste längst hier sein. Hoffentlich ist sie nicht mitsamt dem Postschiff im letzten Taifun unter-gegangen."
Plötzlich hob er witternd die Nase. "Ah, Hefeklöße... Tag und Nacht hat mich der Gedanke daran nicht ruhen lassen. Ah, die Hefeklöße Eurer Mutter. Nichts kommt ihnen gleich. Nicht einmal die Haifischflossensuppe in Wangs Opiumkneipe von Shanghai... und das will schon etwas heißen..."
Nie hatte er Geld, der Onkel Tobias. Er brauchte keins. Aber er machte Reisen um die ganze Welt. Er hatte seine

eigene Methode. Sie war nicht neu, aber immer wieder reizvoll: Er vagabundierte, er trampte, er globetrottete, - und er kam hin und wieder bei uns auf Besuch. Voller Jubel war dann die kleine Stube, wenn er nach dem Essen sagte: "So, Kinder, und nun holt mal den Atlas her..." Und dann war er wieder ums uns, jener Hauch von Ferne und weiter Welt, von überstandenen Abenteuern in geheimnisvollen Ländern, und verklärte das anheimelnde Licht der tief hängenden Lampe.

Meistens begann sein Trip in London. "... wegen des Nebels. Er steigert die Vorfreude auf den Aufenthalt in warmen, sonnenüberfluteten Breiten", pflegte er mit listigem Augenzwinkern zu sagen. Und man sah ihn vor sich, wie er mit hochgeschlagenem Kragen und tief ins Gesicht gezogener Mütze durch die morgengrauen, triefenden Schwaden stapfte und in den Victoria-Docks die Gangway irgendeines Ostasiens-Steamers oder Venezuela-Tankers emporenterte.

Die ganze Welt legte er uns zu Füßen. Fremde Menschen, die wir nie gesehen hatten, - durch Onkel Tobias wurden sie unsere Freunde. Wir litten Durst im heißen Wüstensand wie sie, die Kälte ließ uns erstarren wie sie, und wir hörten das Knirschen sich aufeinanderschiebender Eisschollen. Neben ihnen standen wir auf dem rutschigen, verschmierten Deck eines Walfängers und ließen mit ihnen Speckseite um Speckseite des Meeresgiganten in die stinkende Trankocherei wandern. Mit ihnen wurden wir im Packeis eingeschlossen, und als Onkel Tobias sich auf einer Robbenjagd das Bein brach, hockten wir mit ihm zwei Monate im Iglu einer Eskimofamilie. Und hier, in dieser nebligen Eiseskälte, handelte er sich sein Rheuma ein, das ihm für einen Tag den Ruhm einer ganzen Region einbrachte.

"... diesem elenden Rheuma, glaubt es oder glaubt es nicht, verdanken viele Bewohner des Staates Mississippi ihr Leben. Noch heut' sind sie meine Freunde. Ich trampte gerade auf der Straße von McComb nach Liberty, da packte es mich wie nie zuvor. Es zog mich, es riss mich, kaum konnte ich ein Bein vor das andere setzen. Trotzdem lief ich, so schnell ich konnte, zum Sheriff. Ich beschwor ihn, die gefährdeten Gebiete so schnell wie möglich von der Bevölkerung räumen zu lassen. Ein Tornado, so sagte ich ihm, ziehe herauf, ein Tornado wie man ihn hier noch nie erlebt habe und auch später nie wieder erleben werde. Ich redete und redete - flehte ihn schließlich sogar an, mir zu glauben. Schließlich war er fast überzeugt, drohte aber, mich Hals über Kopf des Landes zu verweisen, falls der angekündigte Tornado ausbleibe. Nun, er blieb nicht aus, und eine ganze Menge Leute diesseits und jenseits von New Orleans verdanken meinem elenden Rheuma, daß sie heute noch zu Weihnachten ihren Truthahn essen können.

Heimlich wollte ich mich aus dem Staub machen. Aber man erwischte mich, und die Ehrungen nahmen kein Ende. Sogar der Präsident lud mich zu sich ein. Ein Foto, auf dem wir beide trotz meines zerfledderten Anzugs auf der Terrasse des Weißen Hauses zu Mittag speisen, ging seinerzeit durch alle Zeitungen der Staaten... Leider ist es bei einem Raubüberfall chinesischer Piraten im Gelben Meer verbrannt. Ich hätt's Euch gern gezeigt..."

Die Uhr schlug. "Jetzt ist es aber Zeit, ins Bett zu gehen", sagte Vater, und Onkel Tobias' Zeigefinger blieb wie angewurzelt liegen, meistens gerade auf der Flugroute zwischen Alaska und Honolulu. Er klappte den Atlas zu.

"Ja..." sagte er nach einer Weile, als müsse auch er erst wieder zurückkehren aus fernen Welten und Meeren, das Schlagen der Wellen am Südseestrand, das Brüllen der Löwen in der afrikanischen Nacht und das Bellen der Seehunde auf den Eisschollen des Nordmeeres hinter sich zurücklassen und sich wieder einfinden in die vertraute Geborgenheit des Zimmers. Seine Augen blickten sehnsüchtig und verklärt an uns vorbei in unbestimmte Weiten. "... ja, Kinder, geht zu Bett. Es ist höchste Zeit."

Wie genossen wir damals immer wieder die Abende mit Onkel Tobias! Wie genieße ich sie heute noch, nach so vielen Jahren, auch jetzt, da ich weiß, dass er Zeit seines Lebens nie einen Schritt außer Landes getan, sondern immer nur als kleiner Magistratsschreiber in einem muffigen Amtszimmer gehockt hatte...
Helmut Pätz

Wir haben ein Aquarium

Und das kam so:
Eines Tages stand hinter der Gardine auf dem Fensterbrett ein Marmeladenglas, halb gefüllt mit Wasser. Darin schwamm ein kleiner Fisch.
Ich muß erwähnen, daß ich keineswegs ein Tierfeind bin. Ein treufeuchtes Hundeauge, eine gemütlich schnurrende Katze auf dem Sofa, ein rassiges Pferd, das über die freie Wildbahn jagt, - das alles rührt irgendwie an mein Herz. Doch damit hat es sich auch.
Ich sah also das Glas mit dem Fisch darin, stand wie angewurzelt, dachte nach...
"Peter!" rief ich. "Peter!"
Meine Stimme mußte einen ungewohnten Klang gehabt haben, denn mein Sohn kam dieses Mal sofort angesprungen, sah mich an, sah meine Hand, die die Gardine beiseite hielt.
"Ich hab' ihn von Karlchen, Vati, eingetauscht gegen eine alte Western-Cassette..."
"Und?" "Es ist ein Goldfisch, ein echter..."
Ich war wenig beeindruckt.
"Von unechten Goldfischen habe ich auch noch nie gehört... in einer Stunde will ich ihn hier nicht mehr sehen. Tiere gehören nicht ins Haus. Jedenfalls nicht in unser Haus. Sie machen abhängig. Man muss immer für sie da sein."
Peter schien ebenfalls nicht beeindruckt, also wurde ich deutlicher.

"Sag mal, mein Junge, was tust du am liebsten in deiner Freizeit?"

Er überlegte nicht lange. "Fußballspielen natürlich, das weißt du doch... na, und Schwimmen... und..."

"Geht aber nicht mehr, mein Sohn, denn von jetzt ab musst du Wasserflöhe fangen und Ameiseneier suchen gehen... auch Goldfische haben Hunger. Außerdem sind sie gefährlich, können Krankheiten einschleppen. Denke an die Papageienkrankheit, an den Hundespulwurm..."

"Alfrede ist aber weder ein Papagei noch ein Hund. Er krächzt nicht, er bellt nicht. Er tut überhaupt nichts."

"Eben... er ist völlig nutzlos. Wie gesagt... in einer Stunde..."

Am Abend stand das Glas mit Alfredo immer noch auf der Fensterbank. Ein Stückchen Pappe hatte ihn gegen die Sonne geschützt.

"Peter!"

"...ich konnt's einfach nicht, Vati. Karlchen wollte den Tausch nicht rückgängig machen. Nicht einmal der Zierfischhändler unten an der Ecke wollte ihn haben. Verkaufen will er welche, hat er gesagt, aber keine geschenkt haben... Und die Katze von Frau Meier nebenan... du selbst hast immer gesagt..."

"Nein, das wäre barbarisch, Peter. So leicht darfst du es dir nicht machen. Die Suppe, die du dir eingebrockt hast, musst du nun auch auslöffeln."

Ich nahm das Glas in die Hand, hielt es gegen das Licht. Alfredo schwamm unentwegt im Kreis herum - schnupperte hier, schnupperte da mit weit aufgerissenem Mäulchen und sah mich flehend aus nicht verstehenden Fischaugen an.

"Vielleicht hat er Hunger."

"Karlchen sagt, er hat ihn noch gut durchgefüttert. Das hält erstmal vor, hat Karlchen gesagt."

"Das war vor fünf Stunden. Geh in die Küche. Hole Brot. Weißbrot. Zerreibe es ganz fein zwischen den Fingern..."

Bis spät in die Nacht hinein hockten wir beide, Peter und ich, vor dem Glas, sahen Alfredo zu, wie er sich einen Brotkrumen nach dem anderen schnappte, langsam ruhiger wurde und sich schließlich nach einem Platz für die Nachtruhe umsah. Als ich aufblickte, hockte Peter an meinem Schreibtisch, den Kopf auf die Arme gelegt. Er schlief tief und fest.

In dieser Nacht freundete ich mich mit Alfredo an.

"Ich möchte in den Verein der Zierfischfreunde e.V. eintreten", verkündete Peter am nächsten Tag. Er spürte, dass er auf der ganzen Linie gesiegt hatte. "Man kann da vieles lernen. Jeden Monat gibt es eine Zeitschrift. Du sagst doch immer, es kann nicht schaden, wenn man viel liest..."

Alfredo also blieb im Haus. Wir alle hatten ihn in unser Herz geschlossen.

"... er muss umziehen", sagte ich zu meiner Frau..

"Umziehen?" Sie sah mich verständnislos an.

"In ein anderes Glas. Er braucht mehr Platz, Sand muß auf den Boden, ein paar Wasserpflanzen... Ich dachte da an eines der leeren Gurkengläser, die du im Keller herumstehen hast."

Alfredos neues Zuhause stand von nun ab auf der Ecke meines Schreibtisches. Peter hatte es längst mir überlassen, für Futter und sonstiges Wohlergehen unseres gemeinsamen Freundes zu sorgen.

Und dann geschah es...

Eines Sonntagsmorgens fuhr ein chromblitzender Wagen vor. Drei Herren im dunklen Anzug stiegen aus. Nach einer recht förmlichen Vorstellung in der Diele, bei der sie sich als Vorstand des Vereins der Zierfischfreunde e.V. bezeichneten, erlaubten sie sich, wie sie feierlich erklärten, uns als jüngstem Mitglied den obligaten Antrittsbesuch zu machen.

Eine eigenartige Beklommenheit bemächtigte sich meiner, als wir mein Arbeitszimmer betraten, und selten habe ich einen solchen Grad an Haltung und

Selbstbeherrschung erlebt, wie es die Herren des Vorstandes beim Anblick von Alfredos Behausung an den Tag legten, während ich selbst in den Erdboden hätte versinken mögen. Und dann erfuhr ich von den drei Herren, von denen sich jeder einzelne als stolzer Besitzer einer technisch raffiniert angelegten Aquariumsanlage erwies, dass sogar Fische Ansprüche stellen in bezug auf Lebensart und verfeinerter Wohnkultur. Welch ein weites Feld ungeahnter Möglichkeiten eröffneten sich mir da!

Wir schieden in bestem Einvernehmen, und doch galt im Hinausgehen ein letzter mitleidiger Blick dem armen Alfredo...

Es versteht sich von selbst, dass Alfredo binnen kürzester Zeit zum stolzen Besitzer einer luxuriösen Behausung avancierte.

Und ich?

Ich radle tagtäglich ins Freie, um Wasserflöhe zu fangen und Ameiseneier zu suchen, während mein Sohn Peter Fußball spielt oder ins Schwimmbad geht...

Helmut Pätz

Worauf es ankommt...

So war Bertram.

Mit immer gleichbleibendem, selbstsicherem Lächeln hatte er die vergangenen Epochen der verschiedensten Hutmoden durchschritten. Mit immer demselben alten Hut auf dem Kopf. Und das war es, was er seiner Gerda in ihrer sonst so harmonischen, zehnjährigen Ehe bisher vergeblich klarzumachen versucht hatte, nämlich, dass es nicht darauf ankomme, was man auf dem Kopf trägt, sondern was man darunter hat. Dabei tippte er sich vielsagend gegen die Stirn.

Ebenso vergeblich wie unermüdlich hatte ihrerseits Gerda ihn zu überzeugen versucht, dass schließlich "Kleider Leute machen" und dass er es seiner Stellung, sich selbst und schließlich auch ihr schuldig sei, diese

Tatsache auch für seinen Kopf gelten zu lassen. Bertram aber blieb eisern. Es kam nun schon einmal vor, dass er ihren gemeinsamen Hochzeitstag vergaß, - seinen alten Hut jedoch nie. Nicht einmal in seinem alten Stammlokal in mehr als angeheitertem Zustand ließ er ihn je liegen. Nichts konnte ihn bewegen, sich von seinem alten, zerbeulten Hut zu trennen.

Einer Tages jedoch hatte Gerda die   rettende Idee, - jedenfalls glaubte sie es.

Als Bertram abends nach Hause kam, teilte sie ihm anscheinend zutiefst niedergeschlagen mit, dass sein Hut, den sie, natürlich aus Versehen, gemeinsam mit anderen Kleidungsstücken in die Schnellreinigung gegeben hatte, durch unsachgemäße Behandlung in ein Nichts aufgelöst worden sei. Die Reinigungsanstalt war selbstverständlich bereit, den Verlust zu ersetzen, - da es sich aber um ein recht altes Stück gehandelt habe...

Bertram war erst wie erstarrt, dann jedoch tobte er los wie ein wildgewordener Stier, um schließlich in brütende Teilnahmslosigkeit zu verfallen. Fast tat er Gerda leid, aber es musste durchgestanden werden diesmal. So oder so.

Doch die Zeit heilt Wunden, und eines schönen Tages war Bertram tatsächlich zum Kaufe eines neuen Hutes bereit. Gerda frohlockte.

Bei Hut-Meyer, dem bevorzugten Geschäft der Schickeria, wollten sie sich treffen. Gerda stand schon wartend an der gläsernen Eingangstür, als sie ihren Bertram pfeifend um die Ecke kommen sah. Aber um Himmels willen, was war denn das? Sie glaubte, ihren Augen nicht zu trauen... Auf seinem, ach so eigensinnigen Kopf thronte ein Hut, zum Verwechseln ähnlich seinem abhanden gekommenen, vielleicht sogar noch eine Spur älter und unmoderner!

Freudestrahlend erklärte Bertram seiner vor Schreck erstarrten Gerda, dass er eben auf seiner Kundentour mal schnell bei seinem Onkel Eduard reingeschaut habe - sie wisse doch, Onkel Eduard, der alte, menschenscheue Herr, der sich fast ganz von der übrigen Familie zurückgezogen habe.

Ja, natürlich wusste sie, aber…

Nun, und eben dieser Onkel Eduard habe Mitleid mit ihm und seinen unbedeckten Schädel gehabt, und als er ihm von dem schier unersetzlichen Verlust seines Hutes durch die Reinigungsanstalt berichtete, habe er sogar - man höre und staune - gelächelt! Als er dann aber noch erfuhr, wie unendlich zuwider ihm der Kauf und das Tragen eines neuen Hutes sei, habe er ihm diesen, seinen eigenen uralten, geschenkt...

Gerda resignierte.

Etliche Monde gingen ins Land, als sie eines Tages eine aufregende Nachricht erhielten. Onkel Eduard sei verstorben, und sie waren die Erben seines gar nicht so unbeträchtlichen Vermögens geworden. Und zwar, wie es sich bei der Verlesung seines Testamentes ergab, "weil mein Neffe Bertram ein Mensch ist, der am Althergebrachten hängt und der es sicherlich zu würdigen weiß, wenn ich ihm meinen schönen, alten Besitz vermache..."

Seitdem hat Gerda nichts mehr gegen alte Hüte. Und wenn irgend jemand ihren Bertram und seinen alten Hut verwundert oder gar spöttisch mustert, pflegt sie nur gelassen zu sagen: "... aber es kommt doch niemals darauf an, was man auf dem Kopf hat, sondern darin ..."

Helmut Pätz

All die vielen Jahre...

Es regnete, ausgerechnet heute an ihrem letzten Schultag. Die verschwommene Dämmerung dieses Vormittages verstärkte noch ihre trübe Stimmung. Sie freute sich nicht auf das, was vor ihr lag und was sie sich so oft ersehnt hatte, -nämlich morgens im Bett zu bleiben, so lange sie wollte, ihren regelmäßigen Unterhalt zu bekommen, ohne einen Finger dafür rühren zu müssen, - kurz: Ferien, die nie enden würden!

Gedankenverloren strich ihre Hand über das Pult. Warum war sie nicht glücklich, jetzt, da alles so greifbar nahe lag? Sie wusste die Antwort schon, ehe sie die Frage stellte. Alles würde ihr fehlen, einfach alles. Der vertraute Geruch nach Bohnerwachs und vergilbten Landkarten, die zerkratzten und verschrammten Schulbänke vor sich, der Stapel täglich zu korrigierender Hefte. Vor allem aber die Kinder!

Ja, das war es, was sie am meisten schmerzte. Die Kinder! Sie waren doch alle ein wenig immer auch ihre Kinder gewesen. Sie liebte die Kinder, und die Kinder liebten sie. Gewiss, es hatte auch Ärger gegeben, Enttäuschungen, Fehlschläge. Was aber war das alles gegen die beglückende Gewissheit gegenseitigen Vertrauens, dass ihr immer wieder entgegenschlug, jeden Tag, all die vielen Jahre...

Gerührt betrachtete sie die vielen kleinen Geschenke, die sich vor ihr auf dem Pult häuften. Blumensträußchen, Bastelarbeiten, mühsam erlernt unter ihrer Anleitung noch, kleine Abschiedsbriefe, teilweise gespickt mit Fehlern, die sie aber nun nicht mehr zu korrigieren brauchte.

Aber jetzt musste sie sich zusammenreißen. Kinder mochten keine verweinten Gesichter. Welches von ihnen begreift denn schon, was es heißt im Leben, endgültig von etwas Abschied nehmen zu müssen... Mit zusammengepressten Lippen verpackte sie all die kleinen Kostbarkeiten in ihrer Tasche.

Das Schwerste hatte sie schon hinter sich, gestern, als sie den Kindern die neue Lehrerin vorgestellt hatte. Jung war sie, blitzgescheit, frisch von der Hochschule, voller Ideale, neuer Ideen und Vorstellungen. Bestimmt würde sie eine gute Nachfolgerin sein.

Wie im Traum zog dann alles an ihr vorbei: die Abschiedsansprache des Schuldirektors, das gemeinsame

Schlusslied der oberen Klassen, das sie schon so oft bei solchen Gelegenheiten gehört hatte, die vielen Hände, die sie drücken musste, Gesichter, die vor ihren Augen verschwammen, die wohlmeinenden Ratschläge der Kollegen.

Die Lücke, die sie hinterlassen würde, war schon ausgefüllt. Bald schon würde keiner mehr an sie denken, hier und da vielleicht noch einmal ihr Name aufklingen, die Kollegen sich untereinander hin und wieder nach ihr erkundigen, nach ihr, die sie nur noch in der Erinnerung lebte, eine alte Lehrerin im Ruhestand - bis auch das nachblieb...

Zum letzten Mal ging sie jetzt den langen Gang entlang, den Arm voller Blumensträuße, und die Last erahnter Einsamkeit schien sie schier zu erdrücken. Heftig geradezu fühlte sie den Schmerz, vor dem sie sich eigentlich schon all die Jahre gefürchtet hatte: Sie sah die junge Lehrerin, ihre Nachfolgerin, wie sie dastand, lachend und belustigt zugleich stand sie inmitten der Kinder, die sie lärmend umringten, und deren Herzen sie schon erobert hatte.

Sie blieb stehen, wollte umkehren. Da traf sie der Blick der jungen Frau. Es war ein klarer Blick aus hellen Augen. Dann kam sie auf sie zu, und die Kinder verstummten.

Eine schmale Hand umfasste mit festen Griff die ihre.

"... bitte, gehen Sie nicht weg, nicht so..." Die Stimme der Jungen klang gar nicht mehr so sicher und fast ein wenig flehend. "Ich darf doch hin und wieder einmal zu Ihnen kommen, nicht wahr? Ich glaube, ich habe zwar manches gelernt auf der Universität, aber viel Erfahrung habe ich natürlich noch nicht. Sie haben jetzt doch gewiss viel Zeit..." Erschrocken hielt sie inne, und dunkle Röte schoss ihr ins Gesicht. "... entschuldigen Sie, ich habe Sie nicht kränken wollen."

Da lächelte die Ältere, trotz der Tränen, die sie jetzt nicht mehr zu verbergen versuchte. "Ja, kommen Sie ruhig.

97

Kommen Sie, wann immer Sie wollen... wirklich, Sie haben recht, ich hab' ja jetzt so viel Zeit..."
Irene Pätz

Alte Möbel zum Spottpreis

Die Morgendämmerung hing noch in der Luft, und ein feiner Nebel lastete auf den Sträuchern und unter den Bäumen, die die einsame Straße säumten.

Der Mann warf die Autotür ins Schloss und legte den Arm um die Schulter des Jungen. "Komm..." sagte er.

Sie gingen über die Wiese. Das Gras war feucht, und die Nässe schlug gegen ihre Beine. Das Haus vor ihnen war klein und geduckt, und auf einmal wurde dem Mann klar, dass sie schon sehr lange nicht mehr hier gewesen waren. Am durchgebogenen Drahtzaun lehnte ein altes Wagenrad, und der Stapel geschlagenen Holzes neben der Tür war schwarz bemoost. Im Hauklotz stak die angerostete Axt.

Der Junge riss sich los. Er lief auf die Hundehütte zu, vor der Harro sonst immer kläffend und Rute wedelnd an der langen Kette gezerrt hatte. Die Hütte war leer, und der Junge sah sich ratlos um. Der Mann aber starrte nach oben, als müsse aus einem der blinden Fenster ein vertrautes Gesicht zu ihnen herabschauen. Sein Fuß stieß einen Stein beiseite. Seit über einem Jahr war Großvater nicht mehr hier.

"... Herzschlag..." hatte Schirmeisen geschrieben, "... er hat einen schönen Tod gehabt, meine ich..."

Der Mann zerrte die Axt aus dem nassen Stamm. Eine ganze Weile hielt er sie in der Hand, dann stellte er sie neben den Klotz.

Die Tür war nur angelehnt. Als er sie aufstieß, knarrte sie in den Angeln.

Das Dunkel im Innern umfing sie. Elektrisches Licht gab es hier nicht. Den Rest Leuchtöl mochte Schirmeisen mitgenommen haben. Da stieß der Junge gegen etwas, und ein wippendes Geräusch, das erst nach und nach verebbte, erfüllte den Raum.

"Großvaters Schaukelstuhl..." sagte der Junge mit leiser Stimme und griff nach der Hand des Mannes. Die beiden rührten sich nicht. Sie glaubten, jeden Augenblick Großvaters Stimme zu hören, seine Hand zu fühlen, die sich ihnen auf die Schulter legte. Sie standen und ihnen war, als hinge noch der Geruch eines vertrauten Pfeifentabaks in der stickigen Luft.

Die Augen gewöhnten sich allmählich an das Halbdunkel.

"Ich geh' nach oben", sagte der Junge.

"Ja", sagte der Mann gedankenverloren, "aber sei vorsichtig!"

Die Holzstufen knarrten unter dem flinken Schritt. Sie knarren noch genauso wie damals unter meinen und der Geschwister Füße, dachte der Mann. Seine Finger glitten über die Schnitzereien an dem schweren Eichenschrank, dessen Konturen sich undeutlich im fahlen Dämmerlicht abzeichneten. Es waren grobe Schnitzereien, vom Großvater selbst gearbeitet. Sie waren alle immer sehr stolz darauf gewesen. Riesengroß war er, die Anzüge und Kleider der ganzen Familie hatten darin Platz gehabt.

Er ging weiter, schob einen Stuhl beiseite, und hin und wieder zerriss ein langer Staubfaden an seinem Gesicht.

Der Mann trat in die kleine Küche. Auf dem Herd standen noch Töpfe, und vor dem Feuerloch lag zertretene Kohle und Asche. Neben dem Fenster hing ein leeres Vogelbauer.

Auf einmal hielt er es nicht mehr aus. Er ging nach draußen vor die Tür und atmete tief ein. Dann fiel es ihm plötzlich wieder ein: Um sieben Uhr wollte Schirmeisen kommen! Er wollte mit einem Lastwagen und ein paar Männern 'den ganzen Kram hier', wie er sich ausdrückte, abholen. Anfang nächster Woche sollte dann das Haus abgerissen werden.

Die Tür wurde aufgestoßen, und der Junge kam heraus.

"Hier, Vater..."

In der Hand hielt er ein Jagdgewehr. Der Mann nahm es ihm ab und wog es in der Hand.

"Großvaters Flinte", sagte er. "Er schoss immer Rebhühner damit, unten im Moorbruch. Morgens, ganz früh. Manchmal nahm er auch einen von uns Jungen mit. Das war dann eine ganz besondere Auszeichnung. Einmal hat er einen Fuchs damit erwischt, der in den Hühnerstall wollte. Aber meistens hat er Rebhühner geschossen. Nie hat er eines verfehlt, weißt du, bis auf ein Mal... da hat er sich über die Stirn gestrichen und mich angesehen, ganz lange. 'Es sind die Augen, Junge', hatte er gesagt und die Flinte nie wieder angerührt. - Hier, stell sie beiseite, die soll der Schirmeisen nicht haben..."

Gegen halb acht kam Schirmeisen.

Der Nebel hatte sich aus dem Gras und aus den Sträuchern gelöst. Die Sonne schien durch die Zweige der Bäume und ließ das Haus in einem geheimnisvollen Licht leuchten.

Die Männer fingen an, die Sachen herauszutragen. Der Mann und der Junge sahen ihnen wortlos zu. Schirmeisen sog an einer dicken Zigarre. "Das ist alles alter Plunder, was? Kein Mensch will so etwas noch haben..."

Jetzt brachten sie den Schrank heraus. Sie ächzten unter der Last. Dann kam der Schaukelstuhl. Der Junge setzte sich hinein und wippte ein paar Mal.

Der Mann schloss die Augen, und auf einmal sah er nicht mehr den Jungen im Stuhl sitzen, sondern den Großvater, und am schweren, geschnitzten Eichenschrank stand die Großmutter und hängte sorgfältig das gebürstete Zeug hinein, und an jedem Holzbügel hing ein Säckchen selbstgezogener Lavendel - er hatte den Duft noch in der Nase.

Als die Männer das Bettzeug brachten - es war rotblaukariert und fest zusammengebunden - und es auf das Lastauto werfen wollten, da sagte er auf einmal: "Nein!" und noch einmal: "Nein!"

100

Schirmeisen sah ihn verwundert an.

Da trat der Junge neben den Mann und presste sich gegen ihn, und der Mann merkte, dass der Junge weinte.

"... aber das ist doch alles nur alter Plunder", sagte Schirmeisen hartnäckig und begriff nichts, als der Mann ihm einen Geldschein in die Hand drückte: "Das ist für die Unkosten..... alles bleibt hier, verstehen Sie, alles. "

Dann holte er noch einen Geldschein aus der Brieftasche.

"Und jetzt lassen Sie bitte alles wieder reintragen!"

Später gingen der Mann und der Junge um das Haus. Sie besahen es von allen Seiten.

"... wir werden es behalten", sagte der Mann, "und wir werden herkommen, wann immer wir können. Wir werden Rebhühner schießen, unten im Bruch... wir beide... und vielleicht auch einmal einen Fuchs, wenn er unserem Haus zu nahe kommen sollte...

Helmut Pätz

Blumen für Liddy

Wieder einmal hatte er sich dabei ertappt, dass er sie verstohlen von der Seite ansah. Ihr Schreibtisch stand quer zum Fenster, und ihre Silhouette hob sich deutlich gegen die tief stehende Sonne ab. Sie war hübsch, sehr hübsch sogar. Eine wahre Augenweide. Alle Kollegen fanden das übrigens, und man wunderte sich, dass sie noch frei und ledig war.

Aber das allein war es nicht, was er an ihr so anziehend fand. Es war die Art, wie sie sich kleidete. Diskret, doch immer nach der letzten Mode. Ja, sie hatte eben Geschmack, die Frau Haberland! Er konnte sich nicht vorstellen, daß sie auch nur ein einziges Mal ihr Äußeres vernachlässigen würde.

Einmal, als er sie so ganz gedankenverloren angestarrt hatte, hatte sie sich ganz plötzlich zu ihm ungewandt. Sie hatte ihn angesehen, eine ganze Weile. Dann hatte sie gelächelt, und es war ihm heiß und kalt geworden. Er hatte dann zurückgelächelt und sich schnell wieder über seine Arbeit gebeugt. Zu ärgerlich, daß man noch erröten konnte wie ein auf frischer Tat ertappter Schuljunge...

Und dabei war man nun schon fast zwei Jahrzehnte verheiratet. Verheiratet mit einer Frau wie Liddy. Liddy! Er liebte seine Liddy, liebte sie noch immer. Daran konnte auch keine andere etwas ändern! Warum aber dachte er denn so oft an die junge Frau Haberland, tagsüber hier im Büro und auch noch abends nach Feierabend? Warum, um alles in der Welt, spukte sie fortwährend mit ihrem Charme, ihrem gepflegten Aussehen, ihrer unaufdringlichen Eleganz in seinem Kopf herum?

Dabei war Liddy doch eigentlich ebenfalls eine hübsche Frau. Aber verglichen mit der Frau Haberland schnitt sie nicht sehr gut ab. Abend für Abend, wenn er nach Haus kam, trat sie ihm entgegen in ihrem alltäglichen Hauskleid, in dem sie dann noch schnell die feuchten Hände abwischte. Und stets schmeckte ihr flüchtiger Kuß ein wenig nach dem zu erwartenden Abendessen. Am Wochenende lief sie grundsätzlich in ihrem alten, verblichenen Morgenmantel und den ausgetretenen Hausschuhen herum, den Kopf voller riesiger Lockenwickler. Wenn er sich dann so ganz nebenbei über seine Zeitung hinweg erkundigte, ob sie denn unbedingt an den Tagen, da er nicht ins Büro müsse, ständig diese albernen Lockenwickler im Haar haben müsse, erwiderte sie gleichmütig, daß sie so das viele Geld für den Friseur spare, denn so reichlich hätten sie es ja nun auch wieder nicht...

Wieder ruhte sein nachdenklicher Blick auf Frau Haberland. Welch ein Glück mußte es sein, mit einer solchen Frau verheiratet zu sein! Eine solche Frau, befand er schließlich, dürfte eigentlich überhaupt nicht heiraten. Auf eine solche Frau warteten weit größere Aufgaben, ja fast eine Berufung, die darin bestand, mit ihrer Erscheinung, ihrer Ausstrahlung und ihrem Liebreiz Licht zu bringen in das sonst so eintönige

Schreibtischdasein zwischen Dienstbeginn und Feierabend.

Eines Tages wurde er zum Chef gerufen.

"Hier sind die Prozeßakten, über die wir vorhin sprachen. Fahren Sie bitte damit zu Frau Haberland."

"In ihre Wohnung?"

"In ihre Wohnung. Sie soll die Akten noch einmal durchsehen, bevor sie ihre Urlaubsreise antritt. Es ist sehr dringend. Ich brauche den ganzen Vorgang bis spätestens morgen früh zurück!"

Frau Haberland bewohnte ein Appartement in einem neueren Wohnblock am Rande der Stadt. Als er klingelte, schlug sein Herz bis zum Hals.

"Mein Gott, Sie?" Die Tür wurde nur bis zu einem Spalt geöffnet. "Warten Sie bitte einen Augenblick..."

Ihm war, als hätte ihn der Schlag getroffen. Nur für Sekunden hatte er sie gesehen. Aber das hatte genügt. Diese Lockenwickler, dieses farblose Gesicht ohne jegliches Make up, dieser verblichene Morgenmantel und an den sonst so hübschen Beinen diese entsetzlich ausgetretenen Hausschuhe! Da war nichts übriggeblieben von ihrem Charme, ihrer unglaublichen Faszination!

Auf dem Heimweg fuhr er ganz langsam. Er machte einige Umwege, als müsse er Zeit gewinnen, sich zurechtzufinden. Er fühlte die Veränderung, die in ihm vorging, und er spürte, wie eine lange getragene Verunsicherung von ihm abfiel.

Vor einem Blumenladen hielt er an und stieg aus. Ich müsste ihr Blumen mitbringen, dachte er. Blumen, ja, das war es. Die herrlichen Nelken dort, die Freesien, deren Duft sie so liebte. Oder die fast schwarzroten Rosen da hinten in der Ecke. Ich werde sie nehmen, alle... für Liddy!

Helmut Pätz

Chinesisches Reisfest

Es war eigentlich ein Wunder, dass sie überhaupt etwas eingebracht hatten, denn sie hatten nur nachts das Land bestellen und nur nachts ernten können. Alle hatten mit angepackt unter dem schützenden Mantel der Dunkelheit, die Frauen, die Kinder und sogar die ganz Alten, die sonst ihre Tage nur noch auf der Strohmatte hinterm Vorhang verbrachten. Dabei war es eine der besten Ernten geworden, an die sich die Leute im Ort hier erinnern konnten. Und diese großartige Ernte war es, weshalb der alte Tschang den schweren Gang zum Kommandanten antrat, wegen der Ernte, wegen der Götter - und wegen des Ordens.

"Hört zu, ihr alle!" hatte der Kommandant ihnen damals zugerufen, als sie sich alle auf dem Marktplatz versammelt hatten. "Es wird ab sofort kein Reis mehr angebaut. Überhaupt nie mehr! Die Regierung liefert ihn. Mehr als genug. Die Regierung und der große Führer sorgen ab sofort für uns alle. Wir brauchen nur noch das Land zu verteidigen. Keiner braucht mehr in der Lagune zu arbeiten. Wir müssen sie freihalten, um zu sehen, ob sich ein Feind vom Meer her nähert. Keinem brennt mehr die Sonne den Rücken zu Leder, kein Regen jagt mehr Fieberschauer über die Haut. Keiner braucht mehr im Wasser zu stehen, ja keiner darf es mehr. Wir könnten ihn irrtümlich für einen Feind halten und auf ihn schießen..."

Das waren die Worte des Kommandanten gewesen, damals. Und jetzt stand Tschang wieder vor ihm, dessen breite Brust mit Orden und Auszeichnungen übersät war.

"... du hast uns vor den Feinden geschützt, Kommandant, du bist der tapferste aller Soldaten... und du bist zugleich der Klügste."

Der Klügste? Der Tapferste?" Der Kommandant nickte zustimmend. Dann blickte er misstrauisch auf und füllte sein Glas mit Reisschnaps. "Wenn du so sprichst, Tschang, dann hast du etwas auf dem Herzen."

Tschang nickte und verbeugte sich. "Es ist wegen der Reisernte, Kommandant, und wegen der Götter..."

Der andere hob die Augenbrauen. "Reisernte? Seit vier Jahren ernten wir hier keinen Reis mehr, Tschang, und Götter haben wir auch nicht mehr, seit wir den großen Führer haben. Was willst du also?"

"Wir ernten keinen Reis, sagst du. Seit vier Jahren nicht. Wir hätten das nicht mehr nötig, sagtest du damals, die Regierung würde uns welchen schicken. Nun frage ich dich, Kommandant, hat die Regierung uns schon jemals Reis geschickt? Auch nur einen einzigen Sack voll, in all den Jahren, in denen wir nicht mehr anbauen durften?"

Der Kommandant trat ans Fenster, und sein breiter Rücken verdunkelte den Raum. "Ihr seid ungeduldig, Tschang, ungeduldig und undankbar. Die Regierung sorgt für uns alle. Sie vergisst uns nicht. Man darf nicht so kleinlich sein."

"Keinen einzigen Sack..."

"Es kann nicht immer wie am Schnürchen klappen."

"... in all den Jahren."

"Sie werden Reis schicken, Tschang, mehr als wir alle, ich und du, deine Leute und meine Soldaten, wir alle zusammen, jemals verzehren können."

"Wir sind davon überzeugt, Kommandant. Aber wovon, frage ich dich, haben wir wohl gelebt die ganzen vier Jahre über, deine Soldaten und meine Leute, du und ich?"

Der andere ging im Zimmer auf und ab. Seine wuchtigen Schritte hallten von den Wänden wider. "... von Reis."

"Und der Schnaps, Kommandant, der da so kristallklar in deinem Glase funkelt, woraus wurde er wohl gebrannt?"

Der Kommandant blieb plötzlich stehen. "... aus Reis, Tschang." Er schnalzte genießerisch mit der Zunge. "Er ist wie köstlichstes, morgenfrisches Quellwasser, in dem die Strahlen einer spätherbstlichen Sonne gefangen sind..."

Tschang machte abermals eine tiefe Verbeugung. "Eben. Du sagst es. Aus Reis. Und woher war der Reis? Von der Regierung etwa?"

Im Gesicht des Kommandanten zeigte sich größte Ratlosigkeit. Er zuckte die Schultern.

"Nun, wir haben ihn geerntet, Kommandant. Nachts, im Schutze der Dunkelheit, unten, zwischen den Tarnwänden in den Lagungen, die ihr errichtet habt, um den Feind die Einsicht zu verwehren. Da haben wir ihn angebaut und geerntet."

"Ihr habt Reis angebaut?" Der Kommandant schlug mit der Faust auf den Tisch. "Trotz meines Verbotes?"

Tschang verbeugte sich wiederum. "Was blieb uns anderes übrig?"

"Und meine Soldaten, die da unten Wache stehen, sie haben es geduldet?"

"Wir konnten sie davon überzeugen, dass wir alle keine andere Wahl hatten, wenn wir nicht Hungers sterben wollten, du, deine Soldaten, meine Leute, ich... Wir wollen ja gerne glauben, dass die Regierung uns den Reis schicken wird. Aber bis dahin müssen wir leben, Kommandant, wir alle. Und der Reisschnaps, wir mussten ihn brennen, um uns die Großmut und den Weitblick des prächtigsten aller Kommandanten zu erhalten. Und, wie gesagt, es war eine der besten Ernten..."

Der Kommandant nahm die Wanderung durchs Zimmer wieder auf. "Du hast recht, Tschang, wir müssen leben. Und zum Leben brauchen wir Reis. Den haben wir. Dank meiner alles umfassenden Umsicht, dank der Intelligenz meiner Soldaten und dank der Tüchtigkeit und des Fleißes deiner Leute... Aber die Götter, Tschang, was haben die Götter damit zu tun?"

Tschang trat ganz nahe an ihn heran. "... es geht nichts ohne den Segen der Götter, Kommandant, und du weißt das auch. Wir müssen ihn stets aufs Neue von ihnen

106

erbitten. Wir müssen ihnen danken und ihnen opfern von dem geernteten Reis... ein, zwei Sack..."

Der Kommandant hob die Flasche, in der ein Rest der klaren Flüssigkeit schwappte. Er spitzte die Lippen. "Ein... zwei Sack... für die Götter... muss es denn so viel sein? Genügen nicht ein paar Hände voll?"

"Sie versagen uns sonst den Segen für die nächste Ernte. Du bist klug, Kommandant, du wirst das einsehen. Wir müssen das Reisfest feiern, du, deine Soldaten, meine Leute, ich... damit die nächste Ernte wieder so eine gute wird."

Der Kommandant blickte unschlüssig aus dem Fenster.

"Das Reisfest für die Götter... und das Fest für dich, der du jahrein, jahraus darauf wartest, dass der Feind vor unseren Küsten auftaucht und du ihm tapfer und mutig, eines wahren Feldherrn würdig, entgegentreten kannst. Weißt du aber, ob das jemals der Fall sein wird? Weißt du, ob jemals ein weiterer Orden deine Brust zieren wird? Darum, Kommandant, haben wir beschlossen, dir einen Orden zu verleihen. Den Reisorden. Als Dank dafür, dass du und deine tapferen Soldaten unsere Felder schützen, Tag und Nacht. Er soll dir feierlich überreicht werden, und alle sollen sie dabei sein, deine Soldaten und meine Leute."

Der Kommandant strich sich über die Uniform. "Du hast Recht, Tschang... es ist schon lange her, dass ich meinen letzten Orden erhielt, zu lange... und darum wollen wir das Reisfest feiern, ich, meine Soldaten, deine Leute und du...".

Helmut Pätz

Der Baum gehört mir

Bergan ging es, und die letzten Schritte ging er keuchend. Der Atem wurde knapp, sein Knie schmerzte, und er fühlte die Last des Alters. Er blieb stehen. Vom Tal her wehte ein kühler Wind und der Nebel hing noch in den Bäumen.

Er war früh aufgebrochen, und er hatte nur die eine Angst gehabt, zu spät zu kommen. Neben ihm keuchte der Hund. Seine Hand kraulte im Gehen das Fell des Tieres.

"Komm... wir müssen weiter, Harro..."

Gestern abend hatte er es gelesen. Ganz zufällig eigentlich. Die Zeitung war schon einige Wochen alt. Seine Tochter las ihm immer daraus vor, abends. Das aber hatte sie ihm unterschlagen.

"Vater, ich wusste, dass es dich schmerzen würde..."

Er hatte sie angeschaut, schweigend, eine ganze Weile. Dann hatte er die Zeitung beiseite gelegt. "Ich geh' hin... morgen... ganz früh... bei Gott, ich geh hin... und keiner kann mich aufhalten - auch du nicht!"

Die neue Autostraße - das war es. Sie wollten sie durchführen nach Norden. Im nächsten Frühjahr sollte der Bau beginnen. Das ganze Waldstück am vorderen Hang, den Streifen Mischwald, hinauf bis zu den Tannen müßten sie einebnen, so stand es in der Zeitung. Hunderte von Bäumen würden fallen. Das ganze Waldstück, nahe der Schonung. Eine breite Schneise wollten sie schlagen.

Er hatte die Brille abgenommen und die Tochter angesehen. "Dann nehmen sie auch meine Buche... die Carlsson-Buche..."

"Ja, dann nehmen sie auch deine Buche."

Und dann schwiegen sie beide.

Es war die erste Nacht in seinem langen Leben, in der er schlaflos lag. Er lauschte in die Dunkelheit, die nur wenig aufgehellt war vom Mondlicht, in diese Stille, die ihn beunruhigte. Hin und wieder polterte ein schwerer Wagen die Dorfstraße entlang, und der Hund schlug jedesmal an. Harro würde er mitnehmen. "Ja, da sind sie schon... mit ihren Motorsägen. Keiner von denen versteht mehr, eine Handsäge zu führen. Über fünfhundert Bäume! Aber die Carlsson-Buche, die kriegen die nicht... die gehört mir..."

"Komm, Harro..."

Es war noch dämmrig. Sie stapften weiter den Hang hinauf. Loses Geröll rutschte unter ihren Füßen weg, und tief hinter dem schwarzen Wald stand die frühe Sonne. Es war kühl, und die Feuchtigkeit der Nacht ruhte im Unterholz. Von weither vernahm er das leise Singen der Motorsäge. Vereinzelt klangen Axtschläge in den frühen Morgen. Ferne Stimme erreichten sein Ohr.

Er schritt aus. Der Hund streifte sein Bein.

"... nicht wahr, Harro, die Carlsson-Buche... sie sollen sie nicht haben... das findest du doch auch, was, Harro?"

Baumstämme, frisch gefällt, versperrten ihm den Weg. Abgehackte, frische Zweige knackten unter seinen Stiefeln. Eine Motorsäge schrie auf, dann hörte er die Stimme des Forstmeisters durch den Dunst.

"Du... Björnson?"

Sie sahen einander an.

"Die Buche... sie gehört mir..."

Der andere zog ihn beiseite. "Du hättest nicht kommen sollen. Heut' nicht. Morgen wär alles vorbeigewesen."

"Du weißt, daß der Baum mir gehört, Brandner. Der alte Carlsson hat ihn mir geschenkt, bevor er starb."

"Den Baum, ja, aber nicht das Land. Das gehört der Gemeinde, das weißt du genau. Der Baum muß weg, nicht nur deiner - alle müssen sie weg. Geh jetzt nach Hause. Und sieh dich nicht um. In ein paar Minuten ist alles vorbei..."

Der Alte lehnte sich gegen den Baum. Er hielt die Hand aufs Herz und starrte hinauf in die mächtige Krone. Die Motorsäge verstummte. Die Männer setzten die Äxte ab und traten näher.

"... der Baum gehört mir. Ich war früher der einzige, der an seinem Stamm hochklettern konnte - bis oben in die Krone. Alle hatten es versucht. Keiner hatte es geschafft. Nur ich." Seine Hand strich liebkosend über die borkige Rinde. "Ganz oben, da war ein Krähennest. Keinem gelang es, ein Ei aus dem Nest zu holen. Keinem - außer mir. Aber als ich fast unten war, da verließen mich die Kräfte. Ich rutschte ab und zerschlug mir das Knie. Als Carlsson davon hörte, schenkte er mir den Baum..."

Schweigend umstanden ihn die Männer. Der Forstmeister legte die Hand auf seine Schulter. "Ich weiß das alles, Björnson... aber es geht nicht anders." Er gab den Leuten mit der Motorsäge einen Wink.

Der Alte trat einen Schritt vor, und der Hund, der neben ihm gehockt hatte, richtete sich, drohend knurrend, auf. "Halt! Wenn der Baum fallen muß, dann durch mich..."

Er trat auf einen der Männer zu und nahm ihm die Axt aus der Hand. "Los, ich keil' den Baum an... und dann sägen wir ihn, Brandner, wir beide, du und ich, mit der Handsäge... das muß er uns wert sein."

Er ging auf den Baum zu. Eine ganze Weile starrte er ihn an, von unten bis oben in den Wipfel, als wollte er die Kraft abschätzen, die Zähigkeit, mit der sich der Stamm gegen seine Schläge wehren könnte. Dann faßte er die Axt mit beiden Händen, hob sie an, ließ sie sinken, und hob sie wieder an.

Immer noch schweigend umstanden ihn die Männer im Halbkreis.

Er schlug zu. Noch einmal und noch einmal. Plötzlich ließ er die Axt sinken, stützte sich auf den langen Stiel und starrte auf die Stelle, wo die silberne Rinde abgesprungen war unter seinen Schlägen, starrte auf die weiße Haut darunter und dann auf den braunschwarzen Moder, der langsam daraus hervorquoll.

Der Forstmeister trat neben ihn.

"... das wollte ich dir ersparen, Björnson. Ich wusste es. Sie ist schon lange krank, deine Buche. Den nächsten Sturm hätte sie wohl schon nicht mehr überlebt."

Der Alte stand da. Eine ganze Weile. Bewegungslos. Dann ließ er die Axt fallen, wandte sich wortlos um und ging langsam, unendlich langsam und wie von einer schweren Last vornübergebeugt, an den schweigenden Männern vorbei. Er zog das linke Bein noch etwas stärker nach, und der Hund trottete neben ihm her...

Helmut Pätz

Der Zylinderhut

Wieder einmal wurde die Bodenkammer aufgeräumt. Das geschah alle zwei Jahre, und ging dann so vor sich, dass Mutter alles Überflüssige, was sich dort im Laufe der Zeit angesammelt hatte, in den Kellerverschlag brachte, wo es dann liegenblieb, bis Vater irgendwann einmal einer leisen mütterlichen Ermahnung Folge leistete und sich ergeben an die Arbeit machte, deren Höhepunkt nun wieder darin bestand, den ganzen alten Krempel, sorgfältig gebündelt, wieder nach oben zu bringen. So geschah es jahrelang in schönem Gleichmaß und war auch zugleich eine nützliche Einrichtung, hatte man doch abwechselnd das beruhigende Gefühl, einerseits Ordnung geschafft, andererseits jedoch nichts weggeworfen zu haben, was bei genauerer Betrachtung dann doch wieder unentbehrlich zu sein schien.
Für uns Kinder war das Ganze jedenfalls immer ein riesiger Spaß, fanden wir doch jedesmal irgendeinen Gegenstand, der uns zu verschlungenen Gedanken-gängen, je nach Fantasie und Alter, Anlass gab. Etwa Mutters erste Liebesbriefe oder Vaters alte Kommissstiefel.
Dieses Mal nun fiel uns ein prachtvoller Zylinderhut, in vergilbtem Seidenpapier sorgfältig verpackt, in die Hände. Als Vater und Mutter sich ansahen, war beider Lächeln so spitzbübisch, dass wir sie geradezu bestürmten, uns den Grund ihrer Heiterkeit zu eröffnen. Was sie dann auch abends nach getaner Arbeit - wieder einmal war alles Überflüssige zum soundsovielten Male in den Keller geschafft worden - taten.
Und hier ist sie nun, die Geschichte vom Zylinderhut:
"... ein herrliches, ausgesuchtes Stück, dessen matter Seidenglanz einem schier den Atem rauben konnte", wie Großmutter in fast literarischer Übertreibung zu sagen pflegte, zierte er am Morgen von Kaisers Geburtstag Großvaters ehrwürdiges Haupt. Eigens für diesen

bedeutungsvollen Tag hatte er ihn gekauft und war aus der Provinz in die Hauptstadt gekommen, um mit der ganzen Familie dieses großartige und für sie gewiss einmalige Schauspiel mitzuerleben.

Und so standen sie, eingekeilt inmitten der Menschenmenge und lauschten voll freudiger Erwartung der tausendfachen, immer stärker werdenden Jubelrufe, die das Näherkommen des Kaisers anzeigten, als plötzlich jemand den Großvater von hinten zaghaft auf die Schulter tippte, und ein mickeriges Stimmchen flehte:"..., wenn er da ist, bester Herr, nehmen Sie doch bitte den Zylinder ab... ich möcht' ihn halt auch mal für mein Leben gerne sehen... unseren Kaiser!"

Großvater wandte sich um, so gut es gerade eben ging, und nickte dem Männchen, das ihm kaum bis an die Schulter reichte, jovial zu. "Gewiss, gewiss, wenn er just da ist... ich werd' schon dran denken..."

Aber als er dann näherkam, der Herrscher, hoch zu Ross, in prächtig-funkelnder Uniform, und die Menschen zu jubelnden Ovationen hinriß, ja, als man ihn fast schon zu erkennen glaubte, da hatte Großvater das unglückselige Hintermännchen und seine Bitte vergessen. Im Gegenteil - er reckte sich unbewusst zu seiner ganzen stattlichen Größe auf und der Schatten seines Zylinders verdeckte nun ganz die Sicht des hinter ihm Stehenden.

Und dann geschah es... mit der geradezu verständlichen Boshaftigkeit und Wut des schmählich Betrogenen zog der Kleine dem armen Großvater den Zylinder mit einem einzigen Ruck bis über Augen und Ohren...

Und damit endet sie eigentlich auch schon, die Geschichte vom Zylinderhut. Als nämlich Großvater mit Hilfe von Großmutter und eines neben ihm stehenden Menschenfreundes aus seiner peinlichen Lage befreit worden war, da war der Kaiser längst vorbei, gefolgt vom leiser und leiser werdenden Jubel der Menschen...

Großvater aber schwor sich, dieses Unglücksstück, das schließlich Schuld daran war, daß er den Kaiser nun doch

nicht gesehen hatte, nie wieder aufzusetzen. Und diesen Schwur soll er auch gehalten haben...
Helmut Pätz

Der geheime Wunsch des Herrn Huber

Geben wir es doch zu: Jeder von uns trägt insgeheim einen Wunsch mit sich herum. Mancher vielleicht sogar ein ganzes Bündel. Aber es ist eigentlich ein leichtes Bündel, wird es doch getragen von den beschwingten Flügeln der Hoffnung. Und wer möchte nicht letzten Endes einmal in der Lotterie so einen richtigen, saftigen Haupttreffer erzielen, wer nicht einmal eine Reise um die ganze Welt machen oder gar einem unangenehmen Vorgesetzten endlich seine Meinung sagen?

Wie gesagt... alles Wünsche, bescheidene, unbescheidene, phantastische und solche, über die man am besten weiter gar nicht spricht. Aber Aufzählungen sind langweilig. Greifen wir doch mal einen aus dem Leben heraus, - ganz wahllos. Nehmen wir zum Beispiel einmal den Herrn Huber...

Eigentlich war nichts Außergewöhnliches an ihm. Nüchtern war er, korrekt, vielleicht sogar schon ein wenig pedantisch. Von Wünschen und Träumen hielt er nicht viel. Nein, derlei Dinge hatten mit seiner Lebensauffassung nichts gemein. Um nichts in der Welt gab er zu, dass im entferntesten Winkel seines Herzens auch so ein klitzekleines Wünschlein kauerte. Kein ausgefallenes, beileibe nicht, nein, eher ein ganz gewöhnliches, fast lächerliches. Einmal, ein einziges Mal nur im Leben ein zünftiges Kostümfest mitzumachen! Ein bescheidener Wunsch, nicht wahr? Und doch bisher unerfüllt Nie hatte sich die Gelegenheit ergeben.

Doch irgendwie schien jetzt der richtige Zeitpunkt gekommen. Herr Huber spürte es ganz deutlich, und auch die Geschäftsfreunde, die diesem Vergnügen schon lange frönten, meinten, so alt sei er ja noch gar nicht und er sollte sich diesen Spaß doch einmal gönnen. Allerdings gab es da noch ein kleines Hindernis zu überwinden. Denn, so fand Herr Huber und mit ihm seine erfahrenen Freunde, einen Kostümball darf man nicht nur mitmachen, man muss ihn "miterleben". Und zwar allein und völlig unbeschwert. "Sie wissen doch, Huber, wer seine Frau liebhat, der lässt sie zu Haus..."

Luise, ja, seine liebe und kluge Frau, die würde das wohl nicht so recht verstehen, und eben darum hatte er sie anschwindeln müssen. Zum erstenmal, das sei zu seiner Ehrenrettung gesagt. Beim Mittagessen hatte er etwas von einem Treffen alter Schulkameraden gemurmelt und sich dabei selber gewundert, wie geschickt er das machte. In der Kostümverleihfirma suchte er sich ein original spanisches Stierkämpfergewand heraus. Und dann ging's auch schon los: ein riesiger Saal mit unzähligen maskierten Menschen. Dröhnende Musik, Lärm, Lachen. Später dann noch irgendwo ein verräuchertes Lokal und der aufmunternde Schulterschlag einer seiner Geschäftsfreunde. Ein atemloser Tanz mit einer kessen, kleinen Kammerzofe. Dann wieder Kreischen und ausgelassenes Lachen. Cognac, Wein und Sekt in Strömen. Ach, er spürte es, das war sie, die Erfüllung seines so lang gehegten, geheimen Wunsches. Was hatte er doch alles versäumt! Er wurde wie im Taumel mitgerissen, dachte zum erstenmal nicht an Vertragsabschlüsse und Termine. Was machte es schon, dass der Leibesumfang doch nicht mehr so ganz den Idealmaßen eines glutvollen Toreros entsprach und dass man nicht mehr den Atem eines Langstreckenläufers, den diese neumodischen Tänze mit ihren wilden Verrenkungen erforderten, besaß? Schließlich und endlich war man ja auch nicht mehr der Jüngste! Aber daran wollte er jetzt nicht denken. Amüsieren wollte er sich, amüsieren...

Um Mitternacht jedoch, als die allgemeine Stimmung ihren Höhepunkt erreicht hatte, hockte unser Herr Huber missmutig in der hintersten Ecke, einsam, verlassen. Wo waren die munteren Freunde geblieben, wo die kleine, nette Zofe? Eine Ewigkeit schien vergangen, seit er ihr Lachen zum letzten Mal gehört hatte. Er war zum Umfallen müde. Die albernen Lackschuhe drückten, die Füße brannten wie Feuer. Der Wein schmeckte abgestanden, und ihn überkam heftige Sehnsucht nach dem Bier, das sein Luischen immer so fürsorglich im Kühlschrank für ihn bereithielt. Ach, verrückt, dieser ganze Trubel! Nein, das war nichts mehr für ihn! Und er schwor sich, dass dies das erste und einzige Mal gewesen sei...

Um keinen Irrtum aufkommen zu lassen... es geht hier nicht für oder wider einen Kostümball. Diese so seltene Gelegenheit, wieder einmal so recht froh und ausgelassen zu sein, wollen wir uns von dem Herrn Huber nicht verleiden lassen. Hier geht es um unsere Wünsche, die lang und still gehegten. Hüten wir uns, sie um jeden Preis erfüllt sehen zu wollen!

Wie so häufig, hielt auch hier das Schicksal nach der erlittenen Enttäuschung einen kleinen, aber gerechten Ausgleich bereit. Zu Hause angekommen, fand Herr Huber seinen molligen Morgenmantel, weiche Pantoffeln für die gemarterten Füße und einen reich gedeckten Frühstückstisch vor.

Unter seinem Teller aber lag die Rechnung von dem Kostümverleih über ein original spanisches Stierkämpfergewand. „Von Luischen bezahlt..."

Helmut Pätz

Es war ihre Entscheidung

Ein fremdes Gesicht beugte sich über sie, und eine freundliche Stimme fragte: "Nun, wie fühlen Sie sich?"

Sie horchte dem Klang dieser unbekannten Stimme nach. Angestrengt versuchte sie, einen klaren Gedanken zu fassen, als ein heftiger Schmerz sie durchzuckte. Dann wurde ihr klar, dass diese fremde Stimme einem Mann gehörte, der in einem weißen Kittel neben ihrem Bett stand. Ein durchdringender Geruch von Äther und Karbolsäure erfüllte das Zimmer.

Was war geschehen? Wie war sie hierher gekommen?

Mühsam versuchte sie sich zu konzentrieren. Und plötzlich rollte wie eine riesige Woge die Erinnerung auf sie zu...

Da waren die vielen anstrengenden Proben auf halbdunklen Bühnen, die Mutlosigkeit, die sie immer öfter überfiel, der ewige, immer aussichtsloser scheinende Kampf der Tänzerin gegen Alter und Müdigkeit. Ja, Tanzen, das war ihr Leben! Von klein auf an. Sie hatte schon ihre ersten zaghaften Tanzschritte gemacht, als andere Kinder lernten, ihre Beine zum Gehen und Laufen zu gebrauchen. Und was zuerst nur wie ein Spiel erschien, das wurde später unerbittlich von ihr gefordert und bedeutete stundenlanges Stehen auf blutenden Zehen, andauernde Qual, mit zusammengebissenen Zähnen stumm ertragen. Und dann wie Balsam darauf der erste winzige Rausch des Erfolges. Proben, Auftritte, immer wieder dieselben Schritte, dieselben Drehungen, und immer wieder Proben und Auftritte, aber später dann auch rauschende Erfolge, - das wurde ihr Leben...

Und aus dem feurigen Nebel von Schmerz und Erinnerung tauchte das Gesicht von Janos auf. Janos, der für alle anderen der begabteste Tanzmeister war, den man sich denken konnte - für sie der Mann, der sie zu dem gemacht hatte, was sie geworden war und der ihr auch privat alles im Leben bedeutete.

Eines Tages aber war es geschehen, das Unfassbare. Eiskalt war Janos' Stimme, als er zu ihr sagte: "Schlappmachen willst du also, Sonja, so einfach schlappmachen?" Und dann in jäh aufwallender Wut, während sie wie gelähmt inmitten der mißglückten Drehung einer Sprungpirouette am Boden hockte: " Du bist eine Versagerin, Sonja, ja, eine Versagerin bist du..."

Diese unbarmherzigen, grausamen Worte aus Janos' Mund kamen einem Todesurteil gleich. Sie wusste es — alle wussten es. Und diese Worte waren es auch, die sie aus dem Studio getrieben hatten, auf die Straße, eine fremde Straße in einer fremden Stadt, voller fremder Gesichter, voller Lärm und Hast. Sie war umhergeirrt, wie lange, wusste sie selbst nicht, gehetzt, gejagt von diesen schrecklichen Worten ... Versagerin... du bist eine Versagerin... Es musste Stunden, viele Stunden gedauert haben, bis die Zähigkeit ihres Körpers und ihres Herzens die Schwäche und die grenzenlose Verzweiflung überwunden hatte.

Und dann geschah alles blitzschnell. Da war das Kind vor ihr, das sich von der Hand der alten Frau losgerissen hatte, um einem davonrollenden Ball nachzulaufen. Die kreischenden Bremsen eines Autos, schreckgelähmte Glieder, die dann aber automatisch, wie gewohnt, dem sofort einsetzenden Willen gehorchten. Der Sprung auf das Pflaster, der Aufschrei der umstehenden Passanten, als sie das Kind zurückriss, während sie von den Reifen erfasst wurde. Und dann nichts mehr...

Obwohl sie die Augen geschlossen hielt, fühlte sie Janos' Nähe, und sie hörte seine Worte, die langsam und schwer wie flüssiges Blei in diese Stille tropften. "Mein Gott, Sonja, deine Beine - deine Karriere. Hast du denn gar nicht daran gedacht?"

Warum sagte er so etwas? Warum? Sie öffnete die Augen nicht, als sie mühsam hervorbrachte: "...doch, Janos. Ich habe daran gedacht..."

Dann war es wieder eine ganze Weile still. Sie war allein im Raum. Janos war gegangen - für immer - sie wusste es.

Irene Pätz

Fußtritt aus dem Jenseits
Diese Geschichte hat sich tatsächlich zugetragen. Man weiß das, obgleich keiner der drei unmittelbar Beteiligten

je darüber gesprochen hat. Sie werden sich hüten, jemals ein Wort darüber zu verlieren. Aber überall herrscht Wohnungsknappheit, und überall baut man immer noch viel zu dünne Wände. Und je dünner die Wände, um so schärfer die Ohren der Nachbarn.

Man wird schmunzeln, vielleicht empört den Kopf schütteln. Aber schließlich und letzten Endes wird man froh sein darüber, dass doch noch alles einen so glimpflichen Verlauf genommen hat. Nicht auszudenken, dass es ein schlimmeres Ende genommen hätte. Aber selbst dann hätte ein Gericht Wladimir freigesprochen mit der höchstrichterlichen Begründung, "dass auch ein Totgeglaubter das Recht habe, sich gegen Raub und Diebstahl seines Eigentums zur Wehr zu setzen."

Wladimir war keineswegs ein Held, und die Tat, um deretwillen er heimlich in der Hochachtung seiner Nachbarn gestiegen war, ist wahrscheinlich die einzige, mit der er sich jemals über die Grenzen seines engumrissenen, bürgerlichen Daseins hinausgewagt hatte. Von kleiner Gestalt, immer ein wenig unglücklich dreinblickend, hatte er Zeit seines Lebens im Schatten seiner ihm nicht nur körperlich, sondern auch willensmäßig weit überlegenen Alexandra dahinvegetiert. Sie allein führte das Regiment, während Wladimir all ihren Beschlüssen, sowie auch der großen, ehemals hochherrschaftlichen Siebenzimmerwohnung seinen Namen gab. Der prangte auf dem blanken Messingschild, darunter, mit Tinte auf Pappe geschrieben, sechs andere. Ihnen beiden war nur ein einziges Zimmer geblieben. Wie alles andere, so ertrug Wladimir auch dieses stillschweigend. Morgens ins Amt, abends nach Haus, die Lokalzeitung, ein Spaziergang um den Wohnblock, ein -, zweimal im Monat einen Wodka, drüben an der Ecke bei Sperenskij - das war sein Leben.

Ganz anders Alexandra. Sie fand sich nicht drein mit diesem mickrigen Dasein. Ihre Unzufriedenheit, ihr Nörgeln wurden von Jahr zu Jahr unerträglicher. Sie vernachlässigte den Haushalt, kochte kein Mittagessen mehr, bestellte die Zeitung ab und strich schließlich sogar den Wodka aus dem monatlichen Etat. Und den ganzen Tag über hockte sie mit der Witwe Aljechowa, einer Zimmernachbarin zusammen. Kurz und schlecht, Wladimir, der nie etwas zu lachen gehabt hatte, - jetzt hatte er die Hölle auf Erden.

Jedoch - steter Tropfen höhlt den Stein!

Irgendwo in seinem Innern, ganz versteckt, schwelte der Gedanke, dass doch schließlich er als Herr im Hause zu gelten habe. Also musste er Alexandra irgendwie eine Lehre erteilen. Mit der Faust auf den Tisch zu schlagen, nein, das lag ihm nicht. Sie würde ihn auch gar nicht ernst nehmen. Sie würde ihn höchstens einen Augenblick lang ganz erstaunt ansehen, dann aber hätte er um so mehr zu leiden. Nein, nein, er musste ganz behutsam und überlegt vorgehen.

Er dachte nach. Tagsüber im Amt und nachts, wenn er schlaflos den urgesunden Schnarchtönen seiner besseren Ehehälfte lauschte. Und er dachte gründlich nach.

Dann kam ihm plötzlich die Erleuchtung. In einer Bibliothek, ganz versteckt im hintersten Regal, entdeckte er ein Buch: "Tricks und Methoden der Gauner, Hochstapler und Verbrecher ". Der Autor beschrieb darin unter anderem, wie man nach langem, intensiven Training gewisser Hals- und Nackenmuskeln dahin gelangen konnte, seinen Kopf durch eine Schlinge zu stecken und frei am Seil zu hängen, ohne sich irgendwo aufzustützen. Man konnte so den Anschein erwecken, als habe man sich erhängt. Eine ganze Weile könne man so hängen, schrieb der Autor, ohne Schaden zu nehmen, wenn man es nur richtig mache. Besonders kleinen und leichten Personen gelänge dieser manchmal hilfreiche Trick recht gut. "Gauner, Verbrecher, Hochstapler..."

Es dürfte Wladimir nicht ganz leichtgefallen sein, sich in die Kategorie dieser Individuen einzureihen. Aber was blieb ihm anderes übrig?

So geschah es nun, dass Alexandra eines Nachmittags von einem der üblichen Spaziergänge mit der Witwe Aljechowa in ihr Zimmer zurückkehrte, sich einen Augenblick vergeblich nach Wladimir umsah, dann eine ganze Weile regungslos auf die kleine, klägliche Figur starrte, die still an einem mittelstarken Seil unter dem Kronleuchter pendelte, einen schrillen Schrei ausstieß und zu Boden sank, wo sie ohnmächtig liegenblieb.

"Alexandra", flüsterte Wladimir aus seiner unbequemen Haltung heraus, "Alexandra, mein Täubchen... das habe ich nicht gewollt. Das nicht. Nur einen kleinen Denkzettel solltest du haben, damit du mich nicht auch weiterhin so tyrannisierst... ach, Alexandra, wie sehr musst du mich lieben, daß du bei diesem Anblick auf der Stelle...vielleicht für immer... "

Er verstummte. Die Tür öffnete sich, ganz leise, Stück für Stück, und die Witwe Aljechowa, neugierig wie stets, durch Alexandras Schrei herbeigelockt, zwängte ihren Wuschelkopf durch den Spalt. Ihre Augen weiteten sich, glitten über die reglos am Boden liegende Alexandra, den am Kronleuchter hängenden Wladimir.   Jetzt, ja spätestens jetzt, würde sie Krach schlagen, all die anderen Nachbarn herbeirufen...

Wladimir spürte einen ziehenden Schmerz im Halsmuskel. Die Zeit, die der Autor in seinem Buch angegeben hatte, war inzwischen überschritten.

Doch die Aljechowa stieß keinen Schrei aus. Im Gegenteil. Sie spähte noch einmal in den Flur hinaus und trat dann katzengleich ins Zimmer, um die Tür behutsam hinter sich zu schließen. Sie sah sich gründlich um, bückte sich zu Alexandra hinab, schüttelte den Kopf, ging dann zu Wladimir hinüber, der immer noch wie ein eingetrockneter Spätapfel am Seil hing, stieß mit dem Finger gegen ihn, ließ ihn auspendeln und schüttelte wieder den Kopf.

Sie mußte schließlich annehmen, er sei wirklich tot, habe sich erhängt, und seine Alexandra sei darüber tot vor Schreck umgefallen. Nichts anderes konnte sie denken.

Aber noch immer schlug sie keinen Krach. Sie tat etwas ganz anderes. Nachdem sie nochmals einen misstrauischen Blick auf die beiden Reglosen geworfen hatte, sah sie sich abermals suchend um, schnüffelte in dieser Schublade, dann hinter jenem Schranktürchen und blieb schließlich vor der kleinen Kommode stehen, in der Alexandra ihr Haushaltsgeld und den wenigen, ihr noch verbliebenen Schmuck aufbewahrte. Der Schlüssel aber stak nicht im Schlüsselloch. Und da tat die Witwe Aljechowa etwas, das Wladimir das Blut in den Adern zum Kochen brachte. Sie ging zu Alexandra und zog ihr behutsam, als fürchte sie, eine Tote aufzuwecken, die Handtasche unterm Arm weg. In der Tasche befand sich der Schlüssel zur Kommode. Ah, die Witwe wußte besser Bescheid als er selbst. Alexandra hatte keine Geheimnisse vor ihr gehabt.

Wladimir fühlte nicht mehr den Schmerz im Hals. Er sah nur noch rot...

Als sie sich wieder vor die Kommode hockte, sich bückte und so dem Totgeglaubten ihr allerwertestes Hinterteil zuwandte, gab es für ihn kein Halten mehr. Er griff in den oberen Teil des Seils, zog sich, wie trainiert, daran hoch, stieß einen markerschütternden Wutschrei aus und versetzte der Witwe Aljechowa einen wohlgezielten Fußtritt. Die hockte sekundenlang wie erstarrt auf dem Boden, dann stieß sie einen schrillen Schrei aus und fiel neben Alexandra nieder...

Die Geschichte nahm kein schlimmes Ende.

Wladimir hatte sich gerade noch rechtzeitig den Anweisungen des Autors entsonnen, sich wieder aus der Schlinge zu befreien. Und die seelische Konstitution der beiden Frauen erwies sich als weitaus stärker als erwartet. Wladimir brauchte nicht einmal die Nachbarn zu rufen.

Es gab also keine Augenzeugen, aber man weiß ja: die dünnen Wände!

Zwei Tage später sah man Wladimir und Alexandra Arm in Arm den Rundgang um den Wohnblock machen. Die Witwe Aljechowa aber verließ die Wohnung. Sie zog in einen anderen Bezirk.

Wie gesagt, das Gericht hätte Wladimir bestimmt freigesprochen. Eine Strafe allerdings hätte es mit Sicherheit über ihn verhängt. Vielleicht so um dreihundert Rubel, wegen unerlaubter Lektüre eines streng zensierten Buches...

Helmut Pätz

Held wider Willen

Als Martin an diesem Morgen seinen Arbeitsplatz erreichte, war ihm nicht besonders wohl zumute.

Nicht der Regen war es, nicht der graue Himmel, nicht die verdrossenen Gesichter der Mitmenschen, nein, es war vor allem der Brief, den er gestern ins Chefzimmer hatte reichen lassen, der ihm im Magen lag. Papa Huber, das alte Faktotum des Hauses, hatte nur bekümmert den Kopf geschüttelt, als er das Schreiben entgegennahm. Der alte Huber war ein lebenserfahrener Mensch. Er verstand es meisterhaft, innerste Beweggründe und geheimste Gedanken zu erraten und zu interpretieren.

"Haben Sie sich das auch gründlich überlegt, Herr Petersen? Wollen sie nicht vielleicht doch noch mal eine Nacht darüber schlafen? Der Herr Direktor ist heute den ganzen Tag über geschäftlich unterwegs. Vielleicht ist das ein Wink des Schicksals..."

Martin hatte die Lippen zusammengepresst und stumm abgewinkt. Nein, nur jetzt nicht nachgeben! Nicht weich werden! Zu lange schon hatte er mit diesem Entschluss gerungen, ihn immer wieder verworfen, dann wieder aufgegriffen. Der Schritt war nun einmal getan!

Wie lange saß er nun schon hinter demselben Schreibtisch, bei derselben Arbeit, bei demselben Gehalt? Nun ja, ein Genie war er gerade nicht, aber schlechter als all die anderen auch nicht. Er war nur ganz einfach zu schüchtern und bescheiden - das war es! Das nahm ihm jede Aussicht auf ein Weiterkommen. Wie aber sollte er denn auch beweisen, dass er genau so viel konnte, ebenso tüchtig war, wenn man Tag für Tag dieselbe eintönige Arbeit machen musste, Tag für Tag nur Zahlenkolonnen in den Computer geben musste? Nie würde auch nur einer auf den Gedanken kommen, ihn auf seine wirklichen Fähigkeiten hin zu prüfen. Er war überhaupt nicht existent für den Herrn Direktor, der ihn kaum ansah, oftmals sogar vergaß, seinen höflichen Gruß zu erwidern. Er war einfach für niemanden da, auch nicht für seine Kollegen. Ja, so war es, und wenn er nicht aufpasste, würde er noch eines Tages von der Raumpflegerin mit hinweggefegt!

Schon zweimal hatte er sich um den Posten des Nebenkassierers beworben. Demnächst sollte die Stelle neu besetzt werden. Da gab es aussichtsreichere Kandidaten, wie zum Beispiel den flotten Kurt, der in seinen freien Stunden so gut Golf spielte und damit die Sympathien des sportliebenden Herrn Direktors erworben hatte, oder auch den schönen Eduard, der durch sein blendendes Aussehen und seinen unwiderstehlichen Charme alle Herzen gewann, jeden noch so schwierigen Kunden mühelos um den Finger wickelte und sogar die etwas verblühte Tochter des Herrn Direktors zu einer Segelpartie hatte überreden können. Solchen außergewöhnlichen Menschen gehörten besondere Stellungen! Jedenfalls schien das die Meinung des Chefs zu sein...

Nein, nein, für ihn war hier kein Platz mehr, ja, nicht einmal die Luft zum Atmen. Da er aber nicht den Mut besessen hatte, den Herrn Direktor von seinem Anliegen persönlich in Kenntnis zu setzen, hatte er eben den weniger unangenehmen Weg einer schriftlichen Kündigung über den Schreibtisch des Gewaltigen gewählt...

Papa Huber hatte den Brief in der Hand gehalten, die Stirn gerunzelt und ihn nochmals mitleidig angeschaut.

"Na, schön, Herr Petersen, wenn Sie es so wollen..." Dann hatte er den blauen Umschlag auf den Schreibtisch gelegt.

Nun also lag er da, dieser ominöse Brief. Deutlich konnte er ihn durch die Glaswand erkennen. Ganz obenauf lag er, genau so wie der alte Huber ihn gestern dort hingelegt hatte. Bald würde der Herr Direktor kommen, knapp grüßend, nur mit dem Kopf nickend, die Räume durchschreiten. Er würde sein Zimmer betreten, die tägliche Post durchsehen. Auch seinen Brief - natürlich erst nach der viel wichtigeren Geschäftspost, und ihn lesen, die eine Augenbraue dabei ein wenig anhebend. . .

Er fühlte kalten Schweiß auf der Stirn. Und auf einmal wünschte er, es nicht getan zu haben. Papa Huber hatte Recht. Er hätte es sich doch noch einmal überschlafen sollen. Und so schlecht war es eigentlich gar nicht hier auf der Bank, wo er so wenig Verantwortung zu tragen und nur die ausgedruckten Zahlenkolonnen zu kontrollieren hatte, während draußen ein sturmgepeitschter Regen gegen die Fensterscheiben prasselte...

Jetzt hineingehen, ganz schnell, den Brief zurückholen, ohne dass jemand etwas merkte.

Aber da betrat der alte Huber gerade das Zimmer des Chefs, und ordnete noch einmal die Post.

Es war zu spät. Der Schritt war getan. Unwiderruflich. Ach, könnte nicht einmal ein Wunder geschehen, so ein ganz kleines Wunder, nur für ihn?

Und das Wunder geschah...

Wie aus dem Erdboden gewachsen, standen plötzlich drei Männer im Kassenraum, die Pistolen drohend in der Hand, schwarze Strümpfe über den Köpfen. "Hände hoch, das ist ein Überfall!" brauchten sie gar nicht erst zu rufen, - da lagen schon sämtliche Kollegen unter den Schaltern und Schreibtischen in Deckung, etwas blasser als sonst und gar nicht mehr so vorteilhaft aussehend in ihren gutsitzenden Anzügen...

Martin aber war der Schreck so in die Glieder gefahren, dass er wie erstarrt an seinem Schreibtisch sitzenblieb. Er sah noch, wie einer der Bankräuber auf die Kasse zusprang, ein anderer die Tür zum Zimmer des Direktors aufstieß, während der dritte mit drohender Gebärde auf ihn zukam...

"Geh in Deckung, du Idiot, laß dich fallen!", zischte der flotte Kurt unterm Schreibtisch hervor. Selbst nicht fähig, auch nur einen klaren Gedanken zu fassen, ließ sich Martin in stummer Schicksalsergebenheit nach hinten fallen. Dass er dabei mit dem rechten Arm die versteckt angelegte Alarmanlage berührte, war mehr als ein Zufall.

Grell heulte die Sirene auf. Voller Panik rafften die Gangster alles Erreichbare zusammen und verließen fluchtartig die Bank.

Später veranstaltete man Martin zu Ehren eine kleine Feier. Sein Name wurde sogar im Lokalteil der Kreiszeitung genannt, und der Herr Direktor hatte seine persönliche Besonnenheit und Tapferkeit gelobt und dass es nur ihm allein zu verdanken sei, dass die drei Banditen so schnell nach dem Alarm von der Polizei abgefangen werden konnten. Dass also er, der Herr Petersen, den Posten des scheidenden Nebenkassierers und in ein bis zwei Jahren den des Hauptkassierers übernehmen würde, sei geradezu eine Forderung der Stunde...

Martin wusste immer noch nicht, wie ihm geschah. Er fühlte nur, dass er unzählig viele Hände drücken und die gleiche Anzahl von Glückwünschen entgegennehmen musste, und nur für einen winzigen Augenblick erkannte er im Hintergrund den alten Papa Huber, wie er ein paar blaue Papierfetzen in den Abfallkorb fallen ließ. Und er schien ihm dabei zuzuzwinkern...   *Helmut Pätz*

Zehn Minuten vor Abfahrt

In zehn Minuten fuhr der Zug! Voll angespannter Erwartung blickte er auf die Armbanduhr. Er achtete nicht auf die vielen Reisenden, die auf dem Bahnsteig an ihm vorbei hasteten.

Anita war noch nicht da. Heute würde es sich erweisen, ob sie es wirklich ernst gemeint, nicht nur mit ihm gespielt hatte. Er wusste, er war abhängig von ihr, von ihrem Reichtum, ihren weitreichenden Beziehungen, und immer noch fühlte er jenen Anflug von Hilflosigkeit in ihrer Gegenwart, die ihn lähmte. Einmal aber würde er es schaffen und ihr beweisen, was er wirklich zu leisten imstande war.

Er sah sie vor sich, in ihrer kapriziösen Eleganz und Selbstsicherheit und auf einmal war er wieder voller Zweifel, ob sie kommen würde. Unruhig ging er hin und her - da durchfuhr es ihn wie ein körperlicher Ruck.

Das war doch... Mein Gott, Marianne! Sie musste eben mit dem Vorortszug gekommen sein!

Unfähig, sich von der Stelle zu rühren, stand er da. Marianne! Wie war es nur möglich, dass er die ganze Zeit über nicht mehr an sie gedacht hatte? Einmal nur noch hatte er ihr geschrieben, ihr mit schonenden Worten mitgeteilt, dass es wohl doch nur ein Irrtum gewesen sei mit ihnen beiden und dass er in Anita die Frau fürs Leben gefunden hätte. Marianne hatte nicht wiedergeschrieben. Was hätte sie auch antworten sollen? Sein Brief war klar und endgültig gewesen, von jener Entschiedenheit, mit der Anita ihn gelehrt hatte, künftig alle Dinge des Lebens anzupacken. Ja, und dann war Marianne ganz aus seinem Dasein verschwunden... bis jetzt! In einem Augenblick, da sich seine Zukunft entscheiden sollte, kreuzte sie seinen Weg.

Mit ihrem schnellen, leichten Schritt ging sie an ihm vorüber, kaum dass er sich hinter einen Pfeiler zurückziehen konnte.

Sie kam aus dem Büro, wie jeden Abend um diese Zeit. Er wusste es! Wie oft hatte er sie abgeholt, damals, als sie noch glücklich miteinander waren, als es für sie feststand, dass sie einmal heiraten würden, obgleich sie nie darüber gesprochen hatten, weil alles so selbstverständlich schien... Wie weit lag das alles zurück, aber doch wiederum so deutlich,

als sei es gestern erst gewesen.

"Marianne..." Er hob die Hand, als wollte er sie halten. Aber sie hatte ihn nicht gesehen. Die Menge hatte sie verschluckt, und seine Hand sank herab. "Marianne..."

Er schloss die Augen. Zwei Frauen - zwei Gegensätze! Anita war wie ein blendendes Licht, vor dem man manchmal die Augen zu schließen versucht war - Marianne hingegen - eine zitternde Kerze, um die man unwillkürlich schützend die Hand legen wollte. Marianne! Auf einmal wurde ihm klar, wie sehr er sich nach ihr gesehnt hatte, unbewusst, nach ihrer kleinen Hand, die ihn so sanft streicheln konnte, nach ihrem Blick, in dem so viel hilflose Zärtlichkeit lag...

Er zuckte zusammen, als Anita plötzlich vor ihm stand, strahlend, voller Sicherheit, voller Triumph. "... noch nicht am Zug?" Belustigte Verwunderung spiegelte sich in ihrem schönen Gesicht. "Es wird höchste Zeit! "

Er schwieg betroffen. Eben noch hatte er sie herbeigesehnt, mit allen Fasern seines Herzens. Und jetzt...

Anita trat ganz nahe heran. "Was hast du denn?"

Er sah sie an, und seine Stimme schien die eines Fremden. "Es geht nicht, Anita, Ich kann nicht mit dir kommen."

Ihre Augenbrauen hoben sich. "Ich versteh' nicht..."Er hob die Hand, ungeduldig, abwehrend, und ließ sie wieder sinken. "Es hätte keinen Zweck, es Dir jetzt hier erklären zu wollen," sagte er mühsam, "du 'würdest mich doch nicht verstehen."

Es war Anita nicht anzusehen, was sie empfand. Man sah ihr überhaupt nie an, was sie fühlte, welche Gedanken sie bewegten. "Du musst wissen, was du tust. Ich halte dich nicht, und ich frage dich auch nichts., ich fahre jetzt!"

Ihre letzten Worte hörte er schon nicht mehr. Er lief durch die Bahnsteighalle auf die Straße hinaus. Mariannes Wohnung war ganz in der Nähe...

Als er die Treppen emporstieg, wurde sein Schritt immer zögernder. Er wusste, jetzt kam das Schwerste. Als er vor ihrer Tür stand, fühlte er eine bange Angst, aber zugleich ein Glücksgefühl, wie er es in der letzten Zeit nicht mehr empfunden hatte...

Irene Pätz

Nina, kleines weißes Täubchen

Nichts Besonderes gab es zu berichten aus dem ganz alltäglichen Dasein des Bürgers Michail Michailowitsch. Nichts vonseiten der Nachbarn und nichts von ihm selbst, außer dass er Abend für Abend, Tag um Tag am Fenster stand, der untergehenden Sonne zusah und träumte, hineinträumte in die anbrechende Nacht und tief in seine Erinnerungen hinabtauchte. Dann versank für ihn der Alltag mit seinem ganzen banalen Kleinkram. Dann vergaß er die muffige Kanzlei mit den unzähligen verstaubten Akten. Ja, er vergaß sogar den spießigen Hauswirt, der immer über die noch ausstehende Miete klagte.

Michail Michailowitsch träumte, und seine Gedanken gingen immer wieder denselben Weg zurück, über viele, viele Jahre hinweg. Ab und zu strich er sich dann gedankenverloren über das graue Haar. Wie jung waren sie doch gewesen, damals, so jung und unschuldig noch, den Kinderschuhen kaum entwachsen und doch schon bereit für das erste, das große Erlebnis...

Nina! Sie war die Tochter des Kolonial- und Gemüsewarenhändlers Popow unten an der Ecke, gegenüber dem großen, prachtvollen Haus, in dem er bei seinen wohlhabenden Eltern wohnte... Ach, Nina! Nichts anderes hatte er im Kopf als ihren Namen. Wie oft hatte er der alten Olga, der treuen Seele des Hauses, den Gang in den Laden der Popows abgenommen, nur um wieder einmal Ninas Nähe zu spüren, und während die Waren der Liste nach sorgfältig eingepackt wurden, saß er in der guten Stube der Popows, dem Töchterchen, der man aufgetragen hatte, dem jungen Herrn ein wenig Gesellschaft zu leisten, errötend gegenüber. Das waren die schönsten Stunden damals im jungen Leben des Michail Michailowitsch!

Nina zwitscherte dann mit zartem Stimmchen alte Volksweisen, erzählte kichernd kleine, rührende Begebenheiten aus ihrem unschuldigen Jungmädchendasein und schälte dabei mit flinken Händen für ihn einen oder zwei der köstlichen Äpfel, die auf dem Tisch in der Schale lagen.

"Morgenröte", nannte Nina sie, "sie wachsen hinter dem Haus in unserem Garten..."

Sie reichte ihm ein Stückchen nach dem anderen, und dabei berührten sich jedesmal wie zufällig ihre Hände.

"Auf der einen Seite ist er ganz rot, wie die Sonne, wenn sie über dem Fluss aufgeht... auf der anderen gelbgrün. Aber auch sie schmeckt ganz süß..." Er aber achtete weder auf die Färbung des Apfels - noch auf den Geschmack. Er sah nur ihren kleinen herzförmigen Mund und die schneeweißen Zähne, wenn sie ihn anlachte.

Nina, kleines, weißes Täubchen!

Alles an ihr war zart und zerbrechlich, gertenschlank und biegsam die noch kindliche Gestalt, winzig klein die schmalen Füßchen und gemmenhaft geschnitten die Züge des feinen Gesichtchens. Ach, wie verliebt er war, der große Junge Michail Michailowitsch! Und nur in seinen

Träumen hatte er zu hoffen gewagt, dieses herrliche Geschöpf jemals sein eigen zu nennen.

Aber immer dachte er an sie, bei Tag und bei Nacht... immerzu. Auch dann noch, als die ersten drohenden Wolken der Revolution am Himmel aufzogen und viele weitsichtige Familienväter es vorzogen, sich mit den Ihrigen aufs Land zurückzuziehen, um dort den großen Sturm abzuwarten. Und oft noch dachte er später an diese letzte Stunde zurück, in der er mit Nina in der guten Stube der Popows zusammensaß - ihre Händchen hielt - und dann mit ihr zum Fenster hinausblickte, hinab auf die große Stadt, deren Lichter sich in den schwarzen Wassern des Flusses widerspiegelten. Süßer Abschiedsschmerz drohte sein Herz zu zerreißen, und es tröstete ihn nur wenig, dass ihm die Angebetete zum Abschied einen Korb voller "Morgenröte", der "köstlichsten aller Früchte", überreichte. Ade, ihr zarten Hände, ihr lieblichen Rosenwangen, ade, ihr beseelten schwarzen Augen! Blind vor Tränen war er dann die schmale Stiege hinabgestolpert.

Auf Wiedersehen, Nina, - meine kleine, weiße Taube!

Viele Jahre waren ins Land gegangen, bis er heimkehrte in seine Vaterstadt, deren Name sich inzwischen geändert hatte und deren Bewohner ihm jetzt zumeist fremd waren. Freunde und Verwandte hatte das Leben in alle Himmelsrichtungen vertrieben, und auch von den Popows und Nina hatte er nie wieder etwas gehört. Wenn er dann abends die Stirn gegen das kühle Fensterglas lehnte, fühlte er mit grausamer Gewissheit, dass dieses zarte, engelhafte Wesen die Schrecknisse jener Zeit niemals überstanden haben konnte. "Wenn der große Adler die dunklen Schwingen ausbreitet, muss die kleine weiße Taube sterben", sagte ein altes russisches Sprichwort. Und doch, so tröstete er sich selbst, wenn sie auch schon nicht mehr für ihn auf dieser Welt war, so gehörte sie doch auch niemand anderem. Dieser Gedanke verlieh ihm die Kraft, dem jahrelangen hartnäckigen Werben der molligen Vera Waslowa, seiner Nachbarin zur Linken, zu widerstehen, mochte sie ihn auch noch so mit der Glut ihrer dunklen Augen zu locken versuchen...

Sicher hätte sich nichts geändert an Michail Michailowitsch' Gewohnheit, jeden Abend ins schier uferlose Meer seiner Erinnerungen zu versinken, wenn sein Schritt sich nicht wie von selbst eines Tages zum alten Marktplatz gelenkt hätte, jenem Marktplatz inmitten der Stadt, auf dem die Bauern aus den umliegenden Dörfern wie eh und je ihre Waren zum Kauf anboten. War es Zufall, war es Fügung, dass auf einmal eine Stimme sein Ohr traf, eine Stimme, die ihn schier erstarren ließ. Dabei war es weniger der Klang derselben als vielmehr die Worte, die er vernahm.

"Morgenröte... Herrschaften, geht nicht so vorbei! Seht hier, diesen einzigartigen Apfel, rot und zart wie der junge Morgen auf der einen Seite, grünlichgelb auf der anderen, wie die stete Hoffnung, die immer doch im Herzen schwelt... geht nicht so vorbei, Herrschaften..."

Und da stand sie, eine urgesunde, dralle Bäuerin. Mit ihren roten Wangen und den blanken Augen in dem robusten Gesicht, sah sie selbst fast aus wie einer ihrer angepriesenen Äpfel. Umgeben von einer Schar Kinder, die um sie herumwirbelten, ihr voller Übermut und doch ganz ernsthaft beim Verkauf und Stapeln der Obstkisten zur Hand gehend.

Ehe jedoch ein Schein des Erkennens über ihr Gesicht ging, wandte Michail Michailowitsch sich ab, - ergriff Hals über Kopf die Flucht. Ja, er lief weg vor sich selbst, vor seinen Erinnerungen. Noch nie wohl, so meinte er jedenfalls selbst, wurde ein Mensch jäher und brutaler aus seinen langgehegten Träumen gerissen. Er wusste nicht, wie er nach Hause gekommen war, nur als unterwegs ein paar Tauben vor ihm aufflatterten, murmelte er voll Bitterkeit: "Ade, Nina, kleines weißes Täubchen, ade, für immer..."

Wie gesagt, niemand hatte je etwas Besonderes am Bürger Michail Michailowitsch bemerkt, früher nicht und auch jetzt nicht. Lediglich Vera Waslowa, die Nachbarin, fühlte ein Glücksgefühl in sich aufsteigen, als Michail Michailowitsch eines Morgens nicht nur seinen Hut vor ihr zog, sondern ihr auch zum erstenmal zuzulächeln schien...

Irene Pätz

Sekunden der Entscheidung

In diesem Augenblick wusste Archibald Atkins, dass er die Sonne zum letzten Mal sah. Es war eine späte, tief stehende Sonne, ihr violettgoldener Kranz zeigte bevorstehende, unbarmherzige Kälte an, und doch war sie ihm noch nie so schön erschienen...

Er hätte aussteigen können. Eben noch. Vor ein, zwei Sekunden. Zwei-, dreitausend Meter, das hätte gereicht. Aber diese wenigen Sekunden hatten genügt, einen Entschluss zu fassen. Es gab keinen anderen Ausweg. Es gab überhaupt keinen Ausweg. Man musste sich entscheiden. Entscheidungen wie diese wurden in größter Einsamkeit und Verlassenheit gefällt. Und Archibald Atkins war einsam, und er war allein.

"Steigen Sie aus, Atkins..." erklang die Stimme des Mannes von der Flugsicherung im Kopfhörer.

Er hörte nichts. Er fühlte nichts. Er sah nur durch das Fenster der Bordkanzel die Erde auf sich zurasen, immer näherkommen, die wenigen Häuser, die schnurgeraden, zwischen den dunklen Feldern in der Sonne blinkenden Straßenzügen.

Er dachte an Mary und die Kinder. Er dachte daran, dass Jack gestern drei Jahre alt geworden war. Er dachte an sein aufkreischendes Lachen und an die Sommersprossen in seinem Gesicht, genau wie Mary sie hatte. Und er dachte an Helen, die jetzt bei ihren Schulaufgaben sitzen mochte und wie immer mit ärgerlicher Stimme ihre Mutter bat, Jack in den Garten hinauszuschicken...

Den Flugplatz konnte er nicht mehr erreichen. Das Höhenruder klemmte. Er wusste, was das bedeutete bei einer Probemaschine wie dieser. Es war das Ende.

Dann war da eine andere Stimme im Kopfhörer. "Atkins, steigen Sie aus. Sofort!" Es war der Commander persönlich. "Ich befehle es Ihnen!"

Die Erde, über die er jetzt hinwegraste, schien dunkel und warm. Nein, es gab keine andere Lösung mehr für ihn. Er hatte kaum noch Spielraum. Ein, zwei Millimeter, wenn er das Höhenruder ganz hart anzog. Zwei Millimeter. Das war ein halber Kilometer bei dieser Geschwindigkeit. Und darauf kam es an.

"Atkins, steigen Sie aus!"

Da, jetzt war die Schule unter ihm. Eine kleine Schule nur, mit wenigen Kindern. Eine Dorfschule. Und da waren Kinder wie Helen, so ungeduldig, Kinder wie Jack, so sommersprossig. Der Flugzeuglärm störte sie jetzt da unten beim Unterricht. Sie würden aufblicken. Aber sie waren es gewohnt, dass Düsenmaschinen so tief über sie hinwegrasten. Der Flugplatz lag ja ganz in der Nähe.

"Nein, Sir... die Schule..."

Die Kinder würden den Aufschlag spüren, weit entfernt, und die Fensterscheiben würden ganz leise klirren. Sie würden sich schweigend ansehen, sekundenlang...

"Weiter, Kinder", würde der Lehrer sagen, "es war nichts... nun mal weiter, also, wer war gerade dran?"

Archibald Atkins glaubte noch, ein leises Aufstöhnen der Erde zu vernehmen über die Wunde, die er ihr zufügte, dann umfingen ihn ihre mütterlichen, warmen, alles verzeihenden Arme...

Einen ganzen Tag lang hatten die Rettungsmannschaften zu graben, bis sie an das Wrack herankamen.

Helmut Pätz

Sie hatte schon immer zu viel Fantasie

Sie war gelaufen, trotz der schweren Tasche und der Pakete am Arm, und völlig außer Atem, als sie bei der Bushaltestelle ankam. Der Bus stand schon da, und sie winkte verzweifelt. Aber der Fahrer bemerkte sie nicht. Es dunkelte schon, und der Regen verschleierte die Sicht. Das schwarze Band der Straße, die wenigen Häuser zu beiden Seiten, die Felder und der dunkle Wald dahinter tauchten unter in einem alles verschlingenden, vorabendlichen Grau.

Als sie noch etwa zwanzig Schritte vom Bus entfernt war, erloschen die Rücklichter, und der schwere Wagen fuhr ab. Sie stand wie angewurzelt, und die Enttäuschung war so groß, dass ihr die Tränen kamen.

Der nächste Bus fuhr erst in zwei Stunden.

Der Regen wurde stärker, und sie konnte sich hier nirgendwo unterstellen. Die Pakete und die schwere Tasche hinderten sie daran, den Regenschirm aufzuspannen. Sie fröstelte, und sie wusste, dass man sich zu Hause um sie ängstigen würde. Die beiden Großen nicht, die hockten jetzt vermutlich über ihren Schularbeiten oder vor dem Fernseher. Aber da war der Mann, der vergeblich an der Bushaltestelle auf sie wartete, um sie abzuholen, und auch die Jüngste, die jetzt hinter der Fensterscheibe kniete und hinausstarrte in den Regen...

"Ist der Bus etwa schon weg?" schob sich da eine nörgelnde Stimme in ihre Gedanken hinein. "Unerhört, er fährt immer zu früh ab... man müsste sich wirklich einmal beschweren!"

Hinter ihr stand ein älteres Ehepaar. Sie nickte nur, sie hatte keine Lust, jetzt zu reden. Die Unruhe in ihr war zu stark. So standen sie schließlich da und starrten verdrießlich in den Regen. Autos fuhren vorbei. Scheinwerfer flammten auf und erloschen wieder,

"Mal sehen, ob uns einer mitnimmt", sagte der Mann und trat an den Straßenrand.

Doch keiner hielt an.

"Es hat keinen Zweck", sagte die ältere Frau mürrisch, "die sind doch selbst alle froh, wenn sie bei dem Wetter zu Hause sind."

Sie stand schweigend daneben. Die Pakete weichten allmählich durch von dem ständigen Regen. Sie dachte an ihre Familie daheim.

Der Mann trat resigniert wieder zurück. Wagen auf Wagen fuhr vorbei. Und so schrak sie aus ihren Gedanken auf, als ganz unerwartet ein schwarzer Personenwagen nur wenige Meter neben ihnen am Straßenrand hielt. Die Autotür wurde aufgestoßen, und eine männliche Stimme fragte: "Will jemand von Ihnen mit? Sie sind ja schon völlig durchgeregnet."

Unbeholfen kletterte das ältere Ehepaar in das Wageninnere und ließ sich aufseufzend in die weichen Polster fallen. Sie selbst nahm fast widerwillig und zögernd neben ihnen Platz. Sie war beinahe ärgerlich über das Gefühl der Geborgenheit, das sie nun empfand. Es war das erste Mal, dass sie sich von einem Unbekannten im Auto mitnehmen ließ. Man las und hörte ja so viel von Verbrechen, die an leichtgläubigen Anhaltern begangen worden waren. Und auf einmal fühlte sie so etwas wie Dankbarkeit dem älteren Ehepaar gegenüber, das ihr die Angst vor dem Alleinsein mit dem Fahrer abnahm. Schließlich musste sie sogar ein wenig lächeln über sich und ihre allzu rege Fantasie, die ihr schon oft Gefahren vorgegaukelt hatte, die in Wirklichkeit gar nicht bestanden. Oft schon hatte man sie deswegen mit liebevollem Spott aufgezogen...

"Halten Sie, bitte. Wir müssen jetzt aussteigen!"

Ihr war, als würde sie schmerzhaft aus einem wohltuenden Schlummer gerissen. Dass die beiden Leute vor ihr aussteigen könnten - daran hatte sie nicht gedacht. Ein eisiger Schreck durchzuckte sie, und ihr war, als schlösse sich eine Faust um ihr Herz. Mein Gott, dann wäre sie ja noch mit dem Fahrer allein, bis sie daheim war. Nein, nein, nur das nicht!

"Ja", sagte sie hastig, "auch ich muss jetzt raus!"

"Aber sie wollten doch bis Steinhausen..." Die beiden Alten sahen sie verständnislos an. Sie versuchte, sich mit ihren Paketen an ihnen vorbeizuzwängen. "Ach, das macht nichts. Das Stückchen gehe ich zu Fuß..."

Da legte sich die Hand des Fahrers auf ihren Arm. "Das lasse ich auf gar keinen Fall zu... bei diesem Wetter... ich fahre sowieso durch den Ort!" Seine Stimme duldete keinen Widerspruch.

Energisch zog seine Hand den Schlag wieder zu, als sie neben ihm saß. Und wie betäubt sah sie den beiden alten Leuten nach, die winkend in der Dunkelheit zurückblieben.

Der Regen trommelte jetzt immer heftiger gegen die Windschutzscheibe. Sie war hellwach, und während sich ihre Finger fest um die Pakete auf ihren Schoß klammerten, musterte sie den Mann verstohlen von der Seite. Im hin und wieder von draußen einfallenden Licht erkannte sie deutlich eine längliche Narbe auf seiner rechten Wange. Ihre Angst wuchs, und sie fühlte Übelkeit in sich aufsteigen.

"Mir macht der kleine Umweg nichts aus", sagte er plötzlich, "die Hauptsache ist, daß ich noch rechtzeitig zu meinem Kegelabend komme. "

Kegelabend! Mein Gott, wie dumm sie wieder gewesen war! Ein biederer Bürger also, der seinem gewohnten Feierabendvergnügen nachgehen wollte! Sie fühlte sich so erleichtert, daß sie sich ganz fest vornahm, in Zukunft wie alle anderen normalen Menschen auch alles andere mit normalen Augen zu sehen. Wie gut, dass dieses Mal keiner von ihren geheimen Ängsten und Nöten wusste...

Eine Stunde später saß sie mit ihrem Mann und den Kindern am Abendbrottisch. Alles lag jetzt schon weit hinter ihr. Sie hatte nichts von ihren Erlebnissen erzählt.

Wozu auch? Eigentlich waren es ja auch gar keine gewesen. Jetzt, beim warmen Schein der Lampe, beim lauten Geplapper der Kinder, in der ganzen Geborgenheit ihres Heimes, kam ihr alles lächerlich vor.

Nur als nach den Nachrichten aus dem Radio noch eine Polizeimeldung bekanntgegeben wurde, dass man den Mann, der heute vormittag einen Überfall auf die Kreissparkasse von Lindenhagen verübt hatte, gefasst hatte, zuckte sie zusammen. Die Flucht des Mannes in einem gestohlenen schwarzen Personenwagen sei nur von kurzer Dauer gewesen, da Passanten, die er von Ort zu Ort mitgenommen habe, um nicht als Einzelfahrer aufzufallen, ihn an einer länglichen Narbe an der rechten Wange erkannt und der Polizei gemeldet hätten...

Ihr Messer fiel klirrend auf den Teller. Erstaunt sah ihr Mann sie an. "Was ist denn? Das geht uns doch nichts an..."

"Nein," sagte sie leise, aber ein Lächeln wollte ihr nicht gelingen. "Nein, uns geht das gar nichts an…"

Irene Pätz

Sie hätte nicht kommen dürfen

Nein, sie hätte nicht kommen dürfen. Aber konnte sie eine Einladung ablehnen, wenn sie von der Frau des Chefs kam? Und der Chef, das war Thomas Gabler - der Mann, den sie liebte, - und den sie nicht lieben durfte...

Und darum hatte sie auch nicht kommen wollen. Thomas selbst war ebenso bestürzt gewesen. Bisher hatte seine Frau offenbar wenig Interesse an den Menschen gezeigt, die tagtäglich mit ihm zusammenarbeiteten. "... Sonja Friedrich ist ja nun schon seit mehr als fünf Jahren bei Dir im Geschäft", hatte sie eines Tages zu ihm gesagt - ganz unerwartet. Er hatte sie forschend angesehen. Nein, da war kein Unterton in ihrer Stimme gewesen. Sie war so wie sonst, ruhig und ausgeglichen."... Immer ist sie für

Dich, für das Geschäft da. Ich finde, es wird Zeit, dass ich sie einmal persönlich kennenlerne."

So war sie also gekommen, pünktlich, mit einem unverbindlichen Blumenstrauß in der Hand. Sie fühlte selbst, dass sie unsicher wirkte, dass ihre Stimme zu laut und ihr Lachen zu gekünstelt war, dass ihre Lippen trocken und spröde wurden und ihre Hände einander fortwährend suchten.

Thomas Gablers Frau! Wie heiter und gelassen sie wirkte, wie sicher und beherrscht. sie war! Thomas würde sie beide mit einander vergleichen - unbewusst vielleicht. Und sie ahnte, dass diese Stunde alles auslöschen könnte, was zwei volle Jahre lang ihr Leben ausgemacht hatte, was sie als ihr ureigenstes Recht empfunden hatte - obwohl es unrecht war. Dabei hatte sie doch nur ein Quentchen von dem Glück haben wollen, das Elisa Gabler ein Leben lang für sich gepachtet hatte.

Später dann machte man es sich in den tiefen, weichen Sesseln bequem. Man rauchte, trank ein Glas Wein, hörte gedämpfte Musik, unterhielt sich. Und dabei wurde ihr immer mehr zur Gewissheit, dass es nicht nur die lange Dauer der Ehe war, die diese beiden Menschen zusammengefügt hatte.

Da war so vieles an gemeinsamen Erinnerungen, getragen von einer unaufdringlichen harmonischen immer gegenwärtigen Übereinstimmung. …Fünfzehn Jahre geteilte Freude, geteiltes Leid... Woher, wollte sie sich das Recht nehmen, das alles zu zerstören?

Dann ging auch dieser Abend zu Ende. Thomas verließ den Raum, um den Wagen aus der Garage zu holen. Sie war mit Elisa Gabler allein. Und dann sagte sie etwas, das sie vor wenigen Stunden noch für unmöglich gehalten hätte. "Frau Gabler, ich muss mich jetzt verabschieden. Für immer sozusagen. Ich habe eine Schwester, drüben in den Staaten, die mich schon seit langem gern in der Firma ihres Mannes gehabt hätte. Und jetzt habe ich mich entschlossen nach drüben zu gehen..."

Sie war selbst verwundert, wie ruhig und gelassen ihre Stimme klang. Ohne eine Erwiderung abzuwarten, drehte sie sich fast abrupt um und ging.

Elisa Gabler ging langsam ins Wohnzimmer zurück und öffnete die Fenster. Kalte Nachtluft strömte herein. Sie ging an den kleinen Schreibsekretär und entnahm ihm einen Brief. Es war ein Brief von Sonja Friedrich an Thomas, ein Brief, den sie zufällig im Handschuhfach des Wagens gefunden hatte. Ein Brief, der sie in abgrundtiefe Verzweiflung gestürzt hatte, der ihr unzählige schlaflose Nächte bereitet hatte und dessen Inhalt sie fast auswendig kannte.

Jetzt nahm sie den Brief wieder in die Hand, ging an die Kerze und ließ ihn langsam in der Flamme verglühen.

Dann trat sie ans Fenster und wartete...

Irene Pätz

Und was machen wir mit ihm?

... fragte der Mann und schob die bunten Reiseprospekte, die vor ihm auf dem Tisch lagen, von sich. Er blickte ratlos auf das schwarze Wollknäuel, das zusammengerollt unter dem Tisch lag, und aus dessen Brust tiefe, zufriedene Atemzüge kamen.

Die junge Frau war genauso ratlos. "Du meine Güte, irgend jemand wird ihn wohl schon nehmen. Er ist ja so ein lieber Kerl, und es ist doch nur für drei Wochen..."

Sie erhob sich, trat hinter ihren Mann und legte die Arme um ihn. "Wir brauchen diesen Urlaub, wir brauchen ihn so nötig. Du... und ich auch... Seit fünf Jahren endlich einmal Urlaub."

"Ja", murmelte der Mann, "ja, ich weiß! "

Wochenlang hatten sie ihren bevorstehenden Urlaub geplant, und dabei hatten sie doch genau gewusst, dass man Mohrle dorthin nicht mitnehmen konnte. Irgend etwas hatte sie daran gehindert, darüber zu sprechen. Er hing nun mal an dem Hund, obwohl es eigentlich seine

Frau gewesen war, die das quiekende Bündel seinerzeit ins Haus gebracht hatte. Sie hatte es niedlich und entzückend gefunden, während er sofort an die Umstände und Unannehmlichkeiten gedacht hatte, die solche vierbeinigen Hausgenossen mit sich bringen... und Steuern bezahlen musste man schließlich auch dafür! Nein, er war ganz und gar nicht begeistert gewesen damals. Und trotzdem hatte er eines Tages feststellen müssen, dass ihm etwas fehlte, wenn ihm beim Öffnen der Wohnungstür nicht ein kleines, schwarzes Knäuel entgegenschoss.

Alle mochten ihn, - bis auf Frau Schmitt. Frau Schmitt, das war ihre Zugehfrau, eine wortkarge, fast mürrische Person, die zweimal in der Woche beim gröbsten Hausputz half. Sie lächelte nie, und nie erzählte sie etwas von sich. Sie mochte keine Kinder und keine Hunde. Ja, sie hatten eigentlich beide den unausgesprochenen Verdacht, dass sie sogar ab und zu mit dem Besen nach Mohrle stieß, wenn sie sich mit ihm allein wähnte. -

"Sogar Peters verreisen in diesem Jahr..." riß ihn da die Stimme seiner Frau aus seinen Gedanken. Sie legte den Telefonhörer auf, strich den letzten einer ganzen Reihe von Namen durch, die sie auf einen Zettel geschrieben hatte, und seufzte tief auf.

"... viele Leute setzen ihre Hunde einfach aus, wenn sie in Urlaub fahren und nicht wissen, wohin mit ihnen...", sagte die Frau anscheinend beziehungslos, schwieg dann aber betreten, als sie dem Blick des Mannes begegnete.

Wie es dazu gekommen war, wusste nachher keiner mehr. Da sie aber Frau Schmitts Wesen kannten, hatten sie nicht einmal daran gedacht. Doch nun blieb ihnen nichts anderes übrig.

"Hören Sie, Frau Schmitt", hatte der Mann gesagt, und er musste einige Male schlucken. "Es ist wegen Mohrle. Wir können nicht in Urlaub fahren, wenn wir niemanden finden, der ihn zu sich nimmt... und da haben wir dann an sie gedacht!"

"An mich?" Die Frau stellte den Feudeleimer heftig ab und man konnte ihr die Gedanken geradezu von dem sonst so verschlossenen Gesicht ablesen: Den Hund zu sich nehmen? Ihm regelmäßig Futter geben, ihn sauberhalten und morgens und abends mit ihm Gassi gehen müssen? Sie? Ausgerechnet sie sollte das tun?

"Ja", sagte er hilflos, "ja, Sie, Frau Schmitt..."

Sie nahm den Besen ganz fest in die Hand, und für einen Augenblick dachte der Mann, dass er etwas sehr Dummes gesagt hatte. Sie sah ihn mit einem Blick an, der durch ihn hindurchzugehen schien. Dann schaute sie auf das Tier, das an ihr vorbeischlich, und der Blick des Hundes traf sie.

Und da sagte Frau Schmitt etwas völlig Unerwartetes.

"Gut... ich nehme ihn."

Es war ein herrlicher Urlaub gewesen. Der Chef hatte sogar telegrafisch noch eine zusätzliche Woche bewilligt. Natürlich hatten sie ein schlechtes Gewissen, als sie an den zurückgelassenen Hund und an Frau Schmitt dachten, aber mit Hilfe einer bunten Ansichtskarte und ein paar liebenswürdigen, entschuldigenden Worten dazu, versuchten sie, es zu beruhigen.

Doch jetzt, als sie das Haus betraten, überkam sie ein eigenartiges Unbehagen.

"Sie?" Frau Schmitt sah die beiden fast feindselig an.

"Ja", sagte er betreten, "Frau Schmitt, Sie sind sicher froh, dass..."

Ihre Feindseligkeit schien sich noch zu verstärken.

"Kommen Sie herein!", sagte sie knapp.

Da kam auch schon das schwarze Fellknäuel auf sie zugeschossen, beschnüffelte kurz das Hosenbein des Mannes, wandte sich aber gleich darauf wieder ab, und sprang dann bellend an Frau Schmitt hoch, die sich niederkniete und den Hund fest an sich drückte. Der Mann und die Frau sahen sich an.

Und dann brach es aus Frau Schmitt hervor, atemlos fast: "Den Mohrle, den geb' ich nicht wieder her! Ich bin

immer allein gewesen, den Mann und zwei Kinder hab'
ich verloren, ich hab' mich damit abfinden müssen. Ich
hab' ja auch nie geklagt, nie. Aber nun war ich auf einmal
nicht mehr allein... ich hab' schon gar nicht mehr
gewusst, wie das ist, wenn man nicht mehr allein ist..."
Schwerfällig richtete sie sich auf und trat ans Fenster.
"Entschuldigen Sie, bitte.", sagte sie dann mit dem
Rücken zu den beiden gewandt. "Natürlich gehört der
Hund Ihnen... entschuldigen Sie, bitte! "
Der Mann sah den Hund an, eine ganze Weile, und dann
seine Frau. Und sie verstand ihn. Dann nickte sie.
"Nein", sagte er dann, "nein... das Mohrle gehört jetzt
Ihnen, Frau Schmitt, für immer, wenn Sie wollen. Wir
haben etwas gutzumachen an Ihnen beiden, meine Frau
und ich."
Die Frau am Fenster dreht sich langsam um. Und zum
erstenmal sahen sie sie lächeln...
Irene Pätz

Werbung – mal ganz anders

Sergio presste die Lippen zusammen. Ächzend schob er
den Wagen vor sich her. Die Kinder folgten ihm,
schlugen Purzelbäume, schrien, lachten: "Sergio ist
verrückt geworden! Seht nur!"
Die Männer und Frauen von Cintaro blieben stehen,
schüttelten die Köpfe und schmunzelten. Wirklich, das
war kein alltäglicher Anblick, einen kleinen verhutzelten
Mann wie Sergio einen Kinderwagen schieben zu sehen,
in dem noch nicht einmal ein Baby, sondern ein
ausgewachsener, stählerner Geldschrank lag.
Sollen sie doch lachen, alle! Heute wollte er es beweisen,
Rosa, sich selbst, überhaupt jedermann. Schluss jetzt mit
der ewigen Duckmäuserei! Schluss mit Rosas
Alleinherrschaft in langjähriger Ehe! Der Zettel, der
gestern auf dem Tisch lag, hatte das Fass zum Überlaufen
gebracht. - "Fahre für ein paar Tage zu meinem Bruder

Antonio. Das Rheuma plagt ihn wieder arg. Er braucht meine Hilfe. Bleib brav inzwischen! Den Schlüssel für den Geldschrank nehme ich lieber mit. Deine treusorgende Rosa."

Nicht einmal die paar Lire für den allabendlichen vino hatte sie ihm herausgelegt. Was würde Alfrede sagen, was Mario, wenn sie erfuhren, dass Rosa ganz allein das Geld verwaltete? Stunde um Stunde hatte er wachgelegen, geplant, wieder verworfen. Er musste an das Geld ran, - egal wie! Und dann hatte er - auf den Fußspitzen stehend, denn der Schrank war in Kopfhöhe in die Wand eingemauert - gebohrt, gesägt, gefeilt, die halbe Nacht, und unzählige Gebete zum Himmel gefleht, - der Geldschrank gab nicht nach.

Dann aber, gerade als der Mond am höchsten stand, kam ihm der rettende Einfall: Lucio!

Lucio wohnte draußen, weit außerhalb des Ortes, - ein verkommenes Individuum, mit dem sich ein ehrbarer Bürger bei Tag nicht sehen lassen konnte. Indessen, es gab keinen Geldschrank, den Lucio nicht zu knacken vermochte. Aber diesen Menschen herholen? Ausgeschlossen! Er könnte eines Nachts ein weiteres Mal auftauchen und den Schrank öffnen wollen - diesmal aber ungebeten. Nein, es gab einfach keine andere Lösung, er musste zu Lucio mit dem Geldschrank!

Sergio nahm Hammer und Meißel und klopfte rundherum den Mörtel weg, bis Alberto von nebenan empört gegen die Wand trommelte und "Ruhe!" brüllte. Dann holte er den alten Kinderwagen aus dem Schuppen, der dort seit Jahr und Tag ein einsames Dasein fristete und schob ihn in die Stube. Stück um Stück hebelte er den Schrank hervor, bis er in den Wagen plumpste, der bedrohlich auf und niederwippte, aber doch standhielt. Es war geschafft! Noch ehe es richtig Tag wurde, schob Sergio los.

Aber der Weg zu Lucio war weit, und je länger er unterwegs war, umso mehr peinigten ihn die Zweifel. Durfte ein Ehrenmann wie er seinen eigenen Tresor

143

berauben? Was würde Rosa sagen, wenn sie von der ganzen Geschichte erfuhr? Eine große, starke Frau war sie, seine Rosa. An einem einzigen Arm konnte sie ihn hochhalten, bis ihm der Atem verging...

"He, Sergio!" schrillte da eine Stimme in seine Überlegungen, und Signor Babetti, Babyausstattungen en gros und en detail - trat aus dem Schatten seines Ladens auf ihn zu. Was sehe ich? Der gute, alte Wagen! Damals hast du ihn bei mir gekauft, als deine Rosa ihren ersten Bambino erwartete, großzügig wie ich immer war, für zwölf Monatsraten, weißt du noch?"

Sergio wischte sich den Schweiß von der Stirn.

"Anselmo..." nickte er, "später lagen dann noch Bettina, Maria und Giuseppe darin..."

Signor Babettis Augen weiteten sich. "Und jetzt, mama mia, fährst du einen Geldschrank darin spazieren, der hundertmal, so viel wiegt wie alle deine Bambinos zusammen...Aber ich verstehe dich, Sergio, nichts Schlimmeres gibt es für einen rechtschaffenden Mann, als immer nur einen leeren Geldschrank im Haus zu haben. Das erbittert dich so, dass du ihn nun vom Kliff droben ins Meer hinabstürzen willst... ah, ich verstehe dich gut..."

Sergio verzog schmerzlich den Mund. "... wenn du wüsstest", dachte er.

Signor Babetti stand unbeweglich, eine ganze Weile, und betrachtete den Geldschrank. Dann tippte er sich gegen die Stirn. "Ich hab' eine Idee, amico, eine grandiose Idee! Nicht ins Wasser! Schieb ihn zurück in die Stadt." Er rieb sich die Hände. "Fünftausend Lire für dich - und für mich die beste Reklame der Welt! Pass auf!"

Am späten Nachmittag sah man Sergio wieder mit dem Wagen in den Straßen. Ein Pappschild baumelte auf seinem Rücken: "Vor vierzig Jahren gekauft! Eine ganze Generation darin großgezogen! Transportiert heute noch die schwersten Geldschränke... Enrico Babetti - Babyausstattungen en gros und en detail..."

Die Kinder schrien und lachten lauter als zuvor. Die Leute aber blieben stehen, wunderten sich und lachten dann ebenfalls.

Sergio grinste zufrieden zurück.

"Lacht nur," dachte er, "ja, lacht nur. Ich habe meinen Ehefrieden gerettet und noch fünftausend Lire dazuverdient... lacht nur!"

Helmut Pätz

Aber er hat doch alles

Der Junge schloss die Tür auf. Er lauschte. Aber im Treppenhaus blieb alles still, und er zog die Tür hinter sich ins Schloss. Als ihn die anheimelnde Wärme der elterlichen Wohnung umfing, atmete er tief auf. Dann holte er das struppige, nasse Bündel unter seinem Pullover hervor und ging in die Stube. Behutsam setzte er es auf die Couch, wo es sofort einen dunklen, feuchten Fleck unter sich verbreitete. Der Junge achtete nicht darauf. Zärtlich strich er über das struppige Fell, holte ein Badehandtuch aus dem Schrank und begann das leise miauende Tier vorsichtig trockenzureiben. Dann lief er in die Küche, holte Milch aus dem Kühlschrank und vermischte sie in einem Teller mit ein wenig warmem Wasser. Glücklich lächelnd hockte er sich neben die Couch und sah zu, wie die kleine rote Zunge die weiße Flüssigkeit gierig in sich hineinschlappte.

Dann ging er ans Telefon. Er nahm den Hörer ab, zögerte ein wenig und wählte dann schnell, fast atemlos.

"... hallo, Mutti... ja, ich bin's... nein, die Schule ist schon lange aus.. ja, ich weiß, es ist etwas später geworden... es ist nur wegen der Katze... ja... ich hab' sie aus dem Fluss geholt... unten am Mühlenwehr... denk' nur, jemand wollte sie ertränken... einen schweren Stein hatte man um ihren Hals gebunden... und dabei ist sie noch so klein... nein, nein, mir ist nichts passiert... nur meine Hose und meine Schuhe sind ein wenig nass geworden... ja doch, ich zieh' mich ja gleich um... du, Mutti, ich darf sie doch behalten, die Katze, nicht wahr?"

Es war ganz still im Zimmer. Und dann kam es zu ihm durch den Hörer, in wenigen bestimmten Worten. Im Gesicht des Jungen spiegelte sich erst ungläubiges Erstaunen, dann fassungslose Enttäuschung, und schließlich gar erstarrte es in Trotz. Er hörte gar nicht mehr hin, die schnellen, unwilligen Worte schienen ihn nicht mehr zu erreichen. Wie im Traum starrte er nach draußen, und dann legte er ganz langsam den Hörer auf.

Auf einmal wurde ihm bewusst, dass er noch das nasse Zeug am Körper trug. Kälteschauer jagten über seinen Rücken, und seine Zähne schlugen aufeinander. Er holte erst schnell noch eine kleine, warme Decke, hüllte das Kätzchen darin ein, das behaglich zu schnurren begann, und ging dann unter die heiße Dusche.

In der Küche schnitt er sich ein paar Scheiben Brot ab, wickelte sie ein, legte einige Wurstschnitten dazu und holte noch eine Flasche Milch aus dem Schrank. Er packte alles zusammen in die Schultasche. Bevor er dann mit dem Tier auf dem Arm die Wohnung verließ, versuchte er noch mit einem Lappen die feuchten Flecke auf der Couch trockenzureiben...

Die Frau drückte ihr verweintes Gesicht in den rauhen Mantelstoff ihres Mannes.

"... acht Stunden ist er jetzt schon fort..." schluchzte sie, "schon gleich, nachdem er mich angerufen hatte, wurde ich unruhig, und ich bin aus dem Büro nach Hause gefahren. Aber da war er schon nicht mehr da... keiner weiß etwas, nicht der Schullehrer, nicht der Gemeindevorsteher... keiner hat ihn gesehen, nicht einmal die anderen Kinder... aber wer ahnt denn auch, dass er solche Geschichten macht, nur wegen eines so unnützen Tieres." Sie sah ihren Mann an. "... und er hat doch alles, was er will... jeden Wunsch haben wir ihm erfüllt... ich verstehe das nicht."

146

Der Mann sagte nichts. Er hatte den Arm um sie gelegt und blickte um sich. Helles Lampenlicht erleuchtete das Zimmer. Alles war ordentlich, strahlte eine gewisse Wohlhabenheit aus, die Sesselgruppe um den Couchtisch, der Fernseher, die gepflegten Grünpflanzen in der Fensterecke. Die Tür zum Nebenraum, zum Zimmer des Jungen, stand offen. Im Halbdunkel glänzte der Bildschirm des kleinen Fernsehers.

"... ja", sagte er dann nachdenklich, "jeden Wunsch haben wir ihm erfüllt… anscheinend..."

Dann richtete er sich auf. "Komm! Wir werden ihn suchen gehen!" Seine Stimme hatte einen energischen Unterton, aber die Frau sah, dass er mit den Zähnen an der Unterlippe nagte.

Es war Mitternacht, als sie ihn fanden.

Nahe am Wald, jenseits der Bahnschienen, im halbverfallenen Stall des alten Schäfers lag er, zusammengerollt, schlafend in der Ecke auf einem Strohhaufen. Die kurze Wolldecke bedeckte nur noch ein Bein. Der kleine Mund stand offen, und der Atem ging tief und gleichmäßig.

Mit einem Aufschrei wollte sich die Frau auf den Jungen stürzen, doch der Mann hielt sie zurück. Er hob den fest schlafenden Jungen auf den Arm, aber als sie den Stall verlassen wollten, miaute es kläglich im Stroh. Sie sahen beide die kleine Bewegung im Halbdunkel. Einen Augenblick lang zögerten sie, dann bückte sich die Frau, hob das Tierchen behutsam

auf und nahm es zu sich unter den Mantel.

"... ja", sagte sie, mehr zu sich selbst, "... ich glaube, jetzt hat er alles."

Helmut Pätz

Als der Morgen graute

"... ja... es ist gut..." sagte sie leise, "vielen Dank!" Sie legte den Hörer auf, lehnte sich in den Stuhl, zurück und nahm die Näharbeit wieder auf.

Es war also wieder alles gut gegangen, wie in all den Jahren. Alle Sorgen schienen unbegründet. Aber die Ängste, sie kamen immer wieder, besonders nachts, wenn sie schlaflos lag. Aber auch tagsüber, und sie zermürbten sie.

Karl ist ein guter Fahrer, "der beste Fernfahrer, den ich jemals hatte..." wie der Chef beim letzten Betriebsfest gesagt hatte und, wie Karl selbst es nur allzu gern erwähnte: "...großgeworden auf den Autostraßen der ganzen Welt..." Ja, Karl, der ging in seinem Beruf auf.

Sie schaltete den Fernseher ab, und ihre Gedanken wanderten weit zurück...

Schon als Kinder hatten sie sich gekannt. Als Junge hatte er alles kennengelernt, was mit Autos und Motoren zusammenhing. Oft, nach Feierabend, war er, während sie draußen auf ihn wartete und alle anderen schon gegangen waren, in die menschenleeren Garagen gehuscht, hatte sich hinter das Steuer eines der Riesenlaster, die dort zur Reparatur standen, geklemmt, war dann neben die großen Gummireifen gekrochen und hatte tief den Geruch von Öl und Benzin eingeatmet, der in der Luft hing. So hatte sie ihn oft gefunden, und ohne ein einziges Wort der Entschuldigung begann er ihr Einzelheiten zu erklären, als könnte es keinen Menschen auf der ganzen Welt geben, der sich nicht dafür interessierte. Und sie, obwohl selbst fast noch ein Kind, fing allmählich an zu begreifen, dass er so und nicht anders sein konnte.

Als er dann später als Fahrer eines großen Transportunternehmens selbst einen schweren Laster fuhr und in schneidender Kälte, bei flirrender Hitze, Tag für Tag und Nacht um Nacht Kilometer für Kilometer hinter sich ließ, da endlich mußte er sich am Ziel all seiner Wünsche und Träume wähnen. Für jeden der schweren Brummer hatte er einen Namen. Wie gute, alte Freunde waren sie für ihn, und nie ging er nach Hause, ohne sich nicht mit einem zärtlichen Klaps auf die dicken Reifen von ihnen zu verabschieden.

Ja, so einer war Karl. Selbst als sie geheiratet hatten, war es nicht anders geworden. Und er hatte ihr auch immer wieder zu verstehen gegeben, wie es um ihn stand und dass sie als Frau eines Fernfahrers viele Tage und Nächte im Jahr allein sein würde. Es war nicht immer leicht gewesen für sie, und wenn die Kinder nicht gewesen wären...

Sie blickte auf die Uhr. Jetzt musste er kurz vor Steinhausen sein, denn man hatte ihr eben am Telefon bestätigt, dass er in Bergstadt den Transporter noch einmal aufgetankt hatte.

Niemals durfte Karl etwas von diesen heimlichen Anrufen wissen, und nie durfte er erfahren, dass die Angst sie fast jedes Mal zu erdrücken drohte und dass sie fand, dass er allmählich zu alt wurde für diesen schweren Beruf, dass seine Augen schon lange nicht mehr das leisteten, was sie leisten sollten, seine Hände nicht mehr den festen, zupackenden Griff hatten wie früher und dass er jetzt immer öfter in einen geradezu bleiernen Schlaf fiel, sobald er zu Hause die Beine unter dem Tisch ausstreckte.

Und doch, - schien da nicht manchmal auch etwas Fragendes in seinem Blick zu liegen, wenn er beim Abschied ihr Gesicht streifte, ihr Gesicht mit dem schwachen Versuch eines Lächelns darin?

Aber es fiel darüber nicht ein einziges Wort zwischen ihnen, und sie wußten beide, warum.

Sie schreckte hoch.

Draußen war es dunkel geworden. Hastig räumte sie das Nähzeug zusammen und schaltete dieses Mal das Radio ein. Die Abendnachrichten waren gerade vorbei, und sie wollte schon wieder abschalten, als ihre Hand wie gelähmt am Knopf liegenblieb.

"... geben wir eine Verkehrsdurchsage... Stau wegen eines umgestürzten Lastzuges zwischen Steinhausen und

Bergstadt... voraussichtlich für mehrere Stunden gesperrt... weichen Sie bitte über folgende Umleitungen aus..."

Wie erstarrt saß sie da.

"Karl, mein Gott, Karl... ich habe es geahnt, schon lange habe ich es geahnt. Aber ich habe es nie wahrhaben wollen."

Und laut aufschluchzend schlug sie die Hände vors Gesicht.

Als der Morgen graute, kam Karl zurück. Mit ungeschickten Händen streichelte er ihr Gesicht.

"... es ist ja gut, Anna...", sagte er immer wieder, "es ist ja alles gut... ich bin ja da."

Sie wollte etwas sagen, aber er schüttelte abwehrend den Kopf.

"... lass nur, du brauchst mir nichts zu sagen, ich hab' den Lastzug liegen sehen. Ich bin noch 'raus, um zu helfen, aber für den armen Kerl kam jede Hilfe zu spät. Übermüdung am Steuer, sagte man... und der Jüngste war er auch nicht mehr." Seine Stimme war noch schwer von dem Eindruck des Erlebten, aber zugleich klang etwas darin mit, was die Frau aufhorchen ließ. "Ich mache Schluß mit der Fahrerei." Er atmete tief durch. "Ich hab` schon mit dem Chef gesprochen. Er kann mich in den Garagen gut gebrauchen. Die Wagen, die brauchen ja auch ihre Pflege..."

Er sah sie erwartungsvoll an, und dann huschte der Anflug eines Lächelns über sein Gesicht, als er ihre Hand ergriff. "... aber vorher, hab' ich zu ihm gesagt, vorher muss ich erst noch mit meiner Frau sprechen, ob sie mich nun auch jeden Tag daheim haben mag..."

Helmut Pätz

Besuch in der Frühe

Sie lehnte sich weit hinüber und stieß das kleine Fenster auf. Aber gleich darauf ließ sie sich seufzend in den

Lehnstuhl zurückfallen. Es hatte keinen Sinn mehr zu warten. Der Teller war unberührt geblieben. Ferdinand kam nicht mehr.

Vor zwei Monaten etwa war es, da hatte sie ihn zum ersten Mal gesehen. Ganz früh am Morgen war es gewesen. Er war auf der Dachrinne vorbeigeschlichen, war dann stehengeblieben und hatte zu ihr ins Zimmer hineingeblinzelt. So hatten sie einander angeschaut, eine ganze Weile. Sie war ans Fenster getreten, ganz behutsam, um ihn nicht zu erschrecken, hatte es geöffnet und ihn leise gerufen. Dann hatte sie einen kleinen Teller mit Milch auf das Fensterbrett gestellt, aber erst als sie sich wieder ganz ins Zimmer zurückgezogen hatte, war er nähergekommen und hatte schließlich den Teller bis auf den letzten Tropfen geleert. Immer wieder hatte er dabei zu ihr herübergeschaut, auch dann noch, als der Teller schon längst leer war. Am nächsten Morgen war er wiedergekommen, aber auch dieses Mal hatte es einigen Zuredens bedurft, ehe er die Milch nahm. Seitdem kam er regelmäßig jeden Tag, und er war der einzige Besuch, den sie noch empfing, hier in ihrem Stübchen.

Ferdinand hatte sie ihn getauft. Eigentlich wusste sie selbst nicht, warum. Aber sie fand, dass kein anderer Name so gut zu ihm passte, zu dem schwarzen Fell mit den weißen Chemisettchen, den ebenso weißen Pfötchen, zu seinem ganzen würdevollen Auftreten - und überhaupt! Bestimmt war er keiner von diesen gewöhnlichen Katern, die nachts jaulend über die Dächer strolchten und sich mit ihresgleichen um irgendein Katzenliebchen bissen, ja, und auch von ihr hatte er sich nie überreden lassen, zu ihr ins Zimmer zu kommen. Ganz "Herr von Welt" achtete er darauf, nicht durch einen unbedachten Schritt den guten Ruf einer alten, alleinstehenden Dame zu schädigen.

Dennoch, er war anhänglich und dankbar. Auf dem Fensterbrett hockend, ließ er mit sich reden und sich das Fell kraulen. Und wenn sie sich wirklich einmal verspätete mit der Milch, erinnerte er sie anfangs durch zaghaftes Miauen, später aber dann durch resolutes Fordern an ihre Pflicht. Meistens aber hockte sie schon eine halbe Stunde vorher hier in ihrem alten Lehnstuhl und wartete voller Ungeduld auf ihn. Dabei kicherte sie auch wohl vor sich hin, wie sie es als junges Mädchen schon getan hatte, wenn sie sich auf etwas ganz besonders freute.

Jetzt aber lachte sie nicht. Vergeblich wartete sie auf ihn. Den dritten Morgen jetzt schon. Voller Schrecken dachte sie daran, dass er vielleicht einer Meute von Hunden zum Opfer gefallen sein könnte. Ja, viele mussten es schon gewesen sein, denn Ferdinand war tapfer und mutig. Oder hatte er vielleicht doch so ein kleines Katzenfräulein gefunden, eines, das zu ihm passte, vielleicht von Adel und vornehmer Gesinnung, wie er selbst...?

Da plötzlich fiel ein Schatten auf ihren Handrücken. Sie blickte auf und sah ein weißes Pfötchen, das leise gegen die Fensterscheibe pochte. Ihr altes Herz tat einen gewaltigen Hüpfer.

"Ja", rief sie, "ich komme... ich komme!"

Irene Pätz

Der „Herr Matthies"

Der Junge war müde. Ihn fror, und er hatte Hunger. Als er das Klappern der Pferdehufe und das dumpfe Dröhnen der Räder vernahm, trat er hinter einen Baum und wartete. In der Nähe bellte ein Hund. Dann war es wieder still.

Er ging weiter. Seine Schritte waren schleppend geworden, und die Schultasche zerrte wie ein Bleigewicht an seinem Arm. Schwäche kroch von den Beinen her in ihm hoch, und ein paar Mal musste er sich gegen einen Baum lehnen.

Bestimmt suchten sie ihn schon. Die Mutter, die von der Polizei und auch der "Herr Matthies". Wahrscheinlich hatten sie schon in der Schule nachgefragt und dabei erfahren, dass er wieder eine "Sechs" geschrieben hatte. Die Mutter würde jetzt weinen, und sie würde bestimmt "Herrn Matthies" Vorwürfe machen.

Die Schatten wurden länger, und in den Wiesen am Fluß hing tiefer, feiner Nebel... Zorn und Angst waren inzwischen verflogen. Angst, die hatte er eigentlich nie gehabt vor dem "Herrn Matthies". Er mochte ihn nur einfach nicht. So einfach war das. Manchmal hatte er ihn sogar gehasst. Überhaupt hatte er nie begreifen können, dass seine Mutter diesen Mann geheiratet hatte, nach all den Jahren, in denen sie beide allein gewesen waren. Seinen wirklichen Vater hatte er gar nicht gekannt, und zu "Herrn Matthies" würde er nie "Vater" sagen. Nein, nie.

Ob die Abneigung gegenseitig war? - Er war sich da nie so ganz sicher gewesen. Wenn er ehrlich war, musste er sogar zugeben, dass der "Herr Matthies" sich immer redlich bemüht hatte, sein Vertrauen zu gewinnen. Er aber hatte nicht gewollt, - weil er ihn nicht mochte. Und jetzt war da die Sache mit dem Fahrrad! Als sie noch allein gewesen waren, hatte die Mutter ihm keines kaufen können von der schmalen Witwenrente. Und jetzt, da wollte der "Herr Matthies" es nicht, obgleich nun Geld genug da war. "... es ist nicht wegen des Geldes", hatte er ihn eines Abends zu der Mutter sagen hören, "es ist zu gefährlich auf den Straßen heutzutage. Schließlich ist er ja jetzt auch mein Sohn. "

"...mein Sohn..." Wann endlich würde dieser "Herr Matthies" begreifen, dass er nie sein Vater sein würde und er nicht sein Sohn sein wollte? Der und Angst um ihn! Pah, der wollte doch nur seinen Willen durchsetzen. Gefährlich? Lächerlich! Er war doch schließlich kein kleines Kind mehr! Auch hatte er sich die Hälfte des Geldes schon lange selbst zusammengespart. Alle Jungen in seiner Umgebung hatten ein Fahrrad. Wie sollte man auch sonst in die Stadt und in die Schule kommen? Man war einfach nichts ohne Fahrrad. Man stand morgens an der blöden Bushaltestelle und mittags auch. Und wenn die anderen auf ihren Rädern vorbeifuhren und einen angrinsten, dann wandte man sich ab, als hätte man sie gar nicht gesehen...

Und dann war da noch die Sache mit der Mathearbeit gewesen. Mathe hatte er nie gemocht. Aber das war nicht seine Schuld, fand er. Das lag nur an den Lehrern, die eben einfach nicht in der Lage waren, es einem beizubringen. Und darum hatte er auch keine Lust, dafür etwas zu tun. Nach mehreren fruchtlosen Ermahnungen hatte ihm der "Herr Matthies" nach der letzten verpatzten Arbeit gesagt : "... wenn du noch einmal eine Sechs nach Hause bringst..." Er hatte nicht weitergesprochen, aber das Schweigen war für ihn eine unverhüllte Drohung gewesen.

Und dann kam es, wie es kommen mußte. Er hatte wieder eine "Sechs" geschrieben. Der Lehrer hatte ihn nur kopfschüttelnd angeschaut und er den Lehrer. Eigentlich aber hatte er durch ihn hindurchgeschaut und dahinter das Gesicht der "Herrn Matthies" gesehen. Sein Entschluss hatte schon festgestanden, bevor die Überlegung einsetzte: Er würde nicht nach Hause zurückkehren. Für ihn gab es kein Zuhause mehr!

Seine Mutter würde sich furchtbar um ihn ängstigen. Das konnte er nicht ändern, aber der "Herr Matthies", der würde endlich seinen verdienten Denkzettel bekommen. Jeder würde ihm die Schuld zuschieben.

Zwei Stücke Brot und einen Apfel hatte er noch bei sich gehabt. Und eine ganze Nacht hatte er schon durchgehalten. In irgendeinem Heuschober hatte er geschlafen. Ganz früh im Morgengrauen hatte er sich wieder auf die Beine gemacht, drüben, jenseits der Straße in der Niederung, bis er hier in die Nähe des großen Flusses gekommen war. Einer der Flussschiffer würde ihn schon mitnehmen bis an das große Meer. Da brauchten sie immer Leute an Bord, hatte einmal einer gesagt. Leute, die arbeiten konnten und wollten, und wo keiner danach fragte, wer man war und woher man kam. Und er wollte arbeiten! Groß und kräftig war er, weiß Gott, weit über sein Alter. Er würde alles machen - nur nicht zurück zu dem "Herrn Matthies".

Er wachte auf, als der erste graue Morgenschimmer über sein Gesicht huschte. Seine Hände fuhren über eine rauhe Wolldecke.

"... gut, dass sie uns Bescheid gesagt haben, Käpt'n", hörte er eine fremde Stimme sagen, "die Eltern waren schon ganz verzweifelt... besonders der Vater, wie mir schien..."

Zwei Männer traten an die schmale Schiffskoje und beugten sich über ihn. "Na, junger Mann..." sagte der Polizist. Sein Blick war ernst. "Eines musst du dir mal merken fürs ganze Leben: Man schafft eine Sache nicht aus der Welt, indem man vor ihr davonläuft..."

Später dann gingen sie über das schmale Brett an Land, er und der "Herr Matthies". Schweigend sahen sie dem Schleppkahn nach, bis er um die nächste Flußbiegung verschwunden war. Dann griff der "Herr Matthies" zögernd nach der Hand des Jungen. Der ließ sie ihm, und seine Finger schlossen sich fest um die des Mannes...

Helmut Pätz

Ein glücklicher Mensch

Vom Balkon aus sehe ich ihn.

Groß, breitschultrig und wuchtig sehe ich ihn tagtäglich in dem kleinen, schmalen Landstück zwischen den hohen Häusern. Es ist Feierabend, die Zeit, da die tiefstehende Sonne die Lücke zwischen den Häusern ganz ausfüllt. Fünf Schritte in der Breite und zehn in der Länge, vermag er den ganzen Streifen abzuschreiten.

Mehr als die Hälfte hat er mit Gras besät. Ein kleiner Handrasenmäher liegt daneben. Alles Übrige ist ausgefüllt mit kleinen Blumenbeeten. Er hockt dann nieder, und die großen Hände setzen behutsam und liebevoll die kleinen Pflanzen in die Erde. Sein Junge, kaum dreijährig, sitzt auf der Schaukel zwischen den Holzpfählen. Oftmals kann er lange dastehen, dem Jungen hin und wieder einen sanften Stoß geben, wenn die Schaukel allmählich ausschwingt, und geduldig, dabei lächelnd, die vielen Fragen des Kleinen beantworten. Ein kleiner Hühnerverschlag lehnt an der hohen Mauer. Wenn der Kleine vor Übermut jauchzend ab und zu hineinkriecht, holt ihn der Vater lachend wieder hervor.

Während ich hinunterblicke, denke ich daran, dass wir demnächst wieder in den großen Urlaub fahren werden. Mit dem Wagen. Viel Neues und Sehenswerte werden wir erleben, wie jedes Jahr, meine Frau, die Kinder, und ich...

Er wird nicht fahren. Er hat kein Auto, und nicht das Geld. Für ihn ist es selbstverständlich, kein Auto zu haben. Er wird da unten verweilen, in seinem Reich, das ihm ganz allein gehört, den ganzen Tag über, einen ganzen Urlaub lang, zwischen den hohen Häusern auf seinem Stückchen Erde. Er wird sich niederhocken zu den Blumen, ab und zu die großen Hände wie schützend darüberhalten. Er wird den Jungen schaukeln, schmunzelnd die nicht enden wollenden Fragen beantworten und zufrieden sein. Und die Zeit um ihn herum wird stillstehen...

Ich glaube, er ist ein glücklicher Mensch.

Helmut Pätz

Ein Hund muss bellen

Die Nachbarn hatten sich beschwert. Hasso bellte. Er bellte zu viel, zu laut. Er belle den ganzen Tag über, sagten sie.

Ich zuckte bedauernd die Achseln. Ich könne es ihm nicht verbieten. Er sei eben ein Hund, also müsse er auch bellen,

Ob ein Hund bellt oder nicht, merkt man wohl nur als Nachbar. Sie bellen nur durch die Wand hindurch oder draußen auf der Straße. Wenn sie in der eigenen Wohnung sind, mit zur Familie gehören, jahrelang, vom kleinen, kaum achtwöchigen Wollknäuel bis zum eigenwilligen, selbstherrlichen Riesenviech aufgewachsen, dann bellen sie nicht. Dann sagen sie einem höchstens etwas. Man versteht sie. Man weiß, was sie meinen. So auch Hasso. Stundenlang kann er neben mir hocken, schweigend, wenn ich schreibe oder auch nur aus dem Fenster schaue, in die Bäume zum Beispiel oder den Flug der Vögel verfolge. Hasso und bellen...!

Anders die Nachbarn. Sie klagten. Vor Gericht. Eigentlich klagten sie gegen Hasso. Aber das ging nicht. Also klagten sie gegen mich. Der Richter überlegte lange. "Ruhestörung liegt nicht vor, wenn ein Hund bellt", fällte er sein Urteil und blinzelte mir zu. "Ein Hund muß bellen..."

Ich frohlockte.

"... Lediglich mittags zwischen eins und drei, und abends von acht bis morgens um acht..." Jetzt galt sein Augenzwinkern den Nachbarn. "... da darf ein Hund nicht bellen."

Jetzt versuche ich, Hasso die Uhrzeit beizubringen. Nachts geht es noch, da ist Hasso müde, genau wie ich. Aber um die Mittagszeit - da ist es schwieriger. Ich habe nun einen Wecker gekauft, einen mit einem besonders großen Zifferblatt. Wir hocken beide auf dem Teppich, und ich halte zur gegebenen Zeit Hassos Schnauze zu. Bis Punkt drei Uhr. Eine Woche geht das schon so. Er ist sichtlich verstimmt darüber, und ich hoffe inständig, dass nicht einer der Nachbarn auch noch zufällig Mitglied des Tierschutzvereins ist. Inzwischen aber überlege ich, ob wir unseren gemeinsamen Spaziergang, den am Wald

entlang bis zur alten Mühle und zurück, nicht in die Zeit von eins bis drei verlegen sollten. Es genügt doch letzten Endes, wenn wir Menschen uns zu Sklaven der Zeit machen...
Helmut Pätz

Ein Zug kam...

Als er die Augen aufschlug, hörte er, wie jemand "Gott sei Dank" sagte. Er wusste nicht, wer es war, und erst nach und nach bemerkte er das helle Licht, das durch das Fenster hereinflutete. Dann waren da Stimmen, aber es waren viele, - und er schloss wieder die Augen. Als er zum zweiten Mal erwachte, fühlte er die Bettdecke auf sich und die tiefen, weichen Kissen, in denen er lag. Eine Hand strich über sein Gesicht, über sein Haar. Sie glitt über die Wangen, über die Augen, und dann sagte die Mutter: "Junge..." und dann noch einmal: "Junge..."
Das helle Sonnenlicht erfüllte jetzt das Zimmer, und die Geranien standen wie leuchtend rote Flammen in dem kleinen Fenster. Aber das Licht blendete ihn, und er schloss die Augen wieder.
"... ich glaube, wir haben's überstanden", sagte eine fremde Stimme nach einiger Zeit. Es war eine ruhige, tiefe Stimme, und dann klappte eine Tür zu. Wieder fühlte er die streichelnde Hand der Mutter.
"Wo ist Harro?" Das Sprechen fiel ihm schwer.
"Draußen", hörte er da die Stimme des Vaters. "Vor der Tür... er wollte immer wieder zu dir."
"Junge..." sagte die Mutter wieder, "ach, Junge!"
"Ich hab' geschlafen?" fragte er benommen.
"Ja, du hast geschlafen... lange hast du geschlafen."
"Bewusstlos warst du." Da war wieder die strenge und doch liebevolle Stimme des Vaters. "Zwei Tage und zwei Nächte... und wir hatten dir doch so verboten, auf dem Bahndamm zu spielen... eine Gehirnerschütterung hattest du, damit ist nicht zu spaßen, sagt der Arzt."

Dann sagte die Mutter etwas. Sie sagte es zum Vater, und sie sprach ganz leise. Der Vater ging hinaus, ebenso leise. Draußen bellte der Hund, und dann war es wieder ganz still.

"Harro..." kam es über die Lippen des Jungen. Er lehnte sich wieder in die Kissen zurück und schloss die Augen.

"Harro... Harro... der Zug!"

Und dann war es wieder bei ihm, das Schwingen der Gleise, das Dröhnen, das immer näher und näher kam...

Gleich nach dem Mittagessen waren sie hinausgelaufen, Harro und er. Umhergetollt, unzertrennlich wie immer. Sie waren am Bach entlanggelaufen, hatten Libellen gejagt, die über dem hohen Gras standen, ohne eine zu fangen. Und dann waren sie auch schon am Bahndamm. Gewaltig und grasüberwachsen, erhob er sich vor ihnen, und er dachte nicht mehr daran, was der Vater ihm immer wieder gesagt hatte. Auf einmal, ohne recht zu wissen, wie, standen sie da oben, der Hund und er, den groben, schwarzen Schotter unter den Füßen, zwischen den beiden in der Sonne verheißungsvoll aufblitzenden Schienensträngen, die so weit auseinanderstanden, dass er sich quer auf einer dieser dicken, grauen Holzbohlen legen musste, um sie mit ausgestreckten Armen und Beinen gleichzeitig zu berühren.

"Komm, Harro!", hatte er gerufen. Und dann waren sie von Schwelle zu Schwelle gesprungen. Der Hund war schneller gewesen, aber immer wieder war er stehengeblieben, bis er ihn eingeholt hatte. Doch plötzlich stand das Tier wie festgewachsen und hob lauschend den Kopf.

Auch er hatte das Stampfen im Boden verspürt, und dann erzitterte auch schon der ganze Eisenbahndamm. Mit einem Satz war Harro von den Gleisen heruntergesprungen und bellte vom Wassergraben zu ihm herauf. Er aber war stehengeblieben zwischen den Schienen, und war nicht fähig, sich von der Stelle zu rühren. Wie gebannt stand er da und starrte auf den Zug, der auf ihn zukam. Er hörte nicht einmal mehr Harros wütendes Bellen, er sah nur das riesige, schwarze Ungeheuer, das gleich bei ihm sein musste und ihn zu verschlingen drohte...

Aber dann war da die kleine, huschende Bewegung neben ihm, und er spürte die Zähne des Hundes im Arm. Ein einziger Sprung, ein Aufbäumen und er fühlte sich seitwärts durch die Luft gerissen. Wie von der Hand eines Riesen gepackt, fielen sie zusammen von den Gleisen. Der Windstoß, der wie ein Faustschlag durch die Luft donnerte, schien erst eine Ewigkeit später zu kommen...

"Junge..." sagte die Mutter und lächelte ihm zärtlich zu.

"Harro..." sagte er mühsam, "Mutter, bitte, Harro, er soll zu mir kommen, bitte!"

Und dann schoss ein kleiner, flinker Schatten auf ihn zu, legte sich auf seine Bettdecke, und eine feuchtkalte Schnauze stieß immer wieder und wieder sacht gegen seinen Arm, sein Gesicht...

Helmut Pätz

Es war kein Sonntag...

Sie saß am Fenster, ganz in sich hineingekrochen. Die anderen Reisenden unterhielten sich, aber sie hörte nicht zu. Sie starrte hinaus in die immer dunkler werdende Landschaft. Telegrafenmasten, Bäume, dann ein Wald, und hin und wieder ein Haus, das schemenhaft auftauchte und wieder verschwand. Vom Horizont herauf kroch es tief violett über den Himmel.

Erst als das Stoßen der Räder, die einander jagten über Weichen und Kreuzungen, ungleichmäßiger wurde, erwachte sie aus ihren Gedanken. Und damit kam die Angst wieder, die Unsicherheit, die Zweifel...

In zwei Minuten lief der Zug in den Bahnhof ein. Ob er da sein würde und ob er überhaupt ihr Telegramm erhalten hatte?

Sie hatte es nicht mehr ausgehalten. Sie musste einfach zu ihm. Den ganzen Tag über hatte sie an ihn denken müssen, an ihn und an ihr letztes Beisammensein am vergangenen Sonntag. Jeden Sonntag kam sie mit dem Zug hierher in diese kleine Stadt, in der er arbeitete, in der er lebte. Heute war erst Dienstag. Aber sie musste einfach kommen. Irgend etwas war da in ihr, das sie zwang, zu kommen. Da halfen keine Vernunftgründe, dass sie das Fahrgeld eigentlich gar nicht übrig hatte. Sie dachte an den erstaunt fragenden Blick ihres Vorgesetzten, als sie ihn bat, eine Stunde früher gehen zu dürfen. Und nur eine Stunde hatten sie dann für sich - eine Stunde, dann fuhr der letzte Zug zurück.

Was mochte er gedacht haben, als er ihr Telegramm in den Händen hielt, - er, der immer so nüchtern war, so ruhig, so überlegen? Würde er das begreifen können? Würde er nicht Antworten fordern auf viele Fragen? Und sie selbst? Sie konnte sie ihm nicht geben, weil es einfach keine Antwort gab, So einfach war das - und doch so unsagbar schwer.

Der Zug hielt mit einem Ruck. Mechanisch griff sie nach ihrem Mantel und zog ihn sich über, langsam, als könnte sie ihren Entschluss noch rückgängig machen.

Sie beeilte sich nicht. Auf einmal war sie ganz sicher, dass er nicht da sein würde. Sie würde in die Wartehalle gehen, eine Tasse Kaffee trinken und in einer Stunde wieder zurückfahren. Ein Schauer jäher Müdigkeit überfiel sie, als sie auf den Bahnsteig trat. Der Menschenstrom hatte sich schon verlaufen. Niemand schien mehr zu warten...

Da löste sich aus dem Halbdunkel ein Schatten. Schnelle Schritte kamen auf sie zu, warme Hände ergriffen ihre kalten, hielten sie fest umschlossen. Und dann war da die vertraute Stimme, die nichts fragte, die keine Erklärungen verlangte: "...dass du da bist... dass du gekommen bist..."

Und das Glück dieser Stunde löschte alle Fragen aus.

Irene Pätz

Kleiner Laden nebenan...

Heute sah ich sie wieder, nach so vielen Jahren, - die Bäckersfrau von nebenan.

Vieles ist anders geworden seither. Sie ist jetzt die Witwe eines "mittleren Beamten" mit "schöner Pension". Banal, nicht wahr? Für sie jedoch der Inhalt ihrer Tage und einziger Gesprächsstoff unserer zufälligen Begegnung, und während wir an der zugigen Ecke stehen und sie mir berichtet von den ständig steigenden Lebenshaltungskosten und der gottlob auch in Aussicht gestellten Pensionserhöhung, steigen vor mir die Bilder der Vergangenheit auf...

Ein Kind war ich damals noch und sie die junge, flinke Bäckersfrau, Inhaberin eines kleinen Lädchens, nur wenige Schritte vom Elternhaus entfernt. Jeden Morgen, Tag für Tag, holte ich bei ihr die frischen Brötchen, auch später noch, als ich in die höhere Schule ging. Für mich war das der schönste Augenblick des Tages. Bei ihr gab es kein Hasten, kein Drängen, keine hektische Unruhe, bei ihr, da gab es nur eines: diesen köstlichen, diesen unvergesslichen Duft von frisch gebackenem Brot, diesen unvergleichlichen Geruch, der sich von der hinteren Backstube bis in den angrenzenden Laden verbreitete. Da lagen sie in den Regalen, die vielen leckeren, sauber übereinander geschichteten, glänzenden Laibe, und darunter die mit karierten Tüchern ausgelegten Weidenkörbe, in denen die knusprigen, frisch aus dem Backofen geholten Brötchen einem das Wasser im Munde zusammenlaufen ließen. Und daneben der herausfordernde Anblick nachmittäglicher Kuchenplatten.

Und dann sie selbst, "unsere Bäckersfrau", wie ich sie, wie wir alle sie nannten. Morgen für Morgen, in aller Herrgottsfrüh stand sie da in ihrer schneeweißen, frisch gebügelten und gestärkten Schürze inmitten all dieser

162

duftenden Köstlichkeiten, stellte mit immer gleichbleibendem, freundlichen Lächeln ihre teilnehmenden, doch nie aufdringlichen Fragen nach Mutter und Vater, nach den Geschwistern und nach der Schule. Sie fragte, und ich antwortete, und immer fühlte ich mich geborgen in dieser stetig wiederkehrenden Beständigkeit...

Während ich an all das zurückdenke, es noch einmal nachempfinde, spricht sie weiter von der allgemeinen Teuerung, von neuen Anpassungsgesetzen, von all den nüchternen, profanen Dingen, die nun einmal unseren heutigen Alltag ausmachen.

Plötzlich verabschiedet sie sich mit der Erklärung, sie habe noch so vieles zu erledigen und ich sehe ihr nach, wie sie davongeht, rüstig ausschreitend, mit dem stützenden Stock in der Hand. Sie blickt sich nicht mehr um.

Sicher, sie weiß es nicht, dass ich durch die Begegnung mit ihr in weit zurückliegende Zeiten untergetaucht bin und erst nach und nach wieder daraus zurückkehre, nein, ganz bestimmt vermutet sie nicht, dass sie und ihr kleiner Laden für mich so viel bedeutet haben, nämlich das stille, täglich vorüberhuschende Glück eines frühen beschaulichen Morgens.

Ich stehe da, blicke ihr nach und bin froh, dass ich ihr begegnet bin, brachte sie mir doch für einen Augenblick ein Stück unbeschwerter Kindheit zurück...

Irene Pätz

Koslowski tut nichts umsonst

Stolz und geheimnisvoll zugleich lächelte die Tante, als sie mich einließ. In der Wohnung roch es nach Tapetenkleister und Ölfarbe. Die Türen glänzten in frischem Anstrich, und die Wände leuchteten im Widerschein neuer, heller Tapeten.

"Donnerwetter, Tantchen", sagte ich nur.

Sie führte mich in die winzige Küche. Auch hier war alles frisch getüncht.

"Na, wie gefällt es dir?" Sie strahlte mich an, und ich fand meine Worte wieder: "Großartig... einfach großartig!"

Mit den Augen maß ich schnell die Wände aus, die Decken, die Türen und Fenster. Gleichzeitig dachte ich an Tantchens schmale Rente. Sie bemerkte meinen wandernden Blick.

"Nein, nein, Junge", lächelte sie, "einen Malermeister hatte ich natürlich nicht, so einen mit einem Gesellen und zwei Lehrlingen, weißt du... nein, das hat mir ein Bekannter gemacht, so nach Feierabend. Eigentlich ist er überhaupt gar kein Maler, aber ich finde, das sieht man gar nicht. Zwei Wochenenden hat er dazu gebraucht... der Herr Koslowski von schräg gegenüber."

"Koslowski?" Ich dachte angestrengt eine Weile nach. "Koslowski, sagtest du... etwa so ein Rothaariger?"

"Ja, ganz recht. Er hinkt etwas beim Gehen. Ich glaube, er hat ein steifes Bein. Ein Unfall, sagte er mir... kennst du ihn?"

"Kann schon sein... von der Schule her."

Und ich sah ihn wieder vor mir, den kleinen, rothaarigen Koslowsi, mit dem verschlagenen Lächeln in den Mundwinkeln. Es gab nichts, aber auch gar nichts, was er nicht in Geld umzusetzen verstand. Eine Steinschleuder, eine alte Fußballhaut, einen zerlesenen Western. Ich hatte einmal ein Ventilgummi für mein Fahrrad von ihm gekauft. Auf einem Klassenausflug. Für den dreifachen Preis. Ich hätte das Rad sonst schieben müssen - drei Stunden lang... Ja, Koslowski, der würde es einmal zu was bringen, das war uns allen schon damals klar. Aus solchem Holz waren Leute geschnitzt, die eines Tages in dem Präsidentensessel einer großen Bank oder irgendeines Konzerns sitzen... später hatte ich ihn dann aus den Augen verloren.

"Koslowski also..."

Ha, wie würde er sie wohl übers Ohr gehauen haben, mein kleines weltfremdes Tantchen! Zwei Malermeister mit Gesellen und Lehrlingen hätte sie sich dafür nehmen können! Mir war klar, dass ich einen mittelgroßen Schein dafür hierlassen musste, und meine Hand fuhr nach der Brieftasche.

"Also, wieviel hat er denn verlangt, dein Herr Koslowski?"

Ich glaubte, nicht richtig gehört zu haben. Sie nannte eine Summe, die kaum die Materialkosten decken konnte. Koslowski, unser kleiner, gerissener, mit allen Wassern gewaschener Koslowski, er, ausgerechnet er hatte meiner Tante die Wohnung renoviert und dafür - aus welchen Gründen auch immer - kaum einen Arbeitslohn verlangt.

"'... wir wollen's mal nicht so arg machen, Muttchen', hat er zu mir gesagt. 'Sie mit ihrer kleinen Rente...' Du weißt ja. Junge, ich versteh' nicht viel von diesen Dingen, aber ich glaube, er hat wirklich nicht zu viel verlangt. Dabei geht es ihm selbst auch gar nicht so gut. Die Kinder sind noch in der Ausbildung und seine Frau ist kränklich..."

Ich drückte ihr den Geldschein in die Hand. "Nein, Tantchen, er hat wirklich nicht zu viel verlangt. Im Gegenteil. - Hier, wenn du ihm einmal begegnest, gib ihm das noch dazu... er hat es verdient, der Koslowski, glaube ich..."

Helmut Pätz

Da stand ein Baum

Als sie an diesem Morgen erwachte, wusste sie, dass es soweit war. Alles war anders heute, die Geräusche, die gedämpft zu ihr ins Zimmer drangen, das Licht, das fahl durch die noch heruntergelassenen Jalousien hereinschlich und die fremden Stimmen draußen. Sie hatte Angst gehabt vor diesem Tag, lange schon, eine Angst, die immer stärker wurde, und die sie zu erdrücken drohte. Sie hatte mit niemanden darüber gesprochen. Und es gab auch keinen, der sie verstehen würde...

Langsam, wie unter einen fremden Willen, trat sie ans Fenster, zog die Jalousien hoch, und sah hinaus.

Noch stand er vor ihr, wuchtig, mit seinem Wipfel die Dächer der umliegenden Häuser überragend. Er füllte den ganzen Hofplatz aus. Die dunklen Schatten des frühen Morgens hingen noch in seinem Blätterschirm, und das ständige, geheimnisvolle Rauschen erfüllte das Zimmer. Nichts Stärkeres, nicht Schützenderes hatte es je für sie gegeben, all die vielen Jahre.

Dann sah sie die Männer. Sie schleppten eine Motorsäge herbei und legten in Mannshöhe ein Drahtseil um den Stamm, den ein einzelner Mann mit beiden Armen nicht umfassen konnte.

Er war schon immer so groß gewesen, der größte, der schönste Baum, den sie jemals gesehen hatte. "Ihr" Baum war er immer gewesen. Er gehörte zu ihr, zu ihrem Leben. Der Baum, mit den vielen Vögeln, die darin nisteten, den wilden Tauben, den Krähen und all den gefiederten Sängern, die ihn im Herbst verließen und zum Frühjahr wiederkehrten, und den wenigen, die blieben, zwischen den winterkahlen Ästen, den Furchen und Rissen des herrlichen Stammes.

Als sie geheiratet hatte, hatten sie viele, viele Abende unter dem dichten Blätterdach gesessen, ihr Mann und sie, und später hatten die Kinder immer unter dem Baum gespielt...

Die Männer setzten die Säge an.

Das Kreischen war ein einziger Schrei und drang ihr wie ein Messerstich ins Herz. Verwirrt stoben die Tauben und Krähen aus dem dichten Laub hervor, kreisten einige Male um den Baum herum und ließen sich dann abwartend auf den Dächern der umliegenden Häuser nieder.

Die Männer waren weit zurückgewichen. Und der Baum, er stand immer noch, obgleich der Stamm schon von den Wurzeln getrennt war, trotzig, herrisch und einsam zugleich - bis er fiel.

Und da lag er, niedergedrückt vom Gewicht der eigenen Blätterlast. Kleiner wirkte er jetzt und fast unbegreiflich unscheinbar. Kreischend umflogen die Krähen den freien Platz. Dann entschwanden sie endgültig jenseits der benachbarten Dächer.

Totenstill war es auf einmal.

"... es rauscht nicht mehr..." sagte die alte Frau zu sich selbst nach einer ganzen Weile. Sie wußte nicht wie, aber auf einmal stand sie mitten im Hof. "... nein.. es rauscht nicht mehr... nie mehr..."

Der Mann mit der Motorsäge, der gerade eine Flasche Bier zum Mund führte, sah sie verständnislos an.

Helmut Pätz

Der Finderlohn

Gleich neben der Bank im Park, nahe der alten Buche, hatte er sie gefunden. Seine Hand, die sich um die Brieftasche schloss, war feucht.

Sie hatte noch nicht lange dort gelegen. Er hatte den Mann in den Hauptweg einbiegen sehen, den Mann im grauen Anzug, und die Frau neben ihm. Ganz kurz nur hatte er sie gesehen. Er hätte sie noch einholen können, aber er hatte es nicht getan. Er wollte es auch nicht. Ich geb' sie nicht ab, dachte er, nein, ich geb' sie nicht ab.

In einem Seitenweg hatte er dann einen schnellen Blick auf den Inhalt getan. Ein Pass - und dann das Geld. Mehrere Scheine waren es, das sah er sofort. Es würde reichen, um seine Schulden beim alten Petersen zu bezahlen. Vier Wochen wartete der nun schon darauf. "... du kannst es ja abarbeiten, nachmittags, in meinem Betrieb..." hatte der Alte gesagt. Er würde sein Geld schon noch kriegen, hatte er geantwortet, er müsse sich nur ein wenig gedulden. Seitdem hatte er immer einen großen Bogen um Petersens Geschäft gemacht.

Jetzt stand er vor dem Haus.

Namen und Anschrift des Mannes hatte er aus der Brieftasche. Man konnte eine Menge Ärger haben mit solchen Sachen. Aber der Finderlohn stand ihm schließlich zu! Mindestens zehn Prozent - das wusste er.

Das Haus machte einen gepflegten Eindruck. Im kühlschattigen Treppenhaus zögerte er und wäre noch, als er schon geklingelt hatte, am liebsten davongerannt. Er fühlte sich immer ziemlich unbehaglich bei so viel aufdringlicher Ordnung. Die ganze Sache schmeckte ihm nicht. Und die Frau, die die Tür öffnete, gefiel ihm schon gar nicht. Ihr unfreundliches "Sie wünschen?" klang feindselig, und als er die Brieftasche aus der Hosentasche hervorholte und sie unschlüssig in der Hand wog, riss sie sie mit einem einzigen Griff an sich.

"Woher haben Sie die?" rief sie, und als auf einmal der Mann aus dem Innern der Wohnung neben sie trat, fühlte er sich fast erleichtert. Ja, der war es. Obgleich er ihn nur ganz kurz gesehen hatte, erkannte er ihn wieder. Aber die Frau, die im Park war eine andere gewesen, da war er sicher.

"... im Stadtpark... ganz hinten... bei der großen Buche", hörte er sich sagen.

Die Frau wandte sich ruckartig an den Mann, dessen Gesicht Betroffenheit ausdrückte.

"... im Stadtpark... heute Nachmittag...". Ihre Stimme klang schrill. "Du sagtest doch, du hättest eine geschäftliche Besprechung..." Ihre Stimme überschlug sich, der Mann antwortete leise, aber seine Worte schienen die Wut der Frau nur noch zu steigern. "Also doch... du hast dich doch also wieder mit ihr getroffen..." Jetzt wurde auch der Mann wütend, antwortete heftig.

Der Junge stand vor den beiden, entsetzt und angewidert zugleich.

"Mein Finderlohn..." sagte er fast hilflos, und auf einmal verstummten die beiden. Verlegen griff der Mann in die Tasche, gab ihm einen Schein und dann fiel die Tür ins Schloss.

Er rannte die Treppen hinunter und war froh, als er draußen war. Tief atmete er die frische Luft ein. Und auf einmal fühlte er den Geldschein, Der Finderlohn! Er brannte in seiner Hand, und wieder stieg der Ekel in ihm hoch. Und dann wusste er auf einmal, dass es keine Dummheit war, was er jetzt tun würde. Aber er konnte einfach nicht anders.

Als er zum zweiten Mal klingelte, war für ihn alles klar. Er sah die erstaunten Gesichter der beiden, und sie spürten deutlich seine Verachtung, als er ohne ein einziges Wort den Geldschein in die sich ihm unwillkürlich entgegengestreckte Hand zurücklegte.

Er fühlte eine ungeheure Erleichterung, und als er wieder die Treppen hinuntersprang, hörte er die beiden Stimmen nicht mehr, die sich jetzt einig waren in gemeinsamer Ratlosigkeit und uneingestandenem Schuldbewusstsein. "Undank... Jugend von heute..."

Er ging schnell. Er hatte ein Ziel. Er würde einen Job finden, irgendwo, vielleicht sogar beim alten Petersen, um bei ihm seine Schulden abzutragen...

Helmut Pätz

Mein Stück Land

Die tief stehende Nachmittagssonne stand weit hinten über dem Wald, und ihre rotgoldenen Strahlen fluteten durch das Fenster herein über den langen Eichentisch. Es war still im Raum, und alle sahen mich an, schweigend. Und ich sah sie an, einen nach dem anderen. Ich sah ihre gebräunten Gesichter, die gewohnt waren, Wind und Wetter zu trotzen, und ich sah in ihre Augen, die die Reife des Korns, die Raummeter eines zu fällenden

Baumes und die Stärke eines aufkommenden Sturmes abzuschätzen wussten.

Sie erwiderten meinen Blick, ratlos, verständnislos die einen, zornig und ungehalten die anderen.

Bartner war der erste, der etwas sagte, mein alter Freund Bartner. "Du hast 'nein' gesagt? Das war wohl ein Scherz!"

Ich stopfte meine Pfeife und nickte. "Ich habe 'nein' gesagt, und es war kein Scherz."

"... Mensch, aber wir waren uns doch einig gewesen, wir alle, die wir ein Stück Land da unten am Fluß haben, einig, dass wir es der Gemeinde verkaufen wollten. Das war abgesprochen.   Heute, auf dieser Gemeinderatssitzung, sollte es nur noch formell bestätigt werden. Und jetzt kommst Du, und sagst einfach nein."

Und dann redeten sie plötzlich alle auf mich ein. "... kann sich nicht auf sein Wort verlassen... war doch beschlossene Sache..." Wortfetzen erreichten mein Ohr. Sogar das Wort 'Verräter' fiel, aber es berührte mich nicht. Und dabei hatte ich mich irgendwie gefürchtet vor dieser Sitzung. Aber jetzt war es heraus. Ich fühlte mich frei.

Bartner nahm die Glocke und schwang sie energisch. "Ruhe!" Dann sah er mich an. Sein Blick war ernst.

"Wir hatten mit dir gerechnet", sagte er, " Wir wollten das Land verkaufen, weil es sonst zu nichts taugt, das völlig verwachsene Dickicht unten am Fluß. Keiner von uns kann es nutzen. Keiner. Mit dem Angebot der Kurverwaltung, einen großen Park daraus zu machen, waren wir doch alle einverstanden. Einen Park mit Spazierwegen und Sitzbänken. Es ist eine Frage der Rentabilität. Für uns alle. Und ohne Dein Stück Land geht es nicht. Wenn Du jetzt 'nein' sagst, haben wir das Recht, meine ich, Deine Gründe zu erfahren."

Ich nickte zustimmend.

"... also, am vergangenen Sonntag war ich mit meinem Jungen draußen. Fünf Jahre ist er jetzt alt, und ich war tatsächlich noch nie mit ihm da unten. Ganz früh sind wir

beide losgezogen, so wie ich mit meinem Vater, damals, als ich noch klein war... ich hab' gar nicht mehr gewusst, wie das ist, nur so ganz ohne bestimmtes Ziel durch den Nebel am Fluß zu streifen, angezogen von dem Ruf eines Vogels, von einem geheimnisvollen Rascheln im Unterholz. Und ich hab' auch nicht mehr gewusst, wie sie riechen, die Tannennadeln zu deinen Füßen oder wie es duftet, das frisch vom Sturm gebrochene Holz... Wisst Ihr denn noch, wie es ist, nur so durch das Land zu gehen, ohne daran zu denken, was es einbringen könnte?"
Immer noch sahen sie mich an. Keiner sagte ein Wort.
"... und Bartner, dann plötzlich fiel mir ein, wie Dein Vater mit einem Weidenstock hinter mir her war, weil er mich in seinem Zuckerrübenfeld erwischt hatte. Erinnerst Du dich noch?"
Bartner nickte. Es zuckte um seine Mundwinkel. "Ja, natürlich, denn auch ich kriegte meine Tracht Prügel, wo wir beide doch immer zusammensteckten, wo wir beide doch sonst immer zusammensteckten..."
Verhaltenes Gelächter kam auf. Eifrig fuhr ich fort. "... ich möchte es ihnen erhalten, meinem Jungen, all unseren Kindern. Ein kleines Stück Land, von dem man sie nicht verjagen kann. Aus Rentabilitätsgründen sozusagen."
Ich sah ihre kräftigen, verarbeiteten Hände, wie sie hier einen Bierdeckel zerdrückten, da eine leere Streichholzschachtel. "Und die Kurgäste, sie werden letztendlich froh sein, noch ein kleines Stück Wildnis vorzufinden, ein Stück Natur, ohne streng angelegte Blumenrabatten und Wege mit den vielen Verbotsschildern..."
Ich sah sie wieder an. Einen nach dem anderen.
Und dann fing ich Bartners Blick auf, und ich sah genau dasselbe schelmische Funkeln in seinen Augen wie früher. "... ich bin zwar kein Frühaufsteher", sagte er, "aber morgen ist Sonntag... Braucht man eigentlich einen Wanderstock, um Deinen Hang hochzuklettern...?"
Helmut Pätz

Nachmittag mit Bettina

Ich seufzte auf.
Die Sonne stand schon sehr niedrig, und langsam ließ ich den Wagen die einsame Uferstraße entlangrollen, vorbei an den vereinsamten Restaurants, vor denen kürzlich noch unzählige weiße und rote Petunien und Geranien geblüht hatten, wo so viele Menschen, junge und alte, und solche, die verliebt waren, an kleinen, runden Tischen gesessen hatten.
Jeden Mittwoch Nachmittag trafen wir uns hier, und meistens war sie schon vor mir da. Sie winkte mir dann von weitem zu. Aber dieses Mal...
Bettina war nicht da!
Eben noch heiter gestimmt, fühlte ich mich auf einmal nur bedrückt.
Grau und fast unbewegt war die Oberfläche des Sees, und vom jenseitigen Ufer her warf der schwarze Waldsaum sein Spiegelbild ins Wasser. Dazwischen ein verspätetes Wildentenpaar...
Einsam lag die Straße vor mir und verlor sich nach wenigen Windungen im nahen Gehölz. Das Laub fiel braun und raschelnd zu Boden, und mich fröstelte.
Bettina war nicht da. Auf einmal war mir klar, dass sich etwas Entscheidendes geändert hatte. Ich fühlte es. Ich wusste nicht, was - aber es war da. Vielleicht wollte ich es mir nur nicht eingestehen.
Ich hielt vor dem Cafe, in dem wir immer gesessen hatten, Bettina und ich. Der sonst so gemütliche und anheimelnde Raum war leer - fast abweisend. Ich war der einzige Gast. Den Ober, der mir ein Bier an unseren gewohnten Fensterplatz brachte, fragte ich, ob er die junge Dame, die sonst immer mit mir hier gewesen sei, nicht gesehen hätte. Er verneinte höflich.
Später saß ich noch eine ganze Zeit lang draußen im Wagen.

Es war das erste Mal, dass Bettina unser Treffen versäumt hatte. Ich fühlte einen dumpfen Schmerz. Und den tröstlichen Gedanken, dass sie sich aus irgendeinem geringfügigen Anlaß verspätet haben könnte, ließ ich gar nicht erst aufkommen. Dann hätte sie mich im Büro angerufen - zuverlässig, wie sie immer war.

Nein, ich spürte es - wußte es sogar auf einmal mit Gewissheit, dass es dieses Mal anders war.

Ich wusste, dass wir uns nie wieder treffen würden, hier, an unseren Mittwoch Nachmittag, der immer nur uns beiden allein gehört hatte - all die Jahre. Nie mehr würde sie mir auf halbem Wege entgegengelaufen kommen, glücklich lachend, und noch hastig atmend vom schnellen Lauf, nie mehr sich fest bei mir einhaken. Und nie wieder würde ich das Gefühl besitzergreifenden Stolzes empfinden dürfen, wenn man uns beiden anerkennend nachblickte. Noch jetzt fühlte ich fast schmerzhaft den Druck ihrer kleinen Hand.

Die ersten Schatten des hereinbrechenden Abends schoben sich kaum merklich vom Wald her über den See, und irgendwo bellte ein einsamer Hund.

Bettina aber kam nicht mehr.

Als meine Frau die Tür öffnete, sah sie mich fragend an. Ahnte sie etwas? Aber sie sagte nichts.

Erst beim Abendessen, ergriff sie meine Hand. "... nun sag schon, sie war nicht da, nicht wahr?"

Erschrocken wollte ich meine Hand aus der ihren ziehen, aber sie hielt sie fest. Dann sah sie mich an. So hatte sie mich selten angesehen, so mitleidig und zärtlich zugleich.

"Du wusstest es also..." fragte ich nach einer ganzen Weile.

"Bettina ist fortgegangen..." nickte sie. "Vor zwei Stunden schon. Mit dem jungen Wendler. Ein sehr netter, junger Mann übrigens... Sag Du es Vati, hat sie noch gesagt. Ich bringe es einfach nicht fertig."

173

Was jetzt in mir vorging, hatten schon unzählige Väter dieser Erde durchgemacht, aber das tröstete mich nur wenig. Ich konnte es einfach nicht begreifen.

Da fühlte ich den Arm meiner Frau auf der Schulter.

"Unser Kleines ist flügge geworden. Aber du brauchst deswegen auf Deinen Mittwochnachmittag nicht zu verzichten. Es kann doch unser Nachmittag werden. Ich habe jetzt ja auch mehr Zeit, da ich nur noch halbtags arbeite und ich war so selten im Cafe am See..."

Helmut Pätz

Tauben auf dem Dach

Ich schloss die Augen, aber das Aufheulen des Motors blieb, mit dem der große Kran die schwere Stahlkugel am Drahtseil gegen das Mauerwerk schleuderte, und ich spürte den Geschmack nach Staub und Mörtel auf der Zunge.

"Endlich..." sagte mein Mann, der neben mir stand.

"Endlich..." hatten auch die Nachbarn gesagt, "alt ist es, alt und baufällig. Eine Schande für die ganze Umgebung. Wer will schon noch darin wohnen?" Und jetzt war es also soweit. Nun waren sie dabei, das alte Haus von gegenüber abzureißen.

Alt war es, ja, sehr alt sogar, mit seinen dunklen, hohen Fenstern, den verwitterten, von schwarzen Flechten überwucherten Mauersteinen und der durchhängenden, vom Regen zerfressenen Dachrinne. "... baufällig..."

Hatte es aber nicht über viele Jahre seine Bewohner geschützt vor Sturm und Unwetter? Die dicken Deckenbalken, von rostigen Schraubbolzen durchbohrt, altersschwarz und von den Armen eines einzelnen Mannes kaum zu umfassen, wie widerwillig ächzend hatten sie den Brechstangen der Zimmerleute nachgegeben. Jetzt lagen sie im Hof - in einem Schutt-Container.

So oft es meine Zeit erlaubte, war ich hinausgetreten auf den Balkon unseres modernen Neubauhauses und hatte hinübergesehen in jene an längst vergangene Zeiten erinnernde Oase, die sich so lange gehalten hatte innerhalb einer lärmenden, gehetzten Umwelt. Es war eine kleine Welt für sich. An schönen Tagen saßen tief unter mir die alten Leutchen auf einer verschnörkelten, weißen Bank unter der alten Kastanie, die Frauen häkelnd und strickend, die Männer schweigend ihr Pfeifchen rauchend.

Wie oft hatte ich sie gesehen, die alte Frau hinter den Fenstern mit den blütenweißen Baumwollgardinen und den feuerrot leuchtenden Geranien davor. Jeden Morgen muss sie so dagesessen haben in den ersten wärmenden Sonnenstrahlen, die Nickelbrille auf der Nase, die Morgenzeitung lesend und dabei die erste Tasse Kaffee genüsslich schlürfend.

Ich sah den alten Herrn aus dem Stockwerk darunter, wie er ein paar Mal am Tag das Fenster öffnete, um die wilden Tauben zu füttern. Überhaupt die Tauben! Sie waren das Allerschönste an diesem alten Haus. Weiß, grau, braungefleckt und sogar ebenholzschwarz, nisteten sie in der Geborgenheit einer Mauerlücke gleich unterm Dach, kleines, warmes Leben, das ständig gurrte und rollte, und das den ganzen Tag über ein- und ausflog und über das flache Dach stolzierte, stundenlang, oder auch nebeneinanderhockte, zärtlich eng aneinander geschmiegt, im Windschatten des dickleibigen Schornsteins, aus dem an kalten Tagen weißer Rauch quoll, von gemütlich knisternden Feuern in Kachelöfen kündend.

Ja, so war es gewesen, viele Jahre lang, und fast tagtäglich hatte ich hinübergesehen, erfasst von einer unerklärlichen Art von Sehnsucht...

Die Tauben - sie hatten sicherlich keine schriftliche Kündigung erhalten vom Bauamt wie die Bewohner des alten Hauses, und doch, so schien es mir, waren sie immer weniger geworden, Tag um Tag. Sie mussten es gefühlt haben, dieses langsame Sterben ihres Hauses. So würde ich also auch sie bald nicht mehr sehen und hören, und auch nicht die alte Frau aus dem zweiten Stockwerk. Sie war die letzte, die noch da gewohnt hatte. Vor einigen Tagen war sie ausgezogen, wie all die anderen nach und nach vor ihr. Das Ehepaar aus dem Erdgeschoß war in ein Altersheim gezogen. Und jener alte Herr, der immer die Tauben gefüttert hatte, - er hatte es nicht mehr miterleben müssen, das Abschiednehmen von den altvertrauten Räumen, von seiner Welt, in der seine Kinder geboren waren, wo seine Frau ihn nach langen Ehejahren plötzlich für immer verlassen musste. Kurz nach Erhalt des Kündigungsschreibens fand man ihn eines Morgens still in seinem Bett liegend. "Herzschlag..." hatte der herbeigerufene Arzt festgestellt. Aber sterben wirklich nur in Romanen Menschen an gebrochenen Herzen?

Und so war auch das alte Haus gestorben, still, kaum merklich. Grau und staubig waren die verlassenen Fensterscheiben geworden, wie müde, alte Augen, die allmählich erblinden...

Als ich die Augen öffnete, war die Gegenwart wieder bei mir, und die Erinnerungen wurden zerstampft vom Fauchen des Krans und von dem Brummen der Lastwagen, die, mit Schutt bis obenhin beladen, über den Hof fuhren. Nie wieder würde ich das Haus sehen, die Leute, die es mit Leben erfüllt hatten, den mächtigen Kastanienbaum, den sie mit elektrischen Kreissägen gefällt hatten, die schnäbelnden Tauben auf dem Dach.

Mir wurde schwer ums Herz.

Aber was war das? Ich blickte nach oben... dieses Gurren das bekannte, zärtlich werbende... Und da entdeckte ich etwas Wunderbares: die Tauben! Da hockten sie auf dem Dach unseres Hauses, gerade über unserem Balkon! Sie waren zurückgekommen, alle, und sie hatten ein neues Haus gefunden, ein Heim, ihr Heim.

"Sie werden bleiben", dachte ich, "ja, sie werden bleiben... und mich erinnern, immer, an das alte Haus und an die Menschen, die darin wohnten..."
Irene Pätz

Der zweite Mann

Sid Campoe war kein Held.
An ihm war nichts besonders. Klein und unscheinbar, wie er war, fiel es einem schwer, sich seiner noch zu erinnern, sobald man ihn nicht mehr vor Augen hatte. Man wusste nur, so zwischen vierzig und fünfzig. Und dass er den linken Fuß nachzog beim Gehen.
Nein, Sid war kein Held. Ganz einfach die Umstände und vielleicht der winzige, aber folgenschwere Fehler von Albert Levinsky waren es, die ihn hineingezogen hatten in die sich immer schneller drehende Spirale der Ereignisse. Wenn dennoch die Medien, das TV, das Radio und die Zeitungen groß aufgemacht darüber berichteten, was er geleistet hatte, und sogar ein Bild von ihm brachten, war das weder sein Verdienst noch seine Schuld. Außerdem war er da schon tot.
Er hatte früher selbst am Steuer eines Überlandbusses der BL Lines gesessen, jahrelang. Dann hatte er den Unfall gehabt, bei dem er sich den Fuß verletzte. Er hatte ein wenig getrunken gehabt damals. Erst wollten sie ihn entlassen, doch dann behielten sie ihn, als zweiten Mann, als Kassierer in einem der großen Brummer. Meistens fuhr mit Albert Levinsky zusammen. Albert hatte strikt Anweisung, ihn nie wieder ans Steuer zu lassen. Sie hielten sich daran, beide. Er hing an Albert wie an einem eigenen Sohn. Er hatte niemanden sonst, außer Albert und dessen Frau Anna, und es war jedesmal ein Höhepunkt in seinem Leben, wenn die beiden ihn zum Abendessen zu sich luden. Albert war sein einziger Freund, und diese Freundschaft wurde ihnen beiden zum Verhängnis.

Es war an einem jener Nachmittage, an denen sie die Fahrten für die Seniorenclubs machten. Meistens ging es an die Küste und dann über die nahen Berge bei Silver Parks wieder zurück. Es waren durchweg ältere Menschen, die dann hinter ihnen in den Polstern saßen, Ehepaare und etliche, die allein waren.

Die Sonne stand schon tief. Die bewaldeten Berge zur Linken verschwammen in einem leichten Dunst, rechts verlor sich die flimmernde Weite des Meeres in einem ungewissen Horizont. Der Bus fraß sich die steile Bergstraße hinan, und tief unter ihnen rauschte die Brandung gegen den Fels.

Eine halbe Stunde nach der Station „By Dave", wo die Alten ihren Kaffee und sie beide eine Limo getrunken hatten, musste Albert den Bus plötzlich bremsen. Ein PKW, ein Studebaker älterer Bauart, stand quer zur Straße. Die Haube war geöffnet, und zwei Männer hantierten am Motor. Offenbar eine Panne... Gegen die Strahlen der Sonne konnte Sid nur ihre Silhouetten erkennen.

Als der Bus stand, ließen die beiden von ihrer Tätigkeit ab und blickten auf. Einer kam näher, als erhoffe er Hilfe von ihnen. Der zweite zögerte eine Weile und kam dann auch.

Sid stieß die Tür auf seiner Seite auf. „... können wir helfen?"

„Vielleicht..."

Er hatte die beiden jetzt schräg unter sich. Sie sahen zu ihm hinauf, unschlüssig, wie es ihm schien, und dann ging auf einmal alles sehr schnell.

Behende kletterte der erste an ihm vorbei ins Wageninnere, während der andere
draußen stehen blieb. Etwas glänzte in seiner Hand, und Sid war sicher, daß es eine Schusswaffe war.. Ganz deutlich sah er sie. Der erste stand jetzt im Mittelgang des Busses. „Los!" rief er. „Das Geld! Alles, was ihr bei

178

euch habt! Werft es in den Gang. Geldbörsen, Brieftaschen...beeilt euch!"

Es war eine grässlich knarrende Stimme, die man weniger schnell vergisst als das dazu gehörende Gesicht. "Keine Dummheiten! Wir tun euch nichts..." Der Mann war verärgert über die Langsamkeit der alten Leute, die erstarrt schienen in Betroffenheit und Schrecken. Eine der Frauen schrie auf, dann aber fiel die erste Geldbörse, die zweite, eine Brieftasche...Dumpf klatschte sie auf den Gummibelag.

Sid vernahm es nur im Unterbewusstsein. Wie gebannt starrte er auf den kleinen schwarzen Revolver, den der Mann unter ihm in der Hand hielt, während der zweite flink und behende die geforderten Gegenstände aufhob und in eine Plastiktüte warf. Da spürte er die winzige, kaum wahrnehmbare Bewegung neben sich.

Albert hatte auf den Gashebel getreten, das heißt, er wollte es, - aber das kurze Aufheulen des Motors erstarb sofort wieder, und Sid hörte nur de harten kurzen Knall ganz nahe neben sich. Er empfand ihn wie einen harten Schlag ins Gesicht,

„Idiot..." zischte der Mann im Wageninnern, und Sid fühlte, wie Albert lautlos vorüber auf das Steuerrad sank. „Los, Ed...komm!"

Eine Frau schrie auf. Keiner der Fahrgäste erkannte, was sich hier vorn   abspielte, aber alle spürten sie das Entsetzliche, wie es vielleicht zum ersten Mal in ihrem Leben, dem bisher geruhsamen, an sie herantrat.

Als Sid wie aus einer kurzen Erstarrung wieder erwachte, waren die beiden schon nicht mehr zu sehen, und durch die offenstehende Tür hörte er Motorengeräusch, das sich rasch entfernte. Er fühlte Alberts Kopf, die Schultern, den ganzen Oberkörper des Freundes, der vom Nebensitz her zu ihm herüber gesunken war. Und er wusste, dass Albert tot war.. Hinter sich hörte er die Stimmen, ratlos, leise, und verhaltenes Weinen. Er achtete nicht darauf.

Und dann kam es über ihn. Die angesammelte Wut eines langen Lebens in ständiger Abhängigkeit, und eine Mischung aus Wut und kalter Überlegung ließen diesen unscheinbaren, bedeutungslosen Menschen zum Außenseiter werden. Sid Campoe brach aus. Er brach aus dem Käfig des unterdrückenden Alltagsdaseins aus. Und die beiden Männer, die eben zu Mördern geworden waren, waren nur bedeutungsloser Anlass...

Sid gab Gas.

Der schwere Motor heulte auf. Der Bus fuhr an, wurde schneller und schneller. Sid kannte die Strecke. Oben an der Abzweigung nach Dawson waren Bauarbeiten im Gange. Bis dahin musste er die beiden in ihrem Studebaker eingeholt haben. Der Studebaker war alt, und er wusste, was er aus Alberts Bus herausholen konnte. Es war, als hätte er nie etwas andres getan, als hinter dem Steuer dieses schweren Brummers zu sitzen. Er fühlte sich sicher wie ein Traumwandler.

Er dachte an Anna. Für einen Augenblick sah er ihr bleiches Gesicht vor sich mit den dunklen Augen. Sie war immer besorgt. Sie sollten vorsichtig sein, Albert und er, sagte sie immer, wenn er bei ihnen war zum Abendessen. Sie beide hatten dann gelacht, ihnen würde schon nichts zustoßen...Er wischte Annas Gesicht mit den dunklen, immer ängstlich besorgten Augen beiseite. Es war jetzt nicht an der Zeit, an Anna zu denken...

Er jagte das schwere Ungetüm in diese untergehende Sonne, die schon Tief überm Wasser stand und ihre goldflirrende Fülle ergoss sich über die unermessliche Weite. Die Sonne blendete ihn. Aber er spürte sie nicht, diese Strahlen, die hineinstießen in die schmerzenden Augen. Er fuhr sicher wie nie zuvor. Er raste, den toten Freund neben sich, die steile Uferstraße entlang.

Er presste den steifen Fuß auf das Gaspedal. Er würde sie fassen, die beiden. Er musste sie fassen, bevor sie die Abzweigung an der Baustelle erkannten...

Wieder gab er Gas.

Noch spät am Abend entdeckte man die Katastrophe.

Senkrecht zur Steilwand, da wo er vom schweren Bus über den Straßenrand in die Tiefe gedrängt worden war, stand der Studebaker im seichten Wasser. Wenige Meter davor lag der Bus. Er lag auf dem Rücken. Die zwei Vorderräder und die vier Doppelräder hinten ragten in den dunklen Himmel.

In der Nacht noch wurden die Rettungsarbeiten eingestellt.

Sie kamen zu spät. Zu spät für die zwei Verbrecher, die beim Aufschlag ihres Wagens sofort tot gewesen sein mussten, zu spät für Albert, den vorher schon die unglückselige Kugel getroffen hatte, und zu spät für Sid, in dessen wachsbleiches Gesicht ein fast glückliches Lächeln eingefroren war, als man ihn hinterm Steuerrad hervorzerrte, das seinen Brustkorb eingeklemmt hatte.

Helmut Pätz

Die Ehrenrunde

Eine wirklich schöne Halle war es geworden. Rundherum von oben bis unten ganz aus Glas, und wenn die Sonne hineinschien, konnte man bis auf den Grund des grün gekachelten Schwimmbeckens sehen.

'Hein van Brüggen-Halle'.

Ihm zu Ehren war sie so benannt worden, ihm, dem langjährigen und so erfolgreichen Trainer des hiesigen Schwimmvereins, ihm zu Ehren, der er über zwanzig Jahre lang die besten Leute zu Können, Sieg und Ruhm gebracht hatte. Fünf Landesmeister, ein Weltrekordler und zwei Olympiateilnehmer waren das Ergebnis seiner aufopfernden Tätigkeit!

Und heute also fand sie statt, die feierliche Einweihung der nach ihm benannten Halle. Die Honoratioren der Stadt waren anwesend, und sogar der Sportminister hatte seinen Vertreter gesandt. Man hatte renommierte auswärtige Schwimmervereine geladen, Wettkämpfe,

Turmspringen und Wasserballspiele veranstaltet, und sogar ein Wasserballett erfreute mit seinen Darbietungen die Zuschauer in der überfüllten Halle.

Kurz vor Schluss des offiziellen Teils trat der Vorsitzende ans Podium.

"Und jetzt, verehrte Anwesende," sagte er, "sozusagen als Krönung des Ganzen eine besondere Überraschung... Wir bitten unsern verdienstvollen Trainer Hein, der sich für die Jugend unseres Vereins, unserer Stadt, ja, unseres ganzen Landes über viele Jahre so selbstlos eingesetzt hat und dem wir letztendlich diese schöne neue Halle zu verdanken haben, zur Einweihung und gleichsam als feierlichen Taufakt eine Ehrenrunde um das Becken zu schwimmen. "

Da stand er nun, Hein van Brüggen, in Ehren ergraut, mit dem weißen Sporthemd und der ausgebeulten weißen Hose, so, wie alle ihn kannten - umjubelt vom Beifallklatschen der erwartungsvollen Menschen um ihn herum.

Aber was dann geschah, kam so schnell, dass keiner der Umstehenden es richtig erfasste. Hein van Brüggen stand sekundenlang wie erstarrt, machte dann ein, zwei Schritte nach vorn, taumelte und wurde gleich darauf von hilfreichen Händen gestützt, zu einer nahen Bank geleitet. Und dann war auch schon die leicht verstörte Stimme des Vorsitzenden im Mikrofon zu hören: "Meine Damen und Herren! Entschuldigen Sie, bitte, die kleine Unterbrechung. Unser lieber Hein hat soeben einen leichten Schwächeanfall erlitten. Wir vermuten und hoffen, dass nur die Aufregung und die Freude am heutigen Tag der Anlass sind..."

Beim anschließenden Festbankett erwies es sich dann auch, dass es wirklich nichts Ernsthaftes gewesen sein mochte, denn Hein van Brüggen, bei bestem Appetit und trinkfest wie immer, bildete bald den strahlenden Mittelpunkt des Tages.

Und es hat dann auch niemals jemand erfahren, dass die von allen so sehr gewünschte Ehrenrunde nicht wegen eines angeblichen Schwächeanfalls ausgefallen war, sondern weil Hein Zeit seines Lebens versäumt hatte, selbst das Schwimmen zu erlernen!

Helmut Pätz

Die Zielscheibe

"Wir werden das in Ordnung bringen..." sagte Harald auf einmal, als sie vor dem hellerleuchteten Eingang zum Kino standen.
"Was?"
"Das mit der alten Frau."
Die beiden anderen sahen ihn verwundert an. Sie hatten schon längst nicht mehr daran gedacht. Zwar war ihnen Harald den ganzen Nachmittag über schon so seltsam vorgekommen, ungewohnt schweigsam und nachdenklich, er, der der Stärkste und Wildeste von ihnen war und welcher derjenige war, der sonst immer all das ausheckte, was sie nach Feierabend anstellen wollten. Er war die ganze Zeit über nur so neben ihnen hergegangen. Das waren sie nicht gewohnt, aber sie hatten sich nichts weiter dabei gedacht.
"Das mit der alten Frau? Was meinst du damit?"
Bert hatte als erster das Schild gesehen, als sie über den freien Platz gingen. Silbrig strahlend pendelte es in einem leisen Luftzug neben der Eingangstür eines alten, alleinstehenden und baufälligen Hauses und warf den Schein der tief stehenden Nachmittagssonne zurück. Bert hob den Stein auf, nahm Maß und traf. Er war schon immer ein guter Werfer. Lange, metallisch nachklingend, hing der Wurf in der Luft.
Das Haus, grau und verfallen, stand inmitten des eingeebneten Geländes. Die oberen Stockwerke fehlten, die Fensterscheiben waren eingeschlagen oder mit Pappe vernagelt. Nur die Ladenfensterscheibe ganz unten war

noch heil. Daneben hing das Schild, rund und nicht mehr strahlend jetzt, von dem Steinwurf zerbeult.

Gelangweilt schlenderten sie weiter. Schweigend. Benno stieß einen Pfiff aus, kurz, schneidend, verlor er sich drüben bei den Häusern im klaren Himmel. "... hast'ne Zigarette?"

Stumm holte Harald die Packung hervor. Ebenso wortlos rauchten sie an und gingen weiter.

Da hörten sie das Geräusch hinter sich. Sie blieben stehen. Alle drei. Sie spürten, dass es ihnen galt.

Und dann sahen sie die alte Frau in der Türöffnung stehen. Klein, grauhaarig, gebückt. Sie sah sie an, dann das Schild, und in ihrem Gesicht zeigte sich fassungsloses Entsetzen.

Bert trat einen Schritt zurück. "Na, Oma... was ist?"

Sie öffnete den Mund, sagte aber nichts, eine ganze Weile, dann: "... das Schild... warum habt ihr es...?"

Benno zuckte die Achseln. "Es hing eben da... was soll's... das Haus wird ja sowieso bald abgerissen."

Als sie so dastand, wirkte sie ebenso alt und verlassen wie das Haus "... das Schild... ich verstehe nicht, warum ihr das getan habt..." Sie sprach ganz leise, mehr für sich selbst. "...es gehört doch dazu, zum Geschäft... jeden Morgen hat mein Mann es geputzt, bevor er es raushängte... über dreißig Jahre lang... es war ein so guter Frisör... seitdem er nicht mehr lebt, habe ich es geputzt, jeden Morgen, obgleich kein Kunde mehr kommt... manchmal, ja, da habe ich Angst, dass ich vom Stuhl falle, wenn ich es aufhänge, weil es doch so hoch hängt..."

"Kommt, Mensch, wir gehen... hast' noch 'ne Zigarette?"

Sie gingen weiter, die alte Frau hinter sich lassend, die ihnen nachstarrte und nicht begriff.

"... wir werden das in Ordnung bringen!"

Das Gesicht der alten Frau hatte ihn nicht losgelassen, diese Augen, die so fassungslos starrten, so ratlos, und diese Worte, die aus dem schmalen Mund kamen, diese

Worte waren so ganz anders gewesen, als die, die sie sonst immer zu hören bekamen, vom Vater, vom Meister, vom Lehrer, diese Worte der alten Frau. Und zum ersten Mal hatte er etwas gespürt von der Einsamkeit und Verlassenheit eines alten Menschen...
"Wir werden das in Ordnung bringen!"
Die beiden anderen zuckten die Achseln. "Aber wie?
"... das Haus wird bald abgerissen... wir werden ihr helfen, wenn sie ausziehen muss... wir alle drei... Ihr kennt Friedrichs. Der hat einen Kleintransporter... er macht das umsonst... wir werden heut' abend noch mit ihm reden... und morgen gehen wir zu der alten Frau und sagen es ihr." Seine Stimme hatte einen endgültigen Klang.
Dann schwiegen sie eine ganze Weile, sahen sich an, nickten kurz, steckten die Hände tief in die Hosentaschen und schlenderten weiter.
Helmut Pätz

Ein Parkplatz bei der Firma

Ich weiß nicht, wann es mir das erste Mal aufgefallen war. Oft schon war ich daran vorbeigefahren, tagtäglich eigentlich, ohne es überhaupt zu bemerken.
Dann jedoch, so nach und nach, war ich in seinen Bann geraten, so sehr, dass ich sogar auf den firmeneigenen Parkplatz verzichtete, nur um zu Fuß, ein wenig schlendernd, daran vorbeigehen zu können, - an dem schmalbrüstigen, alten Haus, das fast erdrückt wurde von den kalten, grauen Wänden seiner riesigen Nachbarn, deren leuchtschriftenübersäte Fassaden hochmütig und geringschätzig zugleich auf es herabblickten, sicher in dem Bewusstsein, dass sie es eines Tages erbarmungslos zwischen sich erdrücken würden.
Klein und geduckt, mit schmiedeeisernem Balkon im Obergeschoss, ruhte es versteckt im spärlichen Gras eines schmalen Rasenstückes unter einem riesigen

Kastanienbaum. Zwei niedrige Fenster mit zumeist zurückgezogenen Gardinen, davor rotleuchtende Geranien, saßen sie dahinter, die beiden Alten, Tag für Tag...

Einen schnellen Blick warf ich hinein, jedesmal, wenn ich vorbeiging. Ich sah den kleinen Tisch, an dem sie saßen, die Zeitung lasen, morgens ganz früh schon, die dampfenden Kaffeetassen neben sich. Und dann jedesmal ein freundliches Kopfnicken zu mir hin, ein zustimmendes Lächeln von beiden. Und abends, auf dem Heimweg, wenn die Dämmerung zwischen den Mauerschächten herabsank, saßen sie wieder da, und der Pfeifenrauch des Alten kräuselte im gedämpften Schein einer perlenverschnürten Stehlampe empor.

Ich kannte sie nicht bei Namen, die beiden, hatte nie ein Wort mit ihnen gewechselt. Manchmal aber erhaschte ich einen zufällig aufschauenden Blick voller Zufriedenheit, erfüllt vom Glück der Gemeinsamkeit. Ich fühlte, dass ich von ihnen nicht als neugierig oder lästig empfunden wurde, und auch sie schienen meine Verbundenheit mit ihnen, mit ihrem kleinen Haus, ihrer Insel der Ruhe und Beständigkeit inmitten einer lärmenden, rastlosen Welt, zu fühlen...

Manchmal aber überkam mich so etwas wie Angst, dass es eines Tages nicht mehr dastehen würde, 'mein' kleines, altes Haus, mit seinen alten Bewohnern, die mir so ans Herz gewachsen waren.

Man würde sie schließen, diese "häßliche, alte Lücke, die den großzügigen Gesamteindruck doch schon seit langem störte". Dann aber würde ich schnell daran vorbeifahren und froh sein, dass ich einen Parkplatz hatte, nahe bei der Firma.

Aber ein verborgener Schmerz, fein wie ein Nadelstich, würde zurückbleiben...

Helmut Pätz

Ein seltenes Jubiläum

"... nein, es kommt wirklich keiner mehr..."
Die Stimme des alten Mannes klang eher ungläubig als
enttäuscht. Seine Blicke wanderten über den festlich
gedeckten Tisch, die bereitgestellten Vasen, über die
lange Reihe der Gläser, die Anna heute morgen so lange
abgerieben hatte, bis sich das Licht im kostbaren Schliff
brach: "... hoffentlich haben wir auch von allem
genug...", hatte sie noch gesagt, "so ein seltenes
Jubiläum, das lässt sich doch keiner entgehen. Denk nur,
wie viele allein von der Innung kommen werden... und
dann all die Kollegen..."
Von der Nachbarin, der alten Frau Müller, hatten sie
vorsorglich noch einige Stühle ausgeliehen. Es sollte
schließlich keiner stehen müssen! Den Laden hatten sie
den ganzen Tag über geschlossen gehalten. "Wegen
Familienfeierlichkeit". Er hatte es selbst mit großen
ungelenken Druckbuchstaben auf das Schild gemalt.
Er trat ans Fenster und sah hinaus. Als er den modernen
Frisörsalon gegenüber sah, stieg Bitterkeit in ihm hoch.
Vorige Woche war es gewesen, dass er mit seiner Frau
drüben bei Lehmann gewesen war. "Geschäftseröffnung"
wurde überall bekanntgegeben. Viele Menschen waren
dagewesen - sogar jemand von der Lokalzeitung. Laut
und turbulent war es zugegangen, und es gab ein Glas
Sekt für jeden. Er war froh gewesen, als er sich in einem
günstigen Augenblick mit seiner Anna davonstehlen
konnte. Aber an der Tür hatte Lehmann sie doch noch
abgefangen. "... Sie wollen doch nicht schon gehen, jetzt,
wo es erst richtig anfängt..." Und dann fügte er mit ein
wenig schief gehaltenem Kopf hinzu: "Sagen sie mal
Meister..." er sagte immer noch 'Meister' wie früher,
"haben Sie demnächst nicht Jubiläum... Fünfzigjähriges...
nicht wahr? Menschenskinder... da wird aber gefeiert,
was?" Und dann hatte er ihm noch kräftig auf die
Schulter geklopft und sie beide hinausgeleitet.

Nein, Konkurrenten würden sie wohl nicht werden, er und Lehmann, sein ehemaliger Lehrling. Lehmann, der hatte ganz auf modern gemacht, er würde die Laufkundschaft abfangen und die ganz jungen Leute - er selbst seine kleine, aber treue Stammkundschaft behalten. Ihm war es recht so.

Und so wie er dachten auch Anna und all seine alten Kunden, für die sein kleiner Laden ein Stück liebenswerte Vergangenheit bedeutete, sozusagen eine Insel der Ruhe und Beschaulichkeit inmitten einer lärmenden, gehetzten Umwelt. Hierher, zu ihm, kamen sie, um über vergangene Zeiten zu sprechen, weil sie sonst niemanden mehr hatten, oder auch um einmal kräftig zu schimpfen über all das Neue und Fremde, das sie oft so unsicher und ratlos machte.

Er trat vom Fenster zurück.

Sogar Lehmann hatte ihn vergessen. Alle hatten ihn vergessen. Es war wohl schon zu lange her. Und plötzlich, mit einem Mal, wurde es ihm klar: Er war einfach zu alt geworden! Er gehörte nicht mehr dazu. Man hatte ihn einfach vergessen. Ein altes, verblichenes Aushängeschild, das niemand mehr beachtete - das war er geworden.

Als Anna hereinkam, nahm sie seine Hand und schwatzte so allerhand daher, aber die Enttäuschung hatte sich wie eine harte Rinde um ihrer beiden Herzen gelegt, denn, fast kaum erkennbar, hatte sich etwas Entscheidendes geändert...

Es war schon spät geworden, Anna hatte unter leisen Seufzern die Gläser und Vasen bereits wieder in den Schrank gestellt, als es leise klopfte. Sie sahen sich an und gingen fast gleichzeitig an die Tür. Da stand ihre Nachbarin, die alte Frau Müller, und hielt ihnen mit fast verlegenen Lächeln einen Blumentopf entgegen. "Ich bin extra so spät gekommen. Ich hab' gedacht, lass man den ganzen Besuch erst mal wieder weg sein. Ich genier' mich immer bei so viel Menschen..." Und dann sah sie ganz er-

188

schrocken in die Gesichter der beiden. "... aber ich stör' doch nicht?"
"Nein, nein", sagten sie da wie aus einem Munde, " Sie stören überhaupt nicht. Kommen sie nur herein...- jetzt trinken wir erstmal ein gutes Glas Wein zusammen und stoßen auf unser Jubiläum an."
Irene Pätz

Einer wie er

Er wusste, dass er keine andere Wahl hatte, und gegen dreiundzwanzig Uhr verließ er das Haus. Er ging ihn jede Woche einmal, diesen Weg. Jeden Freitagabend. Das Polizeirevier lag nur drei Straßen weit entfernt.
Aber heute war nicht Freitag, und dieses Mal ging er freiwillig, ohne äußeren Zwang.   In seinem Innern war etwas, das ihn unablässig quälte, das ihn antrieb wie ein Motor, den man abzustellen vergessen hatte.
Der zuständige Polizeibeamte sah ihn erstaunt an. "Du hier? Heute? Du bist doch gar nicht dran... hast doch nicht etwa wieder was ausgefressen?"
Er schüttelte verneinend den Kopf, und dann sagte er es ihm. Alles. Ohne zu stocken, ohne zu zögern...
Am Nachmittag war es gewesen. Andresen war eigens zu ihm in die Werkstatt gekommen.
"Herr Kassner ist da mit seinem Wagen. Sieh ihn doch noch mal durch... aber gründlich... er will auf eine längere Urlaubsreise. Heute abend holt er ihn wieder ab."
Andresen wusste genau, warum er gerade ihm den Wagen zur Durchsicht gab. Er war nun einmal der geborene Autonarr. Andresen hatte es damals schon gespürt, als er ihn einstellte, damals, als ihn sonst keiner haben wollte, weil er im Gefängnis gesessen hatte. Keiner hatte danach gefragt, wie es dazu gekommen war. Er hatte eben gesessen, und das genügte. Nein, es hatte keinen interessiert, dass er selbst gar nicht am Steuer gesessen hatte, als Heinz den Unfall gebaut hatte und sie dann

kopflos getürmt waren. Heinz war nicht so gut davongekommen, aber bei ihm selbst hatte man die Jugend berücksichtigt. Für ihn nur ein halbes Jahr Jugendhaft. Und dann hatte man ihn mit der Auflage entlassen, sich bis auf weiteres regelmäßig beim zuständigen Polizeirevier zu melden.

"Stolpern kann man mal", hatte Andresen in seiner knappen Art gesagt, "es kommt nur darauf an, dass man geradesteht für das, was man getan hat." Dann hatte er nie wieder darüber gesprochen, obgleich alle anderen im Betrieb ihn anfangs geschnitten hatten, ihn - einen Vorbestraften.

Und jetzt war es passiert, das Unfassliche, das ihn seit heute morgen unablässig verfolgt hatte. Als er an den Schraubstock trat, um ein Werkstück zu bearbeiten, stieß er mit dem Fuß gegen eine Schraube. Sie rollte über den ölverschmierten Fußboden und blieb dann in einer Ecke liegen. Er bückte sich, wog sie nachdenklich in der Hand, und plötzlich überkam es ihn siedend heiß.

Kassners Wagen!

Er stand wie erstarrt.

Die Schraube gehörte zum Motorblock. Er hatte vergessen, sie wieder einzuschrauben. Vergessen! Er! Eine Schraube vergessen! Er kannte jede Dichtung, jede Mutter, jede Schraube, wusste mit unfehlbarer Sicherheit, wo sie hingehörten. Er begriff es einfach nicht. Nie hätte ihm das passieren dürfen! Gerade ihm!

Er sah wieder Kassners Gesicht vor sich. "Mensch, Junge, wie ich mich auf meinen Urlaub freue! Endlich einmal richtig erholen. Mit der ganzen Familie. Wie viele Jahre hab' ich das schon nicht mehr können. Keinen Sonntag, keinen Feiertag, für mich nicht und für die Familie auch nicht..." Und dann hatte er ihm noch ein gutes Trinkgeld in die Hand gedrückt.

Das war gestern gewesen. Und etwas von der erwartungsvollen Vorfreude Kassners war bei ihm geblieben, den ganzen Abend über.

Heute aber war es ganz anders. Langsam war er nach Haus gegangen. Die Schraube hielt er fest in der Hand. "Fehlt dir etwas?" hatte die Mutter noch gefragt, und ohne in den Spiegel zu sehen, wusste er, daß er totenblass war. Er hatte nur den Kopf geschüttelt, hatte etwas von einer Erkältung gemurmelt und hatte sich gleich darauf hingelegt. Er konnte mit niemandem darüber sprechen. Immer wieder sah er Kassner vor sich, dann Andresen. Er war nun einmal ein Vorbestrafter, und nur so einer setzte das Leben anderer fahrlässig aufs Spiel. Ja, nur einer wie er...

Und er war der einzige, der wusste, was jeden Augenblick geschehen konnte mit dem Wagen, den man ihm anvertraut hatte. Irgendwo in einer scharfen Kurve, an irgendeinem Baum... ja, sogar auf einer geraden Strecke! Nur von einem winzigen Zufall hing es ab... oder von ihm...

Da warf er mit einem Ruck die Decke zur Seite und sprang auf.

Der Polizeibeamte hatte ihn nicht ein einziges Mal unterbrochen. Mit keinem Wort. Er hatte ihn nur angesehen und dann den Telefonhörer abgenommen. Er hatte danebengestanden, unbeweglich, als in geradezu hektischer Betriebsamkeit der ganze Polizeiapparat zu arbeiten begann. Streifenwagen fingen an, über Landstraßen zu jagen, alle Polizeistationen auf dem möglichen Kurs von Kassner wurden informiert und schließlich funkte das Radio in kurzen Abständen eine Suchmeldung durch den Äther.

Er stand immer noch, gleichsam wie erstarrt in einem leeren Raum, in dem er auch verblieb, als er sich von dem Polizisten verabschiedete. Der gab ihm die Hand. Zum erstenmal...

Zu Haus sank er todmüde ins Bett und wachte erst wieder auf, als jemand laut und ungeduldig an die Tür klopfte. Und dann standen seine Mutter und der alte Andresen vor ihm, und es war ihm, als ob er erst jetzt aus der qualvollen Erstarrung gelöst wurde, als er Andresens Worte hörte:

"... ist alles o.k.. Junge, sie haben Herrn Kassner gefunden. Der Wagen war in Ordnung... völlig in Ordnung... und der Motorblock auch. Die Schraube war dran, da wo sie hingehörte... die andere, die du gefunden hast, muss jemand aus dem Schraubenkasten verloren haben. So, und jetzt steh auf und komm mit mir! Ich hab' 'ne Menge Arbeit für dich..."

Helmut Pätz

Für Jens durchs Watt

Als an diesem Morgen der Nebel immer noch auf dem Wasser lag, wussten alle, dass es zu spät war. Es gab niemanden, der das Watt kannte, so gut kannte, um die zwei Meilen fast ohne jegliche Sicht gehen zu können. Bis auf einen – und das war der alte Jens.

Der aber selbst war es, der jetzt Hilfe brauchte, Jens, der ihnen ein oder zwei Mal in der Woche die Post brachte, durchs Watt, bei Wind und Wetter, bei Sturm und Regen, immer dann, wenn das Postboot von drüben sie mitgebracht hatte. Jetzt brauchte Jens Hilfe. Er war krank, sehr krank sogar, und der Arzt hatte vor drei Tagen die Medizin mitgeschickt.

Aber der Nebel blieb, und die Männer und auch die Frauen standen ratlos beieinander in dem Haus auf der Insel, in dem hin und wieder der Inselrat tagte, wenn es einmal etwas Besonderes zu beraten gab. Nein, es war keiner da, der sich hinüberwagte zu dem kleinen Felsriff, auf dem Jens' einsame Blockhütte stand. Keiner wagte sich durchs Watt, nicht einmal dann, wenn die Sonne schien und die Sicht klar war.

Sie nannten es „das Watt" und es war gefährlich, dieses Watt. Es waren nur kleine Felsriffchen und Spalten, wenige Fuß tief unter dem Wasserspiegel, wenn die Ebbe für zwei Stunden den kliffigen, scharfkantigen Boden begehbar machte, dazwischen ein paar Körnchen eingeschwemmten Sands. Es war nicht mehr als ein schmaler Pfad, der von den wenigen Häusern hier hinüberführte zu Jens' alter Hütte, ein Felsgrat nur, der immer unter Wasser stand, sogar bei Ebbe. Dann konnte einer den Weg wagen, aber er musste ihn schon ganz genau kennen. Er war so schmal, dass keine zwei Menschen nebeneinander gehen konnten, und hin und wieder musste man sogar die Füße voreinander setzen, um nicht abzurutschen von dem glatten Gestein, nach links oder nach rechts in die grauschwarze Tiefe. Man musste immer achtgeben, selbst wenn die See ganz flach war und ganz ruhig. Und das war selten. Da war immer eine kalte Grundsee, unbarmherzig, die hinüberkroch von einer Seite des Grates auf die andere, heimtückisch, selbst unter einer spiegelglatten Oberfläche, und man konnte nichts tun, als sie zu überlisten...

Am dritten Tag kam Doktor Bengtson.

"Jens braucht neue Medizin - es ist lebensnotwendig. Aber ich brauche jemanden, der mich zu ihm hinüberführt, einer, der den Weg genau kennt..."

"... es gibt niemanden", sagten sie ihm, "keiner kennt den Weg so gut, dass er es wagen könnte. Wenn es klar ist nicht und erst recht nicht bei diesem Nebel... "

"... er hat euch die Post gebracht. Immer, und ihr fandet es selbstverständlich." Doktor Bengtson blickte sie der Reihe nach an. Aber sie senkten die Köpfe und wandten sich ab. "Jens ist krank, schwerkrank, verdammt, und er braucht Hilfe!"

„Und wir haben alle Frau und Kinder. Vor Jahren wollte mal einer rüber... zwei Tage später spülte die See ihn gegen die Küste..."

Da riss sich der kleine Lars von der Hand des Vaters los. Er stellte sich breitbeinig vor den Doktor hin. "... ich weiß den Weg", klang seine helle Stimme durch den Raum, "ich kenne ihn ganz genau. Ich bin ihn oft gegangen. Mit Jens. Er ist mein bester Freund, und er hat mir immer die Stellen gezeigt, wo man besonders aufpassen muß..."

"Nein", rief seine Mutter, "komm her, Lars, komm sofort her!"

" Mutter, es ist wegen Jens..."

Der Junge blieb neben dem Doktor stehen, sah ihn fragend an, dann seine Mutter, seinen Vater, der wie schützend den Arm um die Schultern seiner Frau gelegt hatte.

Auf einmal war es totenstill im Raum.

"Jens ist mein Freund..." da war wieder die Stimme des Jungen, "... er hat mich einmal rausgeholt aus dem Watt, wisst ihr noch? Und da hast du noch gesagt, das werden wir dir nie vergessen, Jens, das hast du doch gesagt, nicht wahr, Vater?"

Die Frau sah ihren Mann an, und ihr Blick war voller Hoffnung und beginnender Verzweiflung zugleich. "... du wirst ihn nicht gehen lassen!"

Der Mann blickte an ihr vorbei.

"Doch", sagte er dann, nach einer ganzen Weile, und jeder im Raum hörte es, obgleich er ganz leise sprach, "doch, wir müssen ihn gehen lassen... es geht um den alten Jens... und auch um ihn selbst. "

Der Arzt nickte ihm aufmunternd zu und strich der Frau kurz übers Haar. Aber sie bemerkte es nicht einmal.

Und dann sahen sie den beiden nach, die Leute von der Insel, wie sie hineingingen in den Nebel, um schon nach wenigen Schritten ganz darin zu verschwinden - ein großer und ein kleiner Schatten...

Als sie zurückkamen, stand die Sonne hoch am Himmel, und die Sicht war klar geworden. Gestochen scharf stand die Kimm über der See, und zur Rechten konnte man ganz deutlich jetzt Jens' Hütte auf dem grauen Fels erkennen.

Sie hielten sich ganz fest an den Händen, als sie das spärliche Gras der Insel betraten. Das Gesicht des Älteren war grau und müde, aber die Augen des Jungen strahlten.

194

Nur eine ganz schwache Gischt über der Untiefe hinter ihnen zeigte den Weg, den sie genommen hatten. Es schien alles unendlich ruhig und friedlich.

Die Mutter schloss den Jungen in die Arme, und alle standen um sie herum.

"Ich denke, Jens kommt durch", sagte Doktor Bengston langsam. Er strich sich mit der Hand über die Stirn und sah sie alle an, einen nach dem anderen. "... in drei Tagen komm' ich wieder."

Er gab dem kleinen Lars die Hand. "Danke", sagte er nur, aber es war ein Händedruck unter Männern.

Dann schritt er hinüber zu dem Boot, das schon auf ihn wartete.

Helmut Pätz

Ganz oben

"Hast du es ihr schon gesagt?"

Er schüttelte den Kopf. Thomas sah ihn an, ganz kurz nur, dann wandte er sich wieder seiner Arbeit zu. Er war er ein wenig verwundert über die Reaktion seines besten Freundes und Teilhabers.

"... eine andere?" hatte Thomas dann nur noch gefragt, und deutlich hatte er gespürt, wie sein Gegenüber aufatmete, als er es verneinte.

Nein, eine andere Frau gab es nicht. Aber war das, was ihn nach und nach immer weiter von Ilse entfernt hatte, nicht genau so schwerwiegend? Dass es eigentlich nur noch die Kinder gewesen waren, die ihre Ehe zusammengehalten hatten und dass, nachdem die Kinder aus dem Haus waren, die Abende, die seltenen Abende, an denen sie zusammensaßen, so unerträglich endlos waren, weil man sich einfach nichts mehr zu sagen hatte, und die glückhaft knisternde Spannung, das Gesicht des anderen zu sehen, seine Stimme am Telefon zu hören, dass diese Gefühle schon längst erloschen waren, ganz allmählich erst, dann immer spürbarer?

Nein, es hätte keinen Sinn gehabt, Thomas das klarmachen zu wollen, Thomas war der geborene Junggeselle. Er konnte tun und lassen, was er wollte. Er konnte reisen, wann und wohin er wollte, konnte interessante Leute zu sich einladen und mit ihnen anregende Gespräche führen. Abgesehen von ihrer gemeinsamen Arbeit hier im Betrieb, die sie manchmal allerdings aufzufressen drohte, war Thomas ein wirklich freier Mann.

Aber Thomas hielt viel von Ilse. Man brauchte nur zu sehen, mit welch echter Herzlichkeit er ihr begegnete, mit welch freundschaftlichem Respekt er sie ihren gemeinsamen Geschäftsfreunden vorstellte, mit welch ausgesuchter Ritterlichkeit er sie behandelte.

Obgleich sie geblieben war, was sie immer gewesen war - eine einfache, natürliche Persönlichkeit. Schlicht und unbeirrt wie eh und je war sie mit ihm durch die vielen zurückliegenden Jahre gegangen, hatte sich stets bescheiden im Hintergrund gehalten, war nur für ihn und die Kinder dagewesen, tagaus, tagein, in guten und noch mehr in schlechten Zeiten.

Sein Blick wanderte über die beiden riesigen Schreibtische, die schwere Ledergarnitur und die weichen Teppiche, die den ganzen Raum ausfüllten bis an die gepolsterte Tür zum Vorzimmer. Ja, das war es. Thomas und er waren auf der Leiter des Erfolges emporgestiegen bis ganz nach oben. Es war nicht leicht gewesen - aber sie hatten es geschafft.

Nur Ilse... Immer hatte er das Gefühl gehabt, ganz oben zu stehen und sie... ganz unten. Immer unscheinbar, bescheiden, unauffällig und sehr, sehr weit weg...

"Kannst du das nicht verstehen, Thomas? Es geht nicht mehr mit uns beiden."

Der andere schüttelte den Kopf... "Und wann willst du es ihr sagen?"

"Heute abend noch."

Jetzt sah Thomas ihn an. Lange, und sehr nachdenklich.

"Ich hatte gehofft, es dir nie zeigen zu müssen... aber jetzt scheint es unumgänglich zu sein." Und mit diesen Worten entnahm er seiner Schreibtischschublade einen Umschlag, zog ein vergilbtes Schreiben daraus hervor und reichte es ihm herüber. "Hier, lies das." Seine Stimme klang bestimmt, fast befehlend. "Lies es einmal ganz gründlich durch..."

Verwundert sah er auf das rauhe, schlechte Papier mit den sauber geschriebenen Buchstaben darauf. Das war doch sein Bewerbungsschreiben, sein eigenes, das er damals an Thomas gerichtet hatte! Was sollte das jetzt und hier? Er wusste doch, was darin stand, wenn es auch schon lange her war. Ja, morgen auf den Tag genau waren es zwanzig Jahre her, dass er, müde und hoffnungslos, ohne jeden Glauben an sich selbst und an eine bessere Zukunft, hier vor Thomas gestanden hatte. Er hatte auch nicht die geringste Hoffnung gehabt, selbst hier, in diesem damals noch kleinen, behelfsmäßigen Betrieb unterzukommen.

Doch dann stutzte er, setzte die Brille auf, las Zeile für Zeile und begriff doch nicht. Sein Bewerbungsschreiben, ja... aber darunter der Absatz - der war nicht von ihm. Diese gradlinigen, steilen und ungelenken Schriftzüge... das war Ilses Handschrift!

"... ja, das hat Ilse damals ohne Dein Wissen hinzugeschrieben..." hörte er Thomas' Stimme wie aus weiter Ferne, "Sie glaubte an dich, wie sie es heute noch tut... ich hatte viele Bewerbungen vorliegen, damals. Und einige davon waren von so tüchtigen Männern wie du. Aber dieses Schreiben ... als ich das in der Hand hielt, da dachte ich, der Mann, den eine

Frau so liebt, wie ich es aus Ilses rührend ungeschickten Worten herauslas, der Mann, das muss ganz einfach ein fabelhafter Kerl sein. So einen brauchte ich - nicht nur eine tüchtige Kraft. Einen Menschen, wie ihn diese Frau, wie ich leider keiner zweiten in meinem ganzen Leben begegnet bin, hier beschrieben hat... darum, und ganz allein darum, habe ich dich damals eingestellt."

Er wusste nicht, wie spät es war, als ihm klar wurde, dass er allein im Zimmer war. Nur auf seinem Schreibtisch brannte noch Licht. Es war still im ganzen Haus. Alle waren schon gegangen. Auch Thomas.

Da griff er zum Telefon, nahm den Hörer ab und wählte. "... nein..." hörte er sich selbst sagen, und es schien ihm die Stimme eines Fremden, "... nein, es ist alles in Ordnung, Ilse... ich hab' nur noch ein wenig alte Sachen aufgearbeitet... ich hole dich ab, ja, gleich... wir gehen essen, irgendwohin... nur wir beide, ganz allein. Ob ich Zeit habe? Bestimmt habe ich Zeit... und ich glaube, ich werde in Zukunft noch viel mehr Zeit haben für dich... für uns.

Irene Pätz

Inhaltsverzeichnis